DIORAMA

CAROL BENSIMON

Diorama

Companhia Das Letras

Copyright © 2022 by Carol Bensimon

Grafia atualizada segundo o Acordo Ortográfico da Língua Portuguesa de 1990, que entrou em vigor no Brasil em 2009.

Capa
Elisa von Randow

Foto de capa
Smithsonian Institution Archives. Image #MNH-045B

Preparação
Cristina Yamazaki

Revisão
Valquíria Della Pozza
Luciane H. Gomide

Os personagens e as situações desta obra são reais apenas no universo da ficção; não se referem a pessoas e fatos concretos, e não emitem opinião sobre eles.

Dados Internacionais de Catalogação na Publicação (CIP)
(Câmara Brasileira do Livro, SP, Brasil)

Bensimon, Carol
　　Diorama / Carol Bensimon. — 1ª ed. — São Paulo : Companhia das Letras, 2022.

　　ISBN 978-65-5921-103-6

　　1. Romance brasileiro I. Título.

22-115523　　　　　　　　　　　　　　　　　　　CDD-B869.3

Índice para catálogo sistemático:
1. Romances : Literatura brasileira B869.3
Cibele Maria Dias – Bibliotecária – CRB-8/9380

[2022]
Todos os direitos desta edição reservados à
EDITORA SCHWARCZ S.A.
Rua Bandeira Paulista, 702, cj. 32
04532-002 — São Paulo — SP
Telefone: (11) 3707-3500
www.companhiadasletras.com.br
www.blogdacompanhia.com.br
facebook.com/companhiadasletras
instagram.com/companhiadasletras
twitter.com/cialetras

Diorama *s.m.* 4 MUSEOL representação de uma cena, onde objetos, esculturas, animais empalhados etc. inserem-se em um fundo pintado realisticamente. (*Houaiss*)

Depois, sempre que voltávamos para casa, eu tinha de ler alto para você o seu livro favorito sobre a mudança das estações, embora você o soubesse de cor da primeira à última linha, disse Vera, e acrescentou que eu nunca me cansava das imagens de inverno em particular, das lebres, renas e perdizes imóveis de espanto na paisagem coberta de neve recente, e sempre que chegávamos à página, disse Vera, disse Austerlitz, na qual se falava que a neve cai pelos galhos das árvores e logo cobre todo o chão da floresta, eu erguia a vista para ela e perguntava: Mas se tudo fica branco, como é que os esquilos sabem onde esconderam as suas provisões? *Ale kdyz vsechno zakryje sníh, jak veverky najdou to místo, kde si schovaly zásoby?* Eram exatamente essas as palavras, a pergunta que eu sempre repetia, disse Vera, e que toda vez me inquietava. Aliás, o que sabem os esquilos, e o que sabemos nós próprios, e como nos recordamos, e o que descobrimos no final?

— W. G. Sebald, *Austerlitz*

All that remains of The Iliad *is a catalog of ships.*
— Maria Stepanova, *In memory of memory*

O OSSO DE ZORRILHO

Um reverendo inglês publicou um livro em 1857 sobre as coisas que podemos encontrar na beira da praia, e então milhares de pessoas começaram a ir atrás de conchas. Búzios, vieiras, conchas espiraladas e algumas que pareciam navalhas. Limpavam aquelas casas vazias até que ficassem brilhando como cerâmica. Era uma lembrança do mar desenhada em carbonato de cálcio, que os amantes tomavam como um pedaço de sua história particular e as crianças guardavam em baús junto a bolas de gude, bilboquês e pequenos canhões de madeira. Anos depois, haveria vitrines imensas de besouros numerados em museus, a mandíbula de um tubarão, pássaros tropicais com asas abertas e olhos de vidro, a classificação obsessiva do mundo natural. Gorilas morreriam na África para serem remontados e exibidos em Nova York. Ninguém veria as costuras ou os pregos.

Em 1987, eu tinha nove anos e ainda estava bem longe de tudo isso, rodeada pelo campo vazio e mordendo a poeira da BR-473. Ia sentada entre Marco e meu pai no banco comprido da caminhonete. A janela era de Vinícius. Ele olhava para fora com o desinteresse que costumava sentir pela estrada e pelos lugares despovoados, o arco metálico dos fones de ouvido momentaneamente estragando o cabelo que ele podia jurar que era igual ao do tecladista do Depeche Mode. Para mim, aquelas viagens tinham o cheiro de cigarro Minister e o som cheio de estática das milongas e dos chamamés. Eu achava um pouco sinistro. Parecia um baile acontecendo no além. Às vezes, o locutor interrompia a sequência de músicas para dar o boletim meteorológico, um oferecimento de Jimo Cupim, qualidade comprovada. Tempo seco, céu azul.

Daquela vez, não me incomodei com o rádio. Estava distraída. Uma horas antes, atrás de um posto de gasolina, em um lugar chamado Torquato Severo, eu tinha encontrado um osso. Um pequeno fêmur, talvez. Estava só com a ponta para fora, perto de umas latas vazias de óleo, limpinho como se tivesse sido o brinquedo de um cão, e então cavei até minhas unhas ficarem pretas, depois entrei no banheiro e coloquei o osso e as mãos debaixo d'água. Havia um espelho sem moldura na parede e três fotos de mulheres já meio azuladas, com os peitos de fora e todo o resto. Saí de lá. Um homem de boné vermelho estava ajoelhado no chão, mexendo em uma bicicleta. Parecia mais velho que meu pai. Parou de olhar a roda traseira e se virou para mim. "Deixa eu ver isso aí que tu tem." Segurei o osso com mais força porque achava que ele era o dono de tudo, das bombas de gasolina, da lanchonete engordurada, das mulheres sem roupa, do pequeno fêmur. Ele sorriu. "Isso aí é zorrilho", disse, e voltou a trabalhar na bicicleta.

Zorrilho. Quando eu chegasse em casa, ia colocar o osso em uma caixa de sapato com minhas outras relíquias, que incluíam o pedaço da carapaça de um tatu, quatro sementes de paineira, algumas pinhas e meus próprios dentes de leite. Minha mãe não gostava nada daquela coleção.

Agora eu viajava com o fêmur no colo. Faltavam vinte e um anos para eu montar meu primeiro animal — um esquilo com um molde pronto em um porão em Kooskia, Idaho —, mas apenas oito meses para que minha família estivesse nas manchetes de todos os jornais do Rio Grande do Sul.

Raul Matzenbacher era meu pai.

Carmen Matzenbacher era minha mãe.

Ele deixou na boca por alguns segundos o Minister fumado pela metade e girou o volante, entrando em uma estrada secundária ainda mais estreita e mais esburacada que a BR-473. Dava para ouvir as espingardas balançando lá atrás. Não havia uma única casa entre o céu imenso e o verde salpicado de poeira desde Torquato Severo. Quando terminou o cigarro, meu pai jogou a bagana pela janela e ajeitou a aba do chapéu campeiro preto, que ganhara de um peão de São Gabriel durante a campanha para deputado estadual (*Doutor Raul, o senhor salvou minha esposa de uma pneumonia braba, agora vai salvar o Rio Grande!*). Meu pai tinha quarenta anos, e o topo da cabeça já era praticamente um terreno aberto. Tentava escondê-lo com o chapéu, a boina de lã ou o boné do clube de tiro.

Na caçamba, Faísca começou a latir. Eu e Marco olhamos para trás ao mesmo tempo. Estava andando em círculos. Quando completava uma volta, parava e latia para o céu azul elétrico. Dois urubus pousaram no acostamento.

"Quieto, Faísca!", o pai gritou.

Ele ganiu e se acomodou de novo, com o focinho tocando a lataria.

O carro começou a andar mais rápido, deixando uma nuvem de poeira vermelha que acabou por engolir os urubus.

"Tu deu comida pro cachorro?"

Vinícius não ouviu a pergunta. Na noite anterior, finalmente tinha completado sua fita com as melhores canções do rock britânico, o dedo a postos no botão do som desde que a locutora da Rádio Ipanema anunciara que ia rodar o pedido de um ouvinte — ele! —, Jesus and Mary Chain, "Just like honey". Agora tentava balbuciar as palavras do refrão, que flutuavam em um mar revolto de sintetizadores e guitarras distorcidas. Marco ergueu o braço e tentou arrancar os fones de ouvido do irmão, mas Vinícius se esquivou em direção à porta, como se só faltasse mais um pequeno motivo para saltar. Tirou os fones.

"Que é isso, Marco!"

"O pai tá perguntando se tu deu comida pro Faísca."

"Ih, esqueci."

"A escala, meu", disse Marco. "Era a tua vez."

"Eu esqueci de olhar a escala."

Virei para meu pai, esperando que ele dissesse alguma coisa. Parecia que mastigava o interior da bochecha lentamente. A bota pisou fundo no acelerador e tudo passou a chacoalhar ainda mais.

"Sabe de uma coisa que eu gosto?", ele disse enfim, com os olhos fixos na estrada. "Gratidão canina. Entrega. Lealdade. Tu acha que o Faísca tem alguma razão para ser grato hoje?"

"Eu posso dar meu sanduíche pra ele", respondeu Vini.

"Cachorro não tem que comer sanduíche."

"Ué, dá pra tentar."

"Cadê o sanduíche, Vinícius?"

Uma cerca surgiu no lado direito. Tocos de madeira e arame farpado. Vinícius se abaixou, tirou a tampa do isopor que estava entre seus pés e entregou para o pai um sanduíche enrolado em um guardanapo.

"Tu vai crescer e vai ter que fazer escolhas que nem sempre são fáceis", disse meu pai.

Abriu a janela e jogou o sanduíche no meio da estrada.

A estação das milongas e dos chamamés era puro chiado agora, mas meu pai demorou a girar o botão, como se achasse que a melhor trilha sonora para o pampa fosse mesmo a dessintonia. Só desligou depois que cruzamos o pórtico enferrujado da Estância Minuano, quer dizer, da ESTÂ CI MIN ANO, um lugar onde eu nunca tinha pisado antes.

Passamos diante da casa-grande sem parar, e então meu pai pegou um caminho estreito no meio do campo. Aquela era a propriedade de um amigo dele, não sei quantos hectares e não sei quantas mil cabeças de boi herdadas havia bem pouco tempo. Segundo minha mãe, as coisas mais valiosas daquela herança eram as dívidas.

Fui falando com as vacas dentro da minha cabeça. Todo mundo estava quieto. Quando meu pai viu uma coisinha mais escura no horizonte, seguiu na direção dela. Dez minutos depois, estava estacionando a F-1000 debaixo de uma figueira — a tal coisinha escura —, cujos galhos quase tocavam o topo da caminhonete.

Ele tirou as duas espingardas .12 de seu estojo de couro e soltou Faísca, que deu algumas voltas ao meu redor, depois parou completamente, atento aos ruídos do campo. Eu não tinha as orelhas de um perdigueiro, então aquilo era o mais perto que eu já havia chegado do silêncio, uma escassez de estímulos sonoros que eu procuraria anos depois nos desertos e nas florestas, dormindo em quartos de motel com luminosos fora do tempo — *TV a cabo grátis, quartos para não fumantes* — ou campings que pareciam a última parada antes do fim do mundo.

Vestia um colete com pequenos bolsos para os cartuchos, que brilhavam à luz do sol. Prendeu no colete uma tira de couro na qual mais tarde amarraria as perdizes pelo pescoço.

Ele tinha aprendido a caçar com meu avô, Wagner Matzenbacher, antes mesmo de conseguir ler o próprio nome. Matavam duas dúzias de perdigões e penduravam as aves no rack de uma Rural Willys e tiravam fotografias para depois exibi-las aos amigos, em cidades onde não raro homens morriam com uma faca de churrasco enterrada nas entranhas. Sorriam nas fotos, mas de uma forma discreta e quase apologética, de acordo com a formalidade dos retratos dos anos sessenta no interior do Brasil. Nunca cheguei a conhecer esse avô. Ele morreu em um acidente de carro a caminho da serra, uns bons dez anos antes de eu nascer, mas tenho algumas fotografias dele. Há uma em especial que pego nos meus arquivos umas duas vezes por ano. Olhar para esse pedaço de papel fosco é constatar que um homem simples pode se tornar uma figura mítica caso seja posto na pose certa. O fotógrafo tirou o retrato em um leve contra-plongée. Wagner, com a boca fechada que esconde os buracos deixados por dois dentes incisivos, ignora a câmera e olha para um ponto indefinido. Não se trata, no entanto, de qualquer ponto, mas de algum lugar muito acima do mundo terreno. Wagner Matzenbacher tem seis perdizes mortas ao redor do pescoço e nove marrecões pendurados em uma corda na cintura. Com a mão direita, segura no cano da espingarda, que está apoiada no chão; parece, assim, uma dessas esculturas de mármore que precisam de um tronco, uma rocha ou outro objeto qualquer para que não desabem com o próprio peso.

Naquele dia da caçada, em algum lugar entre São Gabriel e Bagé, meu pai foi seguindo Faísca, e os meninos logo dispararam também. O campo era de um verde seco e depois ficava dourado e batia nos joelhos deles. Fiquei para trás procurando insetos. Quando olhei de novo na direção dos três, o pai recarregava as espingardas. Vinícius ajeitou uma delas no ombro, o cano apontado na direção das macegas. Eu vi quando a perdiz levantou voo e começou a traçar uma diagonal previsível, mas meu irmão nem se mexeu, então o pai mirou com pressa e deu o primeiro tiro usando a Rossi ou a Beretta. A perdiz caiu sob a luz massacrante do sol. Comecei a correr. Já tinha visto essa cena, as asas que começam a bater, depois o animal despencando do céu como se fosse um saco sujo, já tinha visto Faísca voltar com a perdiz balançando entre os dentes, mas era a primeira vez que meu irmão mais velho passava a mão naquele cabelo grande dele e ficava olhando para baixo enquanto fazia com a ponta do tênis um pequeno buraco na terra.

"Eu te trago aqui, tu deixa o cachorro com fome e não atira quando tem que atirar", ouvi meu pai dizer.

Vinícius não respondeu.

"Toma, Marco, tu ganhou a chance de pegar tua primeira perdiz."

Sorriu com os dentes colados e tirou a carteira de Minister do bolso.

Marco tinha treze anos. Desde os onze, atirava em garrafas de coca-cola posicionadas em um cepo de umbu toda vez que íamos para a estância do falecido vô Wagner e da falecida vó Ondina perto de São Gabriel, sendo eu a recolhedora oficial dos cacos de vidro. Mas ele nunca havia atirado em um animal, diferentemente de Vinícius, que ganhara esse direito havia dois anos. Naquele momento, Marco ainda era em essência um guri de cidade grande, que gostava de jogar *Pitfall* no Atari e vivia longos conflitos armados em um tabuleiro de *War*.

Apoiou a espingarda .12 no ombro estreito. Parecia imensamente grato. Quando voltássemos para a estância da família, Marco desmontaria as armas pela primeira vez e usaria a escova de crina e depois a escova de algodão com um pouco de óleo lubrificante.

Meu pai olhou para mim.

"Espera a gente no carro."

"Prefiro ficar aqui."

"Tô te dizendo pra ir pro carro, Cecília."
"O que eu vou fazer lá? Quero ficar com vocês."
"Vai brincar com teu osso."

Brincar com meu osso. Isso era o tipo de coisa que ele dizia. Caminhei na direção da caminhonete e encontrei um besouro e o deixei ir embora. Depois abri a porta e me deitei no banco com o fêmur de zorrilho sobre a barriga. Ouvi os tiros, mas não contei. Continuei deitada por muito tempo e ainda estava na mesma posição quando escutei as vozes e os risos cada vez mais próximos. Foi só depois de todos entrarem no carro que virei o pescoço para olhar. Havia seis perdizes na caçamba. Eu sempre queria ver as perdizes mortas. Eram da cor da terra, meio pré-históricas, com o bico encurvado e os olhos enormes de espanto por terem chegado tão longe na linha da evolução. Agora estavam naquela pose de morte violenta, umas sobre as outras, as cabeças unidas pela faixa de couro, com traços de sangue estragando a plumagem. Mereciam mais do que isso.

"O Marco pegou três, te mete", disse o pai, sorrindo e dando um tapinha no ombro dele.

A expressão do meu irmão do meio era óbvia, o mesmo sorriso puro e deslumbrado que esboçava ao falar de uma colega da escola chamada Clarice Nogueira. Olhei então para Vinícius. Estava com a boca entreaberta, como sempre, e passava às vezes a língua nos lábios, que ficam mesmo secos quando a gente sente muita vergonha. Olhava pela janela como se a F-1000 já estivesse de volta na estrada.

Foi a última vez que minha família saiu para caçar perdizes, porque a vida ficou mais complicada logo depois, mas não há nenhuma fotografia daquela tarde na caixa com a etiqueta *1987*. A famosa espingarda Rossi, no entanto, pode ser vista em duas imagens. A primeira mostra meu pai e três amigos depois de uma caçada de banhado, quase trinta marrecões pendurados em uma

Kombi branca, as galochas dos homens cheias de lama, meu pai com o joelho esquerdo no chão e a espingarda em diagonal sobre o peito. A segunda é a fotografia que ilustra uma matéria de meia página no jornal *Correio do Povo*. Sobre uma mesa branca da Polícia Civil, estão alinhadas as armas apreendidas na estância dos Matzenbacher, três longas semanas após o assassinato do deputado João Carlos Satti.

É 2018 e estou dentro de um diorama. Sou a mulher de botas, jardineira e máscara de pintura ajustando com um aerógrafo a cor de um filhote empalhado de caribu. Os cinco caribus desse museu estão comendo líquen e mirtilo-anão aos pés das montanhas Cassiar há mais de sessenta anos, sob uma luz que simula um entardecer de outono. Enquanto o mundo lá fora muda, a mesma Colúmbia Britânica milimetricamente construída por taxidermistas e pintores pode ser observada através de um vidro de três metros por dez. Como fui parar atrás desse vidro é uma longa história.

Desligo o aerógrafo por um instante e me certifico de que Greg não está por perto. Pisando com cuidado no solo terroso da tundra, caminho até o filhote que tem o rosto virado para trás. Parece que ele está observando um grupo de aves da pintura ao fundo ou os matizes crepusculares do céu. Enquanto isso, seus dois irmãos e sua mãe estão mais preocupados com coisas mundanas: cravar os dentes nos galhos de mirtilo-anão e mastigar. O pai é o único dos caribus que mantém a cabeça erguida, encarando os visitantes do museu com sua integridade cervídea.

Fico de cócoras diante daquele filhote e olho nos olhos dele. Sou provavelmente a primeira pessoa a fazer isso desde 1954, ano de inauguração do diorama *Família de Caribus*. Digo algumas palavras afetuosas e passo a mão em seu focinho e peço desculpas por termos tirado esses cinco animais das terras selvagens do Canadá. É um pequeno ritual que prefiro não revelar a Greg (*Você é a taxidermista mais sentimental que eu conheço, Cecília*). Acontece com bastante frequência; alguém entra em contato comigo porque encontrou uma cabeça de alce em um saco de lixo — *Eu não sabia que meu avô guardava esse troço no porão* —, e então eu dirijo até onde quer que seja, desço no tal porão e abro o saco preto como se estivesse libertando um espírito desnorteado. Encaro o alce por algum tempo. Encaro o pato-real malfeito e cheio de pó na mesa de um *garage sale* e os faisões das lojas de antiguidade e o esquilo de pé em uma base de carvalho no fundo do armário de uma viúva. Esse tipo de descaso acontece também nos museus, onde há muitas décadas as taxidermias perdem espaço para exposições ditas interativas ou para qualquer coisa que tenha a ver com dinossauros. Acabam esquecidas nos depósitos. Algumas já terminaram a vida em grandes fogueiras em aterros sanitários. Às vezes, vou até essas instituições e peço para ver os velhos ursos-polares, as águias-de-cabeça-branca, as onças, as zebras. Quando trocamos olhares, depois de tanto tempo, eu e os animais descartados, sinto que tenho obrigação de pedir desculpas pelos atos contraditórios da minha espécie, que matou para preservar, preservou para reconstruir, e então abandonou esses animais-objetos porque já não sentia por eles nenhuma admiração.

Tiro a vaselina do bolso e passo um cotonete nas pálpebras do pequeno caribu, na área do canal lacrimal e no focinho aveludado. Então uso um pouco de Windex nos olhos de vidro para que voltem a brilhar.

Em seguida, volto a pegar o aerógrafo e continuo o trabalho na pelagem da filhote fêmea, comparando-a constantemente com as amostras que tenho comigo. Quase lá.

"Isso daí é mirtilo-anão? As folhas podiam parecer mais crocantes."

É a voz de Greg. Entrou pela porta lateral do diorama e está examinando o solo.

"Não sei se entendo o que você quer dizer com crocantes", eu digo.

"Você entenderia se fosse um caribu."

Dou uma risada.

"Sério, a gente tem uma verba pros arbustos?", ele continua. "Odeio quando uma planta velha e maltratada compromete o conjunto."

"A gente pode tentar falar com eles."

Greg continua parado. Passa um dedo na sobrancelha, depois ajeita o pequeno rabo de cavalo muito preto. Trabalhamos juntos desde 2011 na Norton Taxidermia, um galpão meio arruinado em Mid-City, Los Angeles, mas Greg chegou muito antes de mim. Dá para dizer que somos bons amigos. Já fabriquei gelecas cheias de glitter com as filhas dele enquanto tomava mojitos, e ele já foi a mais shows do Jesse do que jamais teria ido caso levasse em conta seu gosto musical, que costuma oscilar entre o country gótico e a música erudita. Nosso convívio excessivo — estou falando de ter na roupa o sangue do mesmo animal — levou inevitavelmente a momentos de confidências, mas sempre fiz questão de deixar claro que minha vida tinha de fato começado quando saí do Brasil, em 2002. Greg já me ouvira falar sobre todos os lugares onde eu havia morado nos Estados Unidos e tudo o que eu tinha feito para pagar minhas contas: faxina, reposição em um mercado de produtos brasileiros, aquarelas vendidas em uma esquina até os fiscais aparecerem, funcionária em um aluguel de caiaques, guia turística, balconista de uma loja estilo gabinete de curiosidades. É claro que ele achava estranho meu completo silêncio sobre qualquer coisa que tivesse ocorrido antes dos meus vinte e quatro anos. Algumas vezes, insistiu em saber mais do que eu queria contar, sobretudo quando a oficina estava vazia e ficávamos trabalhando e ouvindo as *Variações Goldberg* até as três da manhã. Certa noite, Greg perguntou se meus pais não achavam *meio violenta e visceral* a profissão que eu tinha escolhido. "Você nem imagina", respondi, e fui lavar meus bisturis e meu alicate.

"Certeza que tá tudo bem com você?", ele diz agora, olhando para mim.

É a terceira vez que pergunta isso hoje.

"Claro que sim."

"Qualquer coisa, eu vou tá nos lobos, ok?"

Eu não estou bem.

Jesse viajou com a banda para o Meio-Oeste para tocar em pequenas casas de show com a lotação pela metade, e eu estava esperando ansiosamente por isso. Já imaginava as longas noites de trabalho na garagem e o conforto existencial que eu sentia quando ficava sozinha. Sempre tinha sido assim, antes dele e com ele. Mas quando vi, há exatamente três semanas, o carro que levava Jesse sumir no final da rua, depois de uma despedida pouco digna de quem sempre acreditou ser o-melhor-casal-do-mundo, me pareceu que daquela vez seria difícil ficar longe dele. E quase pior do que a própria saudade era admitir para mim mesma o que eu estava sentindo. De repente, de pé na calçada, diante da nossa casa alugada de dois quartos e um jardim, eu me enxergava apenas como uma mulher que sofria ao ver um homem partir.

Outras coisas me deixaram puta comigo mesma. Não tive persistência o suficiente para continuar procurando um espécime de *Paradisaea apoda*, a grande ave-do-paraíso, da qual precisava desde que tivera a ideia para um projeto pessoal. Alexander von Humboldt, o famoso naturalista cuja biografia eu vinha lendo em um ritmo constrangedor, ficou eternamente preso no topo do monte Chimborazo em 1802, tendo lá sua revelação sobre como a natureza era um todo único e dinâmico. Comi congelados. Deixei bananas ficarem pretas. Fui uma vez ao Burger King. De vez em quando, recebia fotos do Jesse, imagens genéricas de estradas, quartos de hotel e cafés da manhã carregados na manteiga. Eu achava o tempo todo que ele estava pensando em terminar comigo, e minha reação a isso era responder às mensagens de um jeito simpático e aéreo. Qualquer emoção poderia ser um gatilho.

Todos os dias, e todas as horas de cada dia, eu me perguntava se, quando Jesse voltasse, retomaríamos *a conversa* do ponto em que havia parado.

Em uma noite daquela primeira semana sozinha em casa, acabei na porta da vizinha ao lado, Rebecca, pedindo desculpas pelo horário e dizendo que eu precisava conversar. O filho dela por sorte já estava na cama. Diante de uma xícara de chá de camomila, ouvi longas histórias sobre divórcios entre pessoas que eu nem sequer conhecia, como se todas as histórias de separação no fundo fossem a mesma e bastasse compreender qualquer uma delas para conseguir quebrar a repetição.

Na segunda semana sem o Jesse, eu tinha me tornado uma pessoa ainda mais desmotivada, tomada por aquele tipo de ansiedade paralisante que só deixa forças para olhar, como um rato de laboratório, as atualizações das redes sociais. Isso até meu chefe me ligar certa noite: "Vou te colocar no projeto de Seattle, ok? Tô mandando as reservas pro seu e-mail". Eu queria muito trabalhar naquela restauração e era um alívio ouvir alguém dizendo o que eu precisava fazer. O hotel teria aquela espécie de conforto genérico entorpecente do qual às vezes eu precisava tanto. Eu ia trabalhar o dia inteiro nos dioramas, depois nadaria na piscina térmica até meus dedos ficarem murchos. Nada pareceria fora do lugar.

Já li muita coisa sobre dioramas. Por que fazemos, como fazemos. "Cada diorama tem pelo menos um animal que captura o olhar do espectador e o mantém em um estado de comunhão", escreveu certa Donna Haraway em um certo ensaio. "O animal está atento, pronto para soar um alarme diante da intrusão do homem, mas também pronto para sustentar para sempre o olhar da aproximação, o momento da verdade, o encontro original."

Haraway não diz isso, mas os animais que negam a presença do espectador são tão fundamentais quanto os que olham para além do vidro. Ambos fazem parte do mesmo artifício. A cena, em resumo, deve sempre parecer um flagrante.

Depois de restaurar o tom levemente amarelado dos cinco caribus, cubro tudo com capas plásticas. Furo o plástico para deixar de fora as galhadas dos dois animais adultos e termino de proteger o pelo com pedaços de fita-crepe. Os caribus são a única espécie de cervídeo cujas fêmeas também desenvolvem galhadas. Abro em seguida os potes de pigmentos especiais, desenvolvidos pelo museu em conjunto com a Norton Taxidermia. Pego um pincel e começo a trabalhar nas galhadas. Assim como a pelagem, elas acabam perdendo a cor após décadas de exposição à luz artificial.

Eu adoro esse trabalho meticuloso, a ideia de que é preciso ser uma mistura de cientista, pintora, escultora e artesã para recriar o que a natureza gerou ao longo de milhões de anos de aleatoriedade e evolução. Ainda assim, hoje é um desses dias em que eu preferia estar rodeada pela natureza autêntica. Talvez em Sedona, penso sem querer, e vejo a mim mesma apontando a um grupo de turistas as rochas vermelhas esboçadas no Paleozoico e polidas posteriormente com uma paciência milenar. Opa, parece que já estou com perigosos sintomas de nostalgia; lá se vão doze anos e é possível que eu logo me esqueça das tantas vezes que chamei aquele lugar de Disneylândia esotérica, mal conseguindo disfarçar meu desprezo por todo o comércio de cristais e amuletos e leituras de mão e tarô e chaveirinhos de ETs e spas caríssimos que ofereciam supostos tratamentos baseados em práticas indígenas. Eu mesma, nos passeios guiados, era obrigada a mencionar aos visitantes a localização dos tais quatro *vórtex* de energia da cidade, uma enganação mística institucionalizada pela secretaria de turismo, por hotéis, empresas de excursões e comércio em geral. "As pessoas vêm de todas as partes do planeta para experimentar as forças cósmicas misteriosas que, acredita-se, emanam dessas rochas vermelhas", dizia um folheto oficial da cidade. Era preciso dar ao turista a história na qual ele queria desesperadamente acreditar.

Às vezes, depois de um longo dia de trabalho, eu entrava no meu quarto sublocado na casa de uma senhora que assistia a doze horas diárias de TV e sentia que eu não tinha a menor condição psíquica de permanecer entre quatro paredes. Isso acontecia não pelas minhas questões com o capitalismo esotérico, mas porque, ao ouvir o ronronar dos programas de auditório e dos telejornais, era como se eu de repente voltasse aos anos oitenta e noventa, e então me parecia que qualquer tentativa de ir para a frente sempre me empurrava de volta para trás. A sensação era de que eu estava condenada a rememorar episódios que já tinham acontecido e, mais do que isso, que *tudo* já tinha acontecido. Não havia futuro possível.

Então eu saía de novo e entrava no carro e ia dormir em algum lugar perto do riacho Oak. Podia ser em um camping ou apenas um ponto isolado que eu achava especialmente bonito, e só uma vez eu tivera o azar de ser encontrada por um guarda--florestal. Sempre deixava no porta-malas do carro uma mochila com itens essenciais e uma barraca. Algumas pessoas desse país fazem isso para estarem preparadas em caso de desastre. No meu caso, o desastre já tinha acontecido.

"Tô indo almoçar. Você vem?"

É Greg de novo, enfiando a cara pela portinha do diorama.

"Acho que vou mais tarde. Quero terminar essa galhada."

"Você que sabe. Tá ficando bonita."

Trabalho mais uma hora e então saio do museu, pego a comida e caminho até o parque. É o primeiro dia de sol desde que cheguei a Seattle, e me pergunto se é sempre assim por aqui. Pesco pedaços de alface com um garfo de plástico enquanto observo as pessoas que passam. A uns vinte metros de mim, um cara está dedilhando uma guitarra vermelha ligada a um pequeno amplificador. Há um microfone em um pedestal e um chapéu com a abertura virada para cima. Parece que ainda não começou a cantar.

Nunca dei muita atenção aos músicos de rua até conhecer o Jesse, que me fazia escutá-los como se tivéssemos comprado ingresso para aquilo, parados sob o sol em Venice enquanto um cara encarnava Stevie Wonder com playback, ou em uma esquina do centro de Los Angeles diante de um mexicano com um violão, cantando alguma coisa que nunca havíamos escutado antes. Jesse ouvia por algum tempo e dava o dinheiro só depois, para deixar claro que estava pagando pela música, que aquilo não era nenhum tipo de caridade. Eram notas de cinco ou dez dólares, e ele as colocava dentro do chapéu ou da caixinha de papelão com um sorriso encorajador, e então começávamos a nos afastar vagarosamente, ele de vez em quando olhando para trás, como se aquelas canções tivessem mudado nossa tarde e ainda não fôssemos capazes de processar a transformação. Um dia, Jesse passou o braço por cima do meu ombro e disse, enquanto nos afastávamos de um músico com tendências setentistas, "aquele cara poderia ser eu". Deixei o assunto morrer, mas a frase passou muito tempo na minha cabeça. Será que Jesse oferecia dinheiro a caras mais fracassados do que ele como forma de reafirmar para si mesmo que ele tinha mais sucesso?

No parque em Seattle, o cara da guitarra vermelha começa a cantar. Tudo ao redor continua igual. Pessoas se exercitam ouvindo sua música particular em fones de ouvido quase imperceptíveis. Um menino sai correndo e dispersa um grupo de pombos, como alguém testando um superpoder que acaba de descobrir. Os pombos voltam. Não sei onde foram parar os velhos que passavam o tempo nos bancos dos parques. O músico de rua termina uma canção e não recebe aplausos. Se ao menos o Jesse estivesse aqui. O sujeito começa então a tocar uma melodia que me soa familiar, alguma coisa dos anos oitenta, aquele apocalipse dançante que entrou na minha vida de maneira tão precoce. Não consigo lembrar direito. Meu celular apita dentro da bolsa. Uma mensagem do Vinícius, justamente dele. *Oi, Ciça. Preciso te avisar que o pai tá no hospital.* Agora o cara chegou ao refrão. *Foi um AVC, mas tá tudo bem.* Pode ser The Cure, mais ainda não consigo ter certeza antes de o músico começar a cantar. *Talvez tu devesse vir pra cá por umas semanas. Me liga quando puder?* Não. É Smiths. Definitivamente, Smiths.

Era 2006. Eu morava em Oakland, Califórnia. As ruas cheiravam a madeira e às vezes eu encostava meu nariz na fachada das casas porque tinha vivido antes na Flórida, no Novo México, no Arizona, e nenhum desses lugares exalava aquele cheiro, o cheiro das florestas de sequoias, derrubadas e levadas por trens e seccionadas em tábuas e transformadas em cidades. Eu sublocava um quarto de um casal de tatuadores, no segundo andar de uma casa vitoriana caindo aos pedaços, com um pátio escuro e musguento cheio de coisas quebradas e eletrodomésticos que não funcionavam mais. Os racuns gostavam de entrar em uma velha máquina de lavar roupa. De vez em quando, eu chegava em casa e o Matt estava tatuando a Heather, ou a Heather tatuando o Matt, e depois a gente preparava o jantar como se não houvesse um novo peixe no antebraço dela ou uma cruz celta no pescoço dele. Eu não conhecia muita gente em Oakland.

Isso foi logo depois de Sedona, onde pela primeira vez eu tinha conseguido juntar algum dinheiro e traçar um plano capenga de empreendedorismo hippie: ia abrir um pequeníssimo negócio para levar turistas brasileiros a parques estaduais e nacionais da Califórnia. O clima do Arizona já tinha me cansado, e absolutamente nada me prendia àquele lugar. Peguei um empréstimo no banco e me mudei. Eu achava meus clientes na internet, ou às vezes ia até o píer 39 e procurava os brasileiros no meio da multidão e ia conversar com eles. Comecei a dirigir uma van cinza-chumbo meio temperamental.

Não era muito comum que eu conseguisse fechar grupos para ver as sequoias do extremo norte da Califórnia, minha parte favorita do estado. Ficavam a pelo menos quatro horas de San Francisco, o que fazia daquela excursão no mínimo um passeio de dois dias com um pernoite em algum motel modesto em uma cidadezinha de duzentos habitantes. Quase ninguém tinha tanta vontade de ver árvores — os outlets de Petaluma pareciam mais interessantes para o turista brasileiro médio — e, quando tinham, bastava ir até o bastante próximo Muir Woods e se acotovelar para tirar fotos de uma singela amostra do que poderiam encontrar em sua forma muito mais grandiosa nos subpovoados e úmidos condados de Humboldt e Del Norte.

Mas, às vezes, por um milagre, havia um punhado de pessoas empolgadas para ir até lugares como o Parque Nacional Redwood, pessoas que já se divertiam mesmo antes de chegarmos ao destino, rindo das esculturas de urso feitas com motosserra que íamos encontrando pela estrada e das atrações pega-turista que sempre pareciam estar a um passo da falência, vendo algum valor, enfim, no charme decadente das cabanas com tábuas pregadas nas janelas para evitar a presença de animais selvagens e andarilhos viciados em metanfetamina. Em uma dessas excursões, minha vida prévia se cruzou com minha vida americana pela primeira vez. Aconteceu quando fizemos nossa primeira parada no parque. Havia um casal gaúcho no grupo, Norberto e Alice, que não tinha falado muito até então, mas que olhava tudo com um entusiasmo embasbacado. Usavam roupas de trilha que pareciam novíssimas. Tinham cerca de sessenta e cinco anos, talvez mais.

"Teu sobrenome é Matzenbacher?", Norberto perguntou assim que desci da van. Ele segurava meu cartão de visita. Norberto e Alice eram dessas pessoas que eu conseguia caçar no píer 39.

Respondi que sim e tentei sorrir enquanto sentia todo o tipo de espasmos e fisgadas no corpo. O homem também deu um pequeno sorriso, virou as costas e foi na direção da esposa. Vi que falava alguma coisa para ela.

Aquela não era a primeira vez que havia gaúchos nos passeios, muito pelo contrário, eles sempre estavam lá, e bastava dizerem duas ou três palavras para eu reconhecer o sotaque do Sul. A maioria tinha idade suficiente para se lembrar do melodrama da minha família, como se todos os detalhes que compunham o chamado caso Satti fizessem também parte da história deles, uma fatia significativa do que era ter vivido em Porto Alegre no fim dos anos oitenta. Mas nunca ninguém tinha me perguntado nada ou feito algum comentário a respeito do meu sobrenome, então eu não pensava muito naquilo e continuava fazendo meu trabalho.

Naquele dia no Parque Nacional Redwood, além de sentir vergonha de me chamar Cecília Matzenbacher, percebi a burrice tremenda que foi nunca ter mudado de nome. Era certo que Norberto e Alice sabiam quem eu era, mas, no meio do caminho, tinham ficado constrangidos de perguntar mais. Quer dizer então que havia três pessoas nesse lugar remoto da Califórnia pensando sobre a noite de 7 de junho de 1988 em Porto Alegre. Isso era muito mais do que eu podia aguentar. Tentei afastar o desconforto caminhando ao redor dos troncos descomunais. Pareciam feitos de fibras musculares.

O grupo entrava e saía de dentro de um tronco enegrecido, todos ainda impressionados com o fato de que aquelas árvores podiam pegar fogo, ter seu núcleo completamente destruído e, ainda assim, continuar vivendo. Vivendo bem, obrigada. Mesmo ocas como cavernas. Norberto e Alice — nunca vou me esquecer dos nomes — saíram de dentro da sequoia e se aproximaram de mim.

"Tu por acaso é parente do Raul Matzenbacher?"

Estavam os dois me encarando, na expectativa de uma resposta. Eu disse a primeira mentira que consegui articular.

"Ele é primo do meu pai."

Os dois sorriram.

"Eu sou de São Gabriel também", Norberto continuou. "O Raul foi meu colega no Ginásio. Foi muito feio o que fizeram com ele lá atrás."

"Como assim?"

"Ele era amigo do Satti."

"O crime", acrescentou Alice. "Tu lembra, né? Não sei quantos anos tu tem."

"Ah, sim. Lembro."

"Pode tirar uma foto nossa?", ela disse.

Pararam, com o braço no ombro um do outro, ao lado das raízes de uma sequoia caída, uma massa milenar impressionante que parecia o resultado de uma explosão. Levando em conta a altura que essas árvores podiam alcançar, algo como um edifício de mais de vinte andares, as raízes das sequoias eram pouco profundas, mal chegando a dois metros. O truque estava no crescimento horizontal. Iam para longe, afastando-se quinze, vinte, trinta metros do tronco, e então se uniam às raízes de outras sequoias, criando um sistema difícil de ser vencido.

Tirei a foto, os dois muito pequenos ao lado daquele gigante de madeira. Recomeçamos a caminhar.

Ligo para Vinícius só quando chego ao quarto do hotel, muitas horas depois de ter recebido a mensagem. Ele repete que nosso pai sofreu um acidente cardiovascular cerebral e que está hospitalizado. Vinícius pegou um avião do Rio de Janeiro a Porto Alegre assim que teve a notícia pelo tio Werner. Marco dirigiu quatro horas e meia desde São Gabriel, deixando a esposa com Enzo, cinco anos, e a recém-nascida Sofia, de três semanas e quatro dias. Depois de passar a tarde no hospital, se convencendo de que não havia nada a ser feito a não ser esperar, Marco pegou a estrada de volta para São Gabriel, onde mora desde 2005 (*Eu gosto do campo, Ciça, e além do mais já tem muito pneumo em Porto Alegre*).

Vinícius está ficando na nossa velha casa. Diz que as estrelas que colamos no teto muitos anos atrás continuam lá, e então eu me vejo subindo a escada com um volume da enciclopédia *Britannica* na mão para emular o desenho que ilustrava o verbete Constelações. Tento não ficar sentimental com isso. Chego perto da janela e olho para baixo. Dali, posso ver a piscina e a banheira de hidromassagem.

"Não sei se eu vou poder ficar muito tempo aqui", escuto Vinícius dizer no telefone.

"O que tu acha que ele faz o dia todo? Digo, o que ele fazia antes do AVC."

"Devia passar o dia bebendo, mas agora acabou, né? Recolhi as garrafas. Contei. Cinquenta e cinco vazias e vinte e três cheias. Acho que ele comprava na fronteira."

"Meu Deus, garrafa de quê?"

"Basicamente uísque. Ciça, sobrou só essa casa aqui na praça, o resto é tudo prédio. Ele precisa se mudar, eu digo pra ele sempre, o Marco também, tá até perigoso. E não tem sentido uma pessoa sozinha num lugar tão grande. Sabe o que ele me respondeu da última vez? Eu fecho as portas, Vinícius, a casa tem o tamanho que eu quiser."

"Claro."

"Acho que ele vai pro quarto amanhã ou depois."

"Ele ainda tá na UTI?"

"Aham. Tá meio torto."

"Torto como?"

"Se ele quiser continuar aqui, vou ter que achar uma cuidadora."

Por mais estranho que possa parecer, a primeira pessoa a ir embora daquela casa foi minha mãe. Isso aconteceu em 1995, o mesmo ano em que entrei na faculdade de biologia. A partida dela era um desfecho que já parecia determinado muito tempo antes, mas que acabou ocorrendo lentamente devido às circunstâncias. A partir de agosto de 1990 — a data do julgamento do meu pai —, os jornais passaram a mencionar cada vez menos nosso sobrenome. Nas rádios locais, não havia mais debates sobre o temperamento de Raul Matzenbacher, o boné, o Monza cinza com aerofólio ou a confiabilidade do testemunho de uma surda-muda que não dominava a linguagem de sinais. Minha mãe, no entanto, parecia ainda sentir um ímpeto irracional de proteger aquela família, e não conseguiu ir embora até que sua lealdade se esvaísse completamente. Quando enfim decidiu que começaria uma nova vida, no verão de 1995, acabou rifando os filhos junto com o marido, como se não conseguisse visualizar esses elementos em separado; ia alugar um apartamento pequeno e tinha planos de viajar bastante, por isso achava melhor que nós três continuássemos vivendo na casa de sempre. Além disso, logo teríamos nossa vida independente. Marco estava no segundo ano da faculdade de medicina. Vinícius fingia ir para as aulas de história. "Tu vai gostar da faculdade, sempre adorou bicho e planta", minha mãe disse, fechando a última mala e olhando o relógio com expectativa, em um dia grudento de março.

O divórcio de Carmen e Raul foi noticiado pela colunista social Elisa Batalha apenas algumas semanas depois. A nota, bastante breve, mencionava a provável "exaustão depois de um caso que mobilizou a opinião pública do estado", fechando com um positivo e levemente feminista "Carmen — agora de volta ao seu nome de solteira, Bonacina — tem a grande chance de recomeçar a vida".

O recorte de jornal está guardado na minha caixa com a etiqueta *1990-1995*.

No telefone, Vinícius dá um longo suspiro.

"Eu não consigo entender por que tu não tá aqui e eu tô."

"É, eu não entendo mesmo por que tu tá aí. Acho que nunca entendi muito bem. Não tem a menor chance de eu ir pra Porto Alegre, Vini."

Fico esperando por mais um suspiro. Lá embaixo, uma mulher entra lentamente na jacuzzi, prolongando o prazer do primeiro contato com a água quente.

"Tu simplesmente esqueceu", ele finalmente diz.

"O que foi que eu esqueci?"

"Ah, tu deixou as coisas pra trás, começou de novo. Não vou dizer que tu não teve razão, né. Parece sensato."

"Deixar pra trás não é esquecer."

Ele ri como se não acreditasse em mim.

"Como é que tá o Jesse?"

Me sinto aliviada por termos mudado de assunto. Moro nos Estados Unidos há dezesseis anos, e foram raras as vezes que passei uma semana sem falar com Vini, mas nessas conversas quase nunca mencionamos o que aconteceu com nossa família.

"Tá tudo bem com ele. Viajou com a banda faz umas semanas."

"Eu adorei o último álbum. É tão… sofisticado. Aquela primeira música, caralho."

"Rock de velho, tu quer dizer."

Ele ri.

"O Jesse é muito bom. Tu também, mas acho que fica mais fácil pra mim avaliar música."

"Claro."

"Eu gosto dos teus animais empalhados."

"Brigada."

"Às vezes fico pensando se tudo começou com o lobo-guará que a gente viu naquele museu chinfrim do Jardim Botânico. Tu ficou meio fascinada, eu lembro. Queria sempre entrar lá, e o lugar já era decadente naquele tempo."

"Onde tu acha que começou tua vontade de trabalhar no Ministério Público?"

"Eu só queria um emprego estável. Não tem o que teorizar sobre isso, Ciça. Mas olha só."

"Quê?"

"Tu não acha estranho que a gente não teve filhos?"

Eu penso em Porto Alegre o tempo todo, e já me parece mais do que suficiente ter que lidar com esses pequenos instantâneos. Estou falando, por exemplo, da praça Horizonte tal como era nos anos oitenta, com as árvores de copas mirradas, outras apenas um fiapo protegido por uma tela circular que o vento já havia entortado. Aquilo era um projeto de praça em um projeto de vizinhança em um projeto de país, cujo destaque vinha a ser um imenso reservatório de água bem no centro, uma espécie de cálice de concreto retorcido batizado em homenagem a um general qualquer. As crianças da rua o chamavam de castelo. Eu mesma fui Rapunzel ali, depois Robin Hood. Por ironia, quando a praça atingisse seu auge, e as copas das sibipirunas e dos ipês-roxos disfarçassem finalmente o reservatório de água, seriam as casas que começariam a sumir, uma a uma, levadas embora em lascas de tijolos e telhas em caçambas de caminhões.

Estou falando também do muro baixo de pedra, e sobre ele as tranças de coroa-de-cristo. Do Monza estacionado logo depois do portão. Não preciso realmente voltar para esse cenário. Tenho tudo aqui comigo.

A casa em um sábado de outubro de 1987, uma semana depois da última caçada no pampa. A lareira exatamente como eu sempre imagino, com as cinzas acumuladas de dois invernos subtropicais, e minha mãe esticada no sofá, meia-calça de náilon, saia preta, blazer amarelo com ombreiras, o cabelo claro em um ostensivo permanente que ainda exalava cheiro de produto químico. Estava olhando a si mesma em um álbum de fotografia, algo que fazia com uma frequência preocupante. Era uma dessas típicas jovens mães entediadas que, na ânsia de se casar e constituir uma família, não tinha exatamente feito o cálculo do que isso lhe traria depois. Diferente da própria mãe, das avós e de todas as mulheres antes disso, ela não fora moldada à perfeição para a vida doméstica, mas tampouco havia se preparado para outra coisa. As da geração seguinte teriam carreira, babá, comida entregue na porta de casa. Carmen Matzenbacher tinha apenas uma enorme ambição.

A vida da minha mãe havia começado muito antes do que aquele álbum de fotografia contava. Nascera em 1949 em uma curva da serra. Era neta de agricultores e filha de uma dona de casa e um caminhoneiro, a mais bonita das três irmãs Bonacina. Quando criança, queria ser rainha da Festa da Uva. Tudo o que brilhava poderia ser transformado em coroa, então Carmen juntava pedaços — garfo quebrado, lantejoulas, retalhos de tule e cetim — e conduzia sua pequena cerimônia de coroação diante das duas irmãs mais novas e de três bonecas de pano, nos fundos de uma casa azul de madeira no distrito de Ana Rech. Tal obsessão estava provavelmente ligada a uma de suas primeiras memórias de infância, do ponto de vista de quem se equilibrava sobre os ombros do pai: em 1954, no palanque montado na praça Rui

Barbosa, em Caxias do Sul, o presidente da República, Getúlio Vargas, cumprimentava a rainha da Festa da Uva.

Não havia fotografias para contar sua história de menina obstinada, e era preciso acreditar nela quando dizia que tinha sido a criança mais linda de Ana Rech, pois o único registro da infância, feito por um fotógrafo lambe-lambe de passagem pela serra, trazia uma criança levemente fora de foco que parecia ter sido flagrada após um pequeno delito. Era a primeira imagem do álbum. Depois, havia um salto para 1964: Carmen no palco do Clube Recreio da Juventude com outras treze meninas. Disputavam o título de rainha da Festa da Uva. Daquela vez, era a coroa de verdade, não o arremedo de realeza com o qual Carmen brincara durante a infância, não a cena de consagração que passava em sua cabeça adolescente quando se sentava diante da penteadeira. O clube estava lotado. As torcidas gritavam o nome das concorrentes no ar rarefeito do salão. A certa altura, a música foi interrompida para que o apresentador anunciasse as quatro meninas que atuariam como as honrosas princesas da Festa da Uva de 1965. Então Carmen Bonacina ouviu seu nome ser dito como o terceiro da lista lida de um fôlego só. Deu um passo para a frente, possivelmente querendo desmoronar. Nesse ponto, todos já podiam ter certeza de que Silvia Celli, a Mais Bela Caxiense e Rainha dos Estudantes Secundaristas, seria mais uma vez a grande estrela da cidade.

Como princesa, minha mãe estampou uma série de cartões-postais que foram vendidos às centenas nos balcões da Óptica Caxiense. As fotografias originais podem ser vistas no álbum, ela com o traje típico das imigrantes italianas segurando um cesto de uvas nas posições mais esdrúxulas que aquele parreiral já tinha visto. Alguns dos postais foram levados até a privacidade de pequenos banheiros no meio do mato. Carmen era reconhecida na rua. Parava para dar autógrafos nos guardanapos da sorveteria.

Talvez esses anos tenham forjado sua resignação orgulhosa; depois de perder o título de rainha, ela não vestiu o ar de derrota típico dos que levam a medalha de prata ou de bronze. Viajou pelo país inteiro divulgando a futura edição da Festa da Uva. Foi bajulada, invejada, mergulhou na piscina do Hotel Glória, subiu até o Cristo Redentor. Certa noite, depois de duas taças de vinho serrano, disse ao pé do ouvido de um garçom, no alto do Pão de Açúcar, que ser rainha era apenas um estado de espírito, e então se inclinou sobre o parapeito como se quisesse agarrar todas as luzes do Rio de Janeiro. Sei disso porque Lígia Farina, também princesa naquele ano, lembra-se do episódio com extrema nitidez. Estava ao lado da minha mãe e chegou a segurar a mão dela, com medo de que Carmen se jogasse ou caísse sem querer. "Desculpa dizer isso, mas tu perguntou", Lígia me disse com a xícara de café entre as mãos, muitas décadas depois, o rosto cansado por trás da fumaça, recém-saída de mais um turno no Hospital Conceição, onde trabalhava como técnica de enfermagem. "Quando vi o nome da tua mãe no jornal em 88, não fiquei tão surpresa. Aquela guriazinha de Ana Rech sempre me pareceu alguém talhada pra tragédia."

No desfile, colocaram Silvia Celli sentada na parte mais alta do carro alegórico. Ia equilibrada no topo de uma espécie de globo vazado que continha um cacho de uva gigante. Com a mão direita, levava as rédeas de dois cisnes enormes e felpudos em posição de alçar voo. Com a esquerda, acenava às pessoas amontoadas na avenida e penduradas nas sacadas do Hotel Menegotto. Caxias do Sul nunca tinha visto uma coisa daquelas.

No meio da multidão, estava um jovem estudante de medicina chamado Raul Matzenbacher. Quando o carro alegórico dos cisnes passasse, ele ficaria encantado com uma das princesas da festa que sorria na lateral direita, embalada pela ruidosa banda de um colégio secundarista. Ela, por sua vez, só pensaria alguns dias depois naquele rapaz bem-vestido com quem ia conversar quando o desfile chegasse ao fim, pois, naquela noite, a três cadeiras de distância, Carmen Bonacina jantaria com o presidente Castelo Branco. Minha mãe, a rainha e as outras princesas iam depois dançar e cantar canções em vêneto enquanto o general observava impassível, como um fantasma que se assusta com quem está vivo. Embora existam fotos dela com o presidente, atarracado, queixudo, incapaz de sorrir, todas foram removidas do álbum logo após meu pai lançar sua candidatura a deputado estadual pelo PMDB em 1986, as primeiras eleições diretas depois de vinte e dois anos de ditadura.

    Digamos que fosse o mesmo dia. Enquanto minha mãe folheava o álbum, eu estava no quarto, no segundo andar da casa, dando os toques finais na minha maquete das chinampas astecas. Tinha feito os canais com um garfo quente, usando o fogo sob a supervisão do Marco, depois os pintei com tinta têmpera azul. Os canteiros receberam cola branca e uma fina camada de erva-mate. Dava para acreditar. Em três deles, no centro do grande retângulo de isopor, havia também pedaços de palito de dente que eu tinha pintado de verde e então mergulhado uma das pontas no pote de tinta amarela. "Esses são os milharais", eu diria na hora da apresentação à professora Silvana. Mas o destaque da minha maquete das chinampas seria o barquinho de cartolina com um cherokee dentro. "É que não dá pra comprar bonecos de astecas", eu ia dizer caso alguém perguntasse sobre aquele erro histórico. O boneco indígena com a pintura descascando estava na gaveta dos brinquedos esquecidos do Vini fazia anos.
    Agora faltava pouco. Eu adoraria colocar também alguns patos, mas nenhum dos meus tinha a proporção certa.
    Desde que eu havia flagrado a tia Silvana chorando no ba-

nheiro, queria fazer o melhor que podia. Isso só tinha acontecido porque, naquela específica manhã, não era possível ver meus pés pelo vão da porta; eu estava sentada sobre o vaso, as pernas uma sobre a outra, lendo um gibi da Luluzinha. Às vezes eu fazia isso para que os colegas no pátio não pensassem "olha lá a guria estranha sozinha lendo". Naquele dia, tia Silvana deve ter entrado no banheiro, conferido se havia mais alguém ali e, certa de que todo aquele espaço de azulejo branco era temporariamente só dela, tinha começado a chorar. No início, era um barulho discreto, como rajadas de vento entrando e saindo do nariz. Depois, vieram os gemidos. Levei uns bons minutos para abrir a porta. Não tinha a menor ideia de quem ia encontrar. Quando nos reconhecemos, tia Silvana não sorriu nem tentou disfarçar os olhos vermelhos e o nariz correndo. Ficou olhando para mim sem dizer nada por um tempo que não passava nunca, e eu entendi que aquele era o tempo dos segredos. Lavei as mãos enquanto tia Silvana dava encostadinhas de leve nos olhos com um pedaço de papel higiênico. Saímos, uma depois da outra, na luz explosiva do pátio e, desde que eu tinha cruzado a porta daquele banheiro, vinha tentando ser a melhor aluna que podia.

Estava colocando mais um pouco de erva-mate nos canteiros da maquete quando comecei a escutar batidas. Esfreguei os dedos verdes uns contra os outros e me levantei. Vinícius tinha ligado o toca-discos. Fazia um ano que ouvia música de forma obsessiva, tendo substituído os disquinhos do Balão Mágico primeiro por Paralamas do Sucesso e Legião Urbana, depois por todo um pessoal de cabelo de esfregão que cantava em inglês. Meu irmão só ouvia música naquele volume quando nosso pai não estava em casa.

Carreguei minha cadeira até a janela e abri os vidros. Como ele sempre estava com a janela do quarto dele aberta, a música se espalhava pelo lado de fora. Subi na cadeira. Dali eu podia ver nosso jardim dos fundos, a área da churrasqueira e o espaço entre a casa e o muro onde meu pai estacionava o carro.

Eu não sabia o nome das bandas, mas tinha inventado apelidos e era capaz de reconhecê-las. Naquele sábado, era o Voz de Jacaré que estava cantando. Minha preferida era a terceira música do álbum. A primeira estava quase chegando ao fim quando ouvi os sapatos da minha mãe na escada. Só tive tempo de descer da cadeira e me sentar no chão meio torta ao lado da maquete.

A porta se abriu.

"Ciça, tu pode levar a Nossa Senhora pra Marli?"

Ela nunca tinha me pedido isso.

"Posso."

Deu uma olhada ao redor. Fiquei esperando que dissesse algo sobre a maquete.

"O que aquela cadeira tá fazendo ali perto da janela?"

Mas ela fechou a porta antes que eu conseguisse pensar no que dizer.

Agora eu estava na calçada segurando a capelinha da Nossa Senhora, uma das cinquenta e duas que a paróquia São Manoel fazia circular pelo bairro. Segundo o padre Emiliano — às vezes minha mãe nos levava na missa —, era fundamental passá-la adiante em setenta e duas horas para que assim todas as casas fossem igualmente abençoadas. Depois da nossa, vinha sempre a da Marli, e eu sabia que a capela precisava chegar lá às nove da manhã.

Passava das duas da tarde. Comecei a andar com os braços bem esticados, cuidando para não deixar marcas de dedo no vidro. Fiz questão de olhar na direção da praça em busca de algum vizinho — ei, eu tinha nove anos e estava em uma expedição religiosa de dois quarteirões e meio! —, mas tudo o que vi foram as árvores baixinhas e os bancos riscados de corações e nomes. Passei na frente da guarita vazia onde havia sempre um guardinha a partir das seis da tarde, e então dobrei a primeira rua à esquerda. Era lá que morava o tio Werner, irmão do meu pai, em uma casa ainda maior do que a nossa. Marli e Adelino viviam na garagem.

Diante do portão, larguei a capelinha na calçada musguenta. Apertei um dos botões do interfone. Marli veio abrir. Esfregava as mãos em um avental e sorria.

"Olha, a Ciça e a Nossa Senhora."

Tinha nascido em São Gabriel e começara a trabalhar na estância dos meus avós aos dezesseis anos. Agora estava casada e com filhos. Trabalhava metade do tempo na nossa casa e metade na casa do tio Werner e da tia Eliane. Adelino era o caseiro e o faz-tudo da família. Seus dois meninos moravam no interior com os pais de Marli, em uma casa de madeira meio caída para o lado.

"Entra um pouquinho, Ciça, tenho um negócio pra entregar pra tua mãe."

A garagem era escura, sem nem uma mínima janela. As paredes e o piso de cimento cru pareciam querer para si toda a luz que saía das lâmpadas. Marli colocou a capelinha em uma mesa baixa com uma toalha de crochê e um vaso de flores artificiais. Andou até a máquina de costura e voltou com uma sacola.

"Tem duas calças aí da dona Carmen e duas do seu Satti."

Peguei a sacola.

"Fiz bainha pra ele", ela disse, orgulhosa.

"O tio João me deu um pirulito de chiclé", respondi, querendo também me exibir um pouco. "Semana passada."

"Ele gosta de ti, Ciça. Tu acha que o seu Satti vai aparecer na TV com as calças que eu ajeitei? Ou de repente fazer um discurso bonito lá na Assembleia."

É muito provável que o deputado e jornalista João Carlos Satti tenha lido a respeito de Joe Farman. Farman foi um geofísico britânico que, desde meados dos anos setenta, conduziu medições de ozônio na atmosfera. A partir de um lugar conhecido como Plataforma de Gelo Brunt, na Antártida, ele lançou incontáveis balões meteorológicos que carregavam precariamente um medidor Dobson enrolado em um cobertor azul. Sempre que voltavam a tocar a superfície gelada, os balões traziam más notícias: havia um buraco cada vez maior na camada de ozônio, possivelmente feito pelo ser humano.

Durante os anos oitenta, Joe Farman lançou também seus balões a milhares de quilômetros da Plataforma de Gelo Brunt. Analisando depois os números coletados pelo medidor, ele pôde concluir que aquele buraco tinha um tamanho equivalente ao do território dos Estados Unidos. Publicou suas descobertas na revista *Nature* em 1985, deixando o mundo científico em polvorosa.

Encontrar um buraco é um conceito estranho. Para descobrir o que não está lá, você precisa na verdade achar o que permaneceu intacto.

Logo ficou evidente para a comunidade científica que os clorofluorcarbonetos, os chamados CFCs, eram os principais responsáveis pela destruição da camada de ozônio, essa região da estratosfera que protege os seres vivos dos raios ultravioleta do sol. Inúmeros países começaram a aprovar leis que proibiam o uso de tais substâncias, presentes em produtos como inseticidas, desodorantes e geladeiras.

Em agosto de 1987, João Carlos Satti apresentou na Assembleia Legislativa um projeto que, se aprovado, barraria a comercialização de produtos que continham CFCs em todo o estado do Rio Grande do Sul. Foi a primeira proposta desse tipo no território brasileiro. As proibições já estavam acontecendo ao redor do mundo.

Raul Matzenbacher e João Carlos Satti faziam parte da mesma bancada. Mas, enquanto Satti era um progressista, possivelmente empolgado com a volta gradual ao regime democrático, meu pai era um conservador incrédulo. A colisão dessas duas trajetórias mostraria que o Brasil sempre mudava para, no fundo, continuar exatamente igual.

Em uma tarde de domingo daquele mesmo ano, Satti estacionou seu Escort XR3 azul junto à calçada da praça Horizonte. Tirou o .38 do porta-luvas e colocou-o na cintura, escondido pela camisa xadrez. Girou o corpo e olhou para os lados com toda a atenção, e viu uma velha alimentando os pombos e depois duas crianças que chafurdavam em uma caixa de areia escura e grudenta. Atravessou a rua com o vento batendo de chapa, uma mecha de cabelo incômoda na testa porque não tinha colocado gel. Tocou a campainha da nossa casa.
"Satti, tá tudo bem?"
"Não, nada tá bem, Carmen, nada tá bem."
Vieram os dois na direção da sala. Fazia pelo menos uma hora que eu e meus irmãos estávamos sentados à mesa de jantar brincando de *Jogo da Vida*, e tudo indicava que eu ia ganhar.
Seu iate bateu num iceberg. Venda cubos de gelo e receba $ 10 000.
Meu pai lia o *Correio do Povo*. Um exemplar da *Zero Hora* estava no braço da poltrona. Por aqueles dias, as manchetes só falavam do motim no Presídio Central, que tinha resultado na fuga de conhecidos líderes do crime e desmoralizado as forças policiais. Em 10 de agosto, um dos amotinados, Vico, fora encontrado morto na margem direita da BR-290, em Cachoeirinha. Estava deitado de bruços com as mãos amarradas, a apenas alguns metros da companheira, Jussana, ambos com perfurações na cabeça e nas costas. Jussana tinha também marcas de queimaduras nas mãos. Em 28 de agosto, Melara, o bandido mais famoso do

Rio Grande do Sul, conseguira escapar da Penitenciária Estadual de Charqueadas. No mesmo dia, Fontella — que, do litoral de São Paulo, enviara as armas usadas no motim de julho no Central — havia liderado dois assaltos a bancos em um intervalo de apenas uma hora e meia. Finalmente, em 6 de setembro, o dia em que Satti entrou em nossa casa dizendo que as coisas não andavam nada bem, Melara havia sido recapturado pela polícia.

Meu pai largou o jornal no sofá e se levantou para cumprimentar Satti.

"Tu já comeu? Tem uma carninha boa aí que sobrou do almoço."

"Brigado, Raul, eu só vim conversar mesmo."

Ele desabou na poltrona como se as pernas tivessem parado de funcionar de repente, e então olhou para mim e para os meus irmãos e esticou a boca em um sorriso apagado. Não era esse o tio João que costumava aparecer com os bolsos cheios de balas e chicletes, caminhando em câmera lenta enquanto pedia minha ajuda para se livrar de todo aquele peso.

"Aconteceu alguma coisa?", meu pai perguntou.

"Fala, Satti", disse minha mãe.

"Se fosse só uma coisa, até que tava bom. Como é que tu deixou teu marido virar deputado, hein, Carmen?"

Minha mãe deu uma gargalhada desproporcional. Satti continuou sério.

"Se eu tivesse mulher, ia dizer: 'Me proíbe, por favor, não deixa eu fazer uma coisa dessas'. Um caos na segurança pública, daí a polícia executa o Vico…"

"Bandido bom…"

"Ah, pelo amor de Deus, Raul. Assim não se resolve nada."

"Tudo bem, Satti, mas tu não é secretário de Segurança. E pegaram o Melara hoje."

"Eu sei. Mas eu nem vim falar disso. Vim falar de outro pepino, os CFCs."

"Baita pepino. Mas esse foi tu que criou."

"Escuta só. Eu fui na Zequinha ontem. Umas 22h30, tava entrando no carro quando vi um sujeito atravessando a rua na minha direção. Uns trinta anos, bem-vestido e tudo. Passou do meu lado e disse: 'É bom tu te cuidar, Deputado Ozônio'. Aí foi embora. Parece que agora eu sou o Deputado Ozônio."

"Satti, isso é grave", disse Carmen, e então se levantou.

Raul tirou a carteira de Minister do bolso da camisa e acendeu um cigarro.

"Tu já parou pra pensar que ninguém nunca viu essa camada de ozônio?"

A fumaça subiu e Satti a acompanhou com o olhar, depois encarou meu pai, perplexo.

"Também nunca vi oxigênio entrando no meu nariz, Raul, mas aprendi com a ciência que ele existe."

Meu pai riu, um pouco constrangido. Não era burro, mas Satti lhe parecia excêntrico demais, defendendo uma pauta ambiental em um país como o nosso em 1987.

"Vou fazer um cafezinho pra gente", disse Carmen.

"Um café eu aceito."

No *Jogo da Vida*, Marco estava quase quebrado. Vinícius tinha recém-perdido duzentos mil para mim ao cair na casa Vingança. Já eu tinha pilhas de dinheiro e ainda ia trocar meus cinco filhos-pinos por quarenta e oito mil cada.

Seu bode comeu orquídeas premiadas. Pague $ 3000.

"Tem empresário que não tá gostando dessa história aí", continuou meu pai. "O Ernani Gazotti, por exemplo. Ligou pessoalmente pra toda a nossa bancada."

"Eu sei, eu já tentei tranquilizar o velho. Eu disse: 'Seu Gazotti, o senhor não tá entendendo, o senhor pode até tirar vantagem disso'. Vai poder dizer que tá ajudando o planeta. Imagina uma propaganda com uma criançada correndo entre as árvores, daí aparece o pai, a mãe, o avô..."

"Claro."

"O Gazotti faz o que mesmo?", gritou Carmen da cozinha.

"Inseticida", respondeu Raul.

"Aí no final, close na lata de spray e a frase: 'Protege você enquanto protege o planeta'."

Marco avisou que ia arriscar tudo e tentar virar magnata. Apostou no número 8, girou a roleta e ganhou. Então ergueu os braços e disse "Eu não acredito", uma comemoração que passou em branco para os adultos da sala. Comecei a guardar as peças do jogo, que é precisamente o que os perdedores fazem: são os primeiros a quererem que a prova do seu fracasso desapareça.

Minha mãe levou as xícaras de café para a mesa de centro.

"Teve mais alguma ameaça?", perguntou.

"Ih, toda hora. Tão ligando pra minha casa e desligam quando alguém atende. Com esses aí eu não me preocupo tanto, são uns covardes, mas o problema é que o Fred fica assustado."

João Carlos Satti tinha quarenta e dois anos. Nunca havia se casado. Era conhecido na cidade por despertar a atenção das mulheres, ainda que não fosse exatamente um homem bonito: rosto tendendo para a flacidez, sorriso de fumante, olheiras cavadas por noites curtas demais. O carisma fazia todo o trabalho. Elas gostavam de seu conhecimento enciclopédico cosmopolita, que se unia sem emendas aparentes a um certo primitivismo gaúcho. Ouvia óperas e frequentava a Califórnia da Canção. Podia assar em uma vala quinze espetos de costela enquanto falava sobre Ronald Reagan, Margaret Thatcher e o fim iminente da União Soviética. Foi em 1987 que Fred passou a viver com Satti no apartamento da Quintino Bocaiuva. Para os amigos mais próximos, que incluíam meu pai e minha mãe, ele havia contado que o rapaz de vinte e um anos era fruto de um relacionamento antigo com uma telefonista da Rádio Gaúcha. O que aconteceu de diferente naquele ano foi que ela e o filho *começaram a ter os seus desentendimentos*, momento em que Satti resolveu então interceder, aceitando enfim as responsabilidades de pai. Em uma entrevista para o Serviço de Pesquisa e Documentação Histórica e Museu da Assembleia Legislativa, o deputado diria: "Isso tudo fez muito mal à minha vida. Procurei corrigir meu erro no ano passado, e hoje mantenho com esse menino, com esse moço, o melhor dos relacionamentos".

"Satti, eu acho o seguinte", disse minha mãe. "Fala com a PM e bota dois brigadianos na frente da tua casa."

"Pensei nisso."

"E pede pra grampearem teu telefone pra ver quem tá te ligando", acrescentou Raul.

"Pode ser. É, eu tô tranquilo, o Fred é que se preocupa mais. Eu sei me cuidar desde que vim pro mundo."

Imagino então que, nesse momento, Satti puxou a barra da camisa e mostrou o .38 que levava na cintura. Meu pai se exaltou.

"Pelo amor de Deus, precisa trazer arma aqui pra dentro da minha casa?"

"Não é pra dentro, Raul, pra descer do carro tem que tá cuidando."

"Na frente das crianças, Satti!"

"Eu não queria assustar ninguém", disse, e então olhou para mim e para meus irmãos. "Desculpa, gurizada."

"Tá tudo bem", minha mãe respondeu por nós.

Satti pegou a arma. Agora sim eu via claramente a empunhadura de madeira e o metal brilhante do cano.

"Só pra todo mundo ficar tranquilo, eu vou tirar as balas, tá bom?"

"Não precisa tirar", disse meu pai.

"Vou tirar. Tu falou uma coisa chave agora, Raul. Esse troço de filho ainda é muito novo pra mim, mas tu tem razão. A gente tem que ter cuidado. Ainda mais com criança."

Satti abriu o tambor e foi colocando, uma a uma, as seis balas douradas ao lado da xícara vazia.

Se Jesse me ligar, vou contar que meu pai sofreu um acidente vascular cerebral. Ensaio a conversa na minha cabeça, *Jesse, aconteceu uma coisa com o meu pai*, e sei que ele não me julgaria por eu não estar aos prantos porque é o único neste país inteiro que conhece cada detalhe da história. Mesmo assim, sinto um incômodo, uma culpa constrangedora, como se dizer essa frase, *meu pai sofreu um acidente vascular cerebral*, implicasse necessariamente uma linha contínua de ações: eu deveria procurar uma passagem aérea para o dia seguinte e pagar o preço que fosse, esperar em aeroportos enquanto trocava com minha família mensagens preocupadas, depois ficar comovida ao ver o último dos meus três voos fazer uma curva sobre uma cidade cujos limites norte e oeste são as águas marrons — lama, sujeira e luz — de um grande e estranho lago. Ato contínuo, eu pegaria um táxi para a casa da minha infância, lembrando de coisas que aconteceram há muito tempo nas esquinas por onde eu ia passar, especialmente *aquela* esquina, e na casa da minha infância encontraria meu pai fragilizado, doente, esse homem que, segundo a crença comum, eu deveria amar e de quem deveria cuidar.

Mas estou em um quarto de hotel, digo a mim mesma. Bem longe de Porto Alegre. Preciso tirar proveito disso, usar a meu favor o fato de que ainda tenho pelo menos mais uma semana nessa cápsula genérica. Tento me agarrar com força à ideia de repetição: um quarto igual ao lado do outro igual ao lado do outro igual ao lado. É como se as mesmíssimas colchas, cadeiras e luminárias, arranjadas e rearranjadas nas mesmas posições, fizessem eco aos padrões limitados dos dramas humanos vividos aqui. Por um instante, isso parece diminuir o peso da minha história.

Sou apenas mais uma hóspede que pega uma toalha branca, guarda o cartão-chave no bolso e entra no elevador. Mas o sol já se pôs há pelo menos uma hora. Acabo sendo a única pessoa em toda a área da piscina. Vou tirando a roupa e sentindo a pele ficando arrepiada, depois me aproximo da borda. Olho para as janelas e varandas me cercando por todos os lados, um mosaico de claro-escuro que de repente começa a me incomodar. Então pulo na água levemente aquecida e fico treinando a braçada perfeita até que um funcionário do hotel se agache para me dizer que já são dez horas e que ele precisa fechar a piscina. Saio da água sem muita pressa em me secar. Pego outra toalha branca para fazer um turbante no cabelo, e é nesse momento que vejo uma mulher de pé em uma das varandas.

Está olhando para mim, sei disso. Vejo o contorno do roupão e os cabelos longos. Ficamos nos encarando. Por um instante, ela se vira para trás e olha para o quarto, talvez diga qualquer coisa para alguém lá dentro, mas logo volta à pose original, com os dedos tocando de leve o parapeito.

Penso em minha mãe no Caribe, quarto de frente para o mar, taça de espumante na mão e música latina tocando, o palco e os objetos necessários para sua *grande chance de recomeçar a vida*. Então é meio sem perceber que volto ao quarto, escolho uma roupa, seco o cabelo e calço minhas botas Blundstone de sempre. Procuro um bar próximo ao hotel e me sento ao balcão exatamente como Carmen — *agora de volta ao seu nome de solteira, Bonacina* — se sentou em Tampa, Nassau, Tortola, Saint John's, mexendo o canudo de um drinque enquanto esperava que alguém viesse falar com ela. Certamente aconteceram alguns encontros nesses bares caribenhos com teto de palha e vapores do oceano Atlântico, embora a sorte não esteja nunca com as mulheres divorciadas de quase cinquenta anos, e menos ainda na década de noventa. Mas foi assim que ela encontrou um cara chamado Guillermo. Ele tocava saxofone em um cruzeiro, o mais velho do grupo de músicos. Quando se conheceram, havia perdido a esposa fazia menos de um ano para alguma doença que mata devagar. Não sei o que ele prometeu para minha mãe, mas sei das altas expectativas que ela criou em torno dele. Por alguns meses, em seu novo apartamento em Porto Alegre, ela ligava para o telefone da casa da praça Horizonte e me contava que talvez se casasse de novo, gargalhando histericamente enquanto discorria sobre as vagas qualidades daquele argentino a respeito do qual não sabia quase nada. Um dia, Guillermo desapareceu. Na companhia do cruzeiro, simplesmente informaram minha mãe que ele não trabalhava mais lá. Podia estar em qualquer lugar do mundo.

No bar, peço um uísque sem gelo. Há três mesas de sinuca atrás de mim, todas ocupadas. Uma jukebox digital está tocando alguma coisa que Jesse chamaria de rock-de-autoestrada (*Me diz se você não sente uma comichão asfáltica com essa daí*). Não preciso esperar muito até que alguém venha sentar perto o suficiente para puxar assunto. É um cara da minha idade, bonitinho, com a barba falhada e um boné preto enterrado na cabeça.

"Isso aqui é demais pra mim", ele diz, e empurra um cesto de batata frita para o meu lado.

Pesco uma batata. A calça dele está cheia de manchas de quem faz tudo com as próprias mãos, e as unhas confirmam isso, o que me parece algo atraente.

"Mora por aqui?", ele pergunta.

"Não, Los Angeles. E você?"

"Volkswagen Westfalia. Comprei ano passado, tô viajando desde o outono."

"Uau. Você largou tudo?"

"Ah, não tinha muito o que largar. Meu melhor amigo me deu um livro, sabe esses sinais divinos? Tipo, tem gente que já viu Elvis numa batata?"

Começo a rir.

"Você acha que Elvis numa batata é um sinal divino?"

"Tá, vai lá, Jesus Cristo, sei lá eu. Esse amigo me deu um livro chamado *Walden sobre rodas*. Walden parece que é um livro de um cara que viveu numa cabana mil séculos atrás."

"Henry David Thoreau."

"Então. Esse livro que eu ganhei conta a história de um carinha que foi morar numa van. É mais tipo real que o velho Walden, né? E não tava acontecendo nada na minha vida ano passado, só um monte de merda, então eu vi a coisa toda como um sinal. Comprei a van e logo depois, quando tava dando um trato nela, meu amigo teve uma overdose."

"Nossa. Ele morreu?"

"Aham."

"Sinto muito."

Ficamos em um silêncio pesado.

"Você não acha que a gente tende a ver sinais nessas horas?", eu digo de repente. "A gente quer mudar a vida, e aí fica esperando que uma coisa concreta meio que justifique esse desejo, e se agarra a isso porque é o único jeito de, sei lá, ter coragem?"

Ele bebe um gole de cerveja, depois larga o copo com um baque.

"Acho que eu vou ter que pensar um pouco mais sobre isso."

Eu só queria sexo, mas subitamente estava impondo uma conversa profunda. Tento corrigir o rumo.

"Então você vai parando em campings?"

"Ah, só quando precisa. Dá para fazer uns oito dias de *boondocking* se você tem a manha." Ele estava gostando de contar aquilo, que ele tinha a manha. "E aí fico uma ou duas noites num lugar barato, pra tomar banho, esse tipo de coisa."

"*Boondocking*?"

"Você não é americana, é?"

"Não."

"De onde você é?"

"Brasil."

Ele bebe mais um gole de cerveja. Eu já terminei o uísque.

"Notei o sotaque. Basicamente, você estaciona no meio da floresta e torce para ninguém te encontrar."

"Parece divertido."

"E grátis. É uísque que você tá bebendo?"

"Aham."

Ele me olha como se estivesse tentando entender que tipo de mulher eu sou.

"Vou pedir dois uísques, então."

"Tá bom."

"Traz dois desse pra gente?", ele grita pro barman, apontando o copo vazio.

"Então", eu digo, agora me virando bem para ele. "Essa noite é de *boondocking* ou de camping barato?"

Ele ri.

"Eu não tinha decidido ainda. Mas a gente com certeza pode achar algum lugar tranquilo."

Então ele levanta do banco e diz que precisa ir ao banheiro. As bebidas chegam. É um homem mais bonito de pé, com o porte de quem ganhou músculos pelas circunstâncias da vida. Sorri para mim, diz que já volta e começa a caminhar lentamente até o fundo do bar. Tomo um gole do uísque, olho para ele de novo, e então leio o que está escrito, em letras amarelas, nas costas do seu moletom: *Associação dos Caçadores do Oregon*.

Sinto meu coração pular como a porcaria de um motor velho. Sem tirar os olhos da porta do banheiro, alcanço minha bolsa, puxo o zíper e tento achar, com as mãos um pouco trêmulas, uma nota de dez dólares. Era uma má ideia desde o começo, penso. Encontro a carteira, puxo a nota e a deixo embaixo do copo. A tentação de fazer merda quando as coisas parecem estar desmoronando. Ao me levantar, vejo que o barman está olhando para mim, provavelmente tentando entender o que deu errado. Viro as costas e vou embora do bar.

Na minha vida adulta, encontrei muito mais caçadores do que gostaria de ter encontrado. Isso aconteceu a partir do momento em que comecei a frequentar as edições bianuais do Campeonato Mundial de Taxidermia, algo que eu precisava fazer se quisesse ter uma carreira na área. Era um evento cheio de caçadores. Os que tinham mais de cinquenta anos haviam aprendido a profissão no curso por correspondência de J. W. Elwood, que anunciara por décadas nas revistas de caça. Os mais jovens haviam esfolado ratos e esquilos e moldado um pedaço de espuma e feito uma cabecinha de gesso e arame de acordo com tutoriais do YouTube. Outros tinham juntado dinheiro para se matricular em formações de quatro semanas em lugares como Kooskia, Idaho, ou Springtown, Texas, e então voltavam para sua cidade natal e abriam uma pequena oficina na garagem de casa, onde atendiam os caçadores da região, montando três cabeças de cervo por dia em manequins de poliuretano comprados on-line.

Uma parte das pessoas que circulava pelo campeonato usava bonés de ferragens locais e camisetas engraçadinhas (*Alguns avôs jogam bingo. Avôs de verdade vão caçar*). Os mais estilosos achavam que aquele evento merecia suas melhores camisas brancas, botas de caubói e *bolo ties* de prata e turquesa. O número mais expressivo, no entanto, era o dos que vestiam roupas camufladas, como se ainda estivessem no meio do mato, não no centro de convenções de um hotel, nervosos enquanto faziam os últimos retoques antes de os juízes avaliarem a qualidade de suas taxidermias.

E havia também o pessoal que eu chamava de *naturalistas*. Eram bem poucos e não tinham um jeito específico de se vestir. Eu queria aprender com eles. De todas as pessoas que atuavam na taxidermia, eu os considerava os mais obsessivos. Eram movidos pela ideia fixa de recriar a natureza à perfeição. Nisso, se diferenciavam dos caçadores, os quais inevitavelmente caíam na tentação de exaltarem a si mesmos através do animal. O que quero dizer é que acontecia com frequência de os caçadores montarem suas taxidermias como se aqueles animais fossem mais imponentes e audaciosos do que de fato eram quando vivos. E eu já estava mais do que cansada — quase enojada, eu diria — de ver troféus de caça em reflexo flehmen: o cervo macho com o pescoço ereto, o lábio superior curvado de um modo quase caricato, as narinas ostensivamente dilatadas à procura de estrogênio. Dar poder ao animal significava dar poder a si próprio.

Os naturalistas não apenas desprezavam essa narrativa como seguiam outro tipo de ética. Aqueles que trabalhavam para museus lidavam com animais que haviam sido abatidos muito tempo antes, em um mundo quase irreconhecível onde não parecia contraditório matar em nome do conservacionismo e da educação ambiental. O fato de não terem dado o tiro pesava a seu favor. Mas muitos acabavam assolados por crises de consciência mesmo assim (*Todos os museus de história natural foram fundados sobre princípios antropocêntricos bem questionáveis, Cecília*, me disse uma vez um cara que trabalhou comigo. *Você acha que organizar animais em uma vitrine ajudou a aproximar as pessoas da natureza? Cara, foi o contrário, totalmente! Você institucionaliza os animais, as plantas, você está dizendo que aquilo não tem nada a ver com a vida das pessoas. E nada a ver com o que está do lado de fora. Às vezes até parece uma conspiração para destruir tudo, sabe?*). Quanto aos naturalistas que atuavam na taxidermia comercial, a imensa maioria usava apenas a pele dos animais que haviam morrido de forma natural ou por acidente.

Em 2009, fui ao Campeonato Mundial de Taxidermia pela primeira vez. Embora o nome contenha a palavra mundial, as edições sempre acontecem nos Estados Unidos. Peguei um avião até o Missouri. Na época, eu ainda vivia em Oakland, no mesmo quarto que sublocava do casal de tatuadores, mas, com o fim da minha empresa de passeios turísticos — abatida pela crise de 2008 —, eu tinha ido parar atrás do balcão de uma loja estilo gabinete de curiosidades. Isso logo me levou para um curso intensivo de taxidermia em Idaho, que me levou para um trabalho não remunerado duas vezes por semana na Academia de Ciências da Califórnia, em San Francisco, onde aprendi quase tudo o que sei hoje. Comecei a vender meus animais na loja, entre pequenas vértebras de morcego, ametistas, ilustrações científicas, estrelas-do-mar secas, plantas carnívoras. Por algum motivo, as pessoas andavam querendo levar o mundo natural para dentro de casa. O tempo presente parecia olhar com admiração — mas não sem certa ironia — para o mundo vitoriano. Muitas vezes, eu observava aquelas prateleiras da loja, aquele cenário de natureza colecionável, e me lembrava do taxidermista com crise de consciência. Será que eu deveria interpretar aquele interesse das novas gerações como um sinal bom ou mau?

Essa foi a Cecília Matzenbacher que embarcou para Saint Charles, Missouri. Naquela edição, fui apenas como observadora. Analisei, fascinada, os inúmeros concorrentes a Mamífero de Grande Porte, Peru de Asas Abertas, Réptil, Grupo de Patos, entre muitas outras subdivisões. As taxidermias ficavam dispostas em um grande centro de convenções iluminado por lâmpadas tubulares. As pessoas circulavam e olhavam de muito perto e logo começavam a conversar sobre anatomia e o uso desse ou daquele material em um nível de detalhe espantoso.

Dois anos depois, eu estava de volta, me sentindo preparada o suficiente para me inscrever na categoria mais desafiadora do campeonato: Escultura ao Vivo. No dia e horário marcados no programa, os concorrentes deviam esculpir, aos olhos de todos, o manequim de um animal específico, único, cujas medidas anatômicas e fotografias de referência podiam ser penduradas nas três paredes do cubículo designado para cada competidor. Esse era o momento em que os taxidermistas rejeitavam os manequins pré-prontos comercializados em larga escala desde a década de oitenta. O momento em que os naturalistas brilhavam.

Trabalhei em um puma. Ele tinha sido atropelado em Malibu por uma mulher que estava dirigindo para o trabalho. Chorando, ela parou no acostamento e discou para a Polícia Rodoviária. Um pouco mais tarde, a polícia ligou para mim.

Aquele puma me fez ganhar uma medalha de ouro. Dar poder ao animal significava dar poder a si próprio. Eu estava com ela no pescoço, comendo a sobremesa do jantar de premiação, quando um homem chegou perto de mim. Tinha uns quarenta anos e usava terno e *bolo tie*. Andrew Norton.

"Oi, meu nome é Andrew Norton."

"Oi, Andrew."

Era neto do velho e respeitado Joseph Norton, que ainda estava vivo na época, mas já não tinha as mesmas mãos firmes. Perguntou se podia se sentar comigo, e puxou uma cadeira. Arrastando um garfo pela toalha de mesa — ele era meio tímido —, disse que gostaria muito que eu fosse trabalhar na Norton Taxidermia. Tentei manter a calma e respondi que adoraria. A Norton trabalhava com os maiores museus de história natural do país, que nas últimas décadas tinham mandado embora seus taxidermistas fixos e terceirizado o serviço. Eu nunca imaginara que poderia chegar tão alto.

Para deixar claro desde o início, eu disse: "Não faço troféus de caça". O que queria dizer que eu só lidava com animais inteiros.

Da primeira vez que Jesse me viu trabalhando em um manequim de espuma de poliuretano, ele riu de nervoso e disse: "Então você veste fantasmas?". Achei que ele não estava tão longe da verdade. Os manequins, branquíssimos, substituíam toda a estrutura óssea e muscular do animal. Eram uma essência mole, manejável e limpa que se tornaria a base perfeita para uma segunda vida.

Meu pai saiu do útero de Ondina Matzenbacher quase enforcado pelo cordão umbilical no dia 12 de maio de 1946, em uma casa do distrito de Suspiro, São Gabriel. Era uma pequena criatura azulada que incitou súplicas para Nossa Senhora Aparecida e fez alguém correr procurando meu avô Wagner no campo e por um milagre viveu. O primeiro filho do casal. Os Matzenbacher se estabeleceram como uma família de carreteiros depois de deixar a região de São Leopoldo por volta de 1871 porque tinham fome e algo lhes dizia que a tal Jacobina ainda ia causar um derramamento de sangue. Quando criança, Raul ajudava a carnear as ovelhas e a cuidar dos cavalos recém-castrados, mas gostava mesmo era das visitas regulares de um certo dr. Telêmaco, das corridas de galgo e do centro da cidade. Dizem que foi um menino tímido e aplicado na escola. Em 1964, mudou-se para Caxias do Sul para cursar medicina, orgulho da família, isso dois meses antes do golpe militar que derrubou Jango.

Em Caxias, Raul às vezes sentia falta do horizonte do pampa, mas na maior parte do tempo gostava do andamento da nova vida, pensão-faculdade, faculdade-pensão, *não tenho tempo pra mais nada*, dizia aos colegas que o convidavam para sair à noite, e então espalhava os livros de anatomia ou bioquímica sobre a cama e fazia anotações em um caderno com uma letra tão intrincada e rápida que já parecia mesmo a letra de um médico. Nas primeiras férias de verão, passou os meses com o pai e a mãe em São Gabriel — era bonito mesmo aquele firmamento largo —, mas voltou a tempo de visitar o pavilhão da Festa da Uva e comprou uma garrafa de vinho Imperial em um estande que estranhamente exibia uma árvore de Natal em fevereiro — a garrafa foi o único agrado que meu pai se deu durante todo aquele ano em Caxias do Sul. Ia guardá-la para alguma ocasião especial. No dia seguinte, juntou-se à multidão na rua Sinimbu para assistir ao desfile da Festa da Uva, e diria anos depois que tudo aquilo lhe pareceu um exagero ensurdecedor, uma pavonada desnecessária, até que bateu os olhos na menina que vinha na lateral do carro alegórico dos cisnes. Era muito mais bonita que a rainha. Tonto com as cornetas e trompas e bumbos e pratos da banda marcial, teve a impressão de que ela olhava de volta. Decidiu que se apresentaria ao final do desfile.

Raul Matzenbacher e Carmen Bonacina começaram a namorar. Carmen foi a São Gabriel e conheceu os pais de Raul pouco antes de dona Ondina morrer — caída na cozinha sem ninguém em casa para acudir —, de modo que ainda houve tempo para que a matriarca gostasse de Carmen e dissesse ao filho na despedida: *Vou rezar uma novena pela felicidade de vocês.* Noivaram. Casaram-se em 1970, logo depois da formatura de Raul, e então se mudaram para São Gabriel, onde ele passava os dias no consultório atendendo uma fila de gente doente enquanto ela era arrastada pela monotonia da estância. Meu irmão mais velho, Vinícius, nasceu em julho de 1972, mas formar uma família naquele fim de mundo — com o minuano correndo livre, o relinchar dos cavalos, a pasmaceira dos bois — não era bem o que minha mãe tinha imaginado. Começou a pressionar meu pai para que ele abrisse um consultório em Porto Alegre. Mudaram-se para a capital em 1973. Em 1980 — eu já estava nesse mundo, minha cabecinha puxada por um fórceps em agosto de 1978 —, meu pai voltou a atender em São Gabriel às segundas, terças e quartas, passando portanto a metade da semana na estância. De acordo com minha mãe, as idas a São Gabriel não se explicavam pelo dinheiro: "É o fantasma da dona Ondina querendo o filho preferido de volta".

Até ser convidado pelo futuro governador do Rio Grande do Sul para lançar uma candidatura a deputado estadual, Raul nunca tinha se envolvido com política. "Olha, na faculdade, acho que ele nem sabia quem tava no comando do país", disse o dr. Fernando Paiva, um ex-colega, durante uma consulta oftalmológica que eu tinha marcado apenas porque queria saber mais sobre os anos do meu pai em Caxias. "Uma vez até tentou enturmar o paraquedista", acrescentou, rindo, e então contou que, em algum ponto do segundo ano da faculdade, ingressara na turma um sargento da Aeronáutica que ninguém sabia de onde havia saído, um dedo-duro do regime sem dúvida, um tal Isaías Macário — ele nunca ia esquecer esse nome —, e ninguém falava com aquele sujeito que parecia ter um sotaque do Norte, não só os que tinham razão para achar que ele poderia jogá-los num porão do Dops, mas também os apolíticos, os que iam apenas levando sua vidinha longe das grandes turbulências do país, porque, afinal, quem é que poderia simpatizar com um dedo-duro, certo? "Mas teu pai um dia chamou o Macário pra sentar com a gente e perguntou pra que time ele torcia." No fim do ano, Isaías Macário rodou em todas as disciplinas e seguiu na faculdade para vigiar a próxima turma.

A *abertura lenta, gradual e segura* do país deixou meu pai

indiferente. A inflação de 239% em 1983, é claro, tirou seu sono, mas, se perguntado sobre isso, ele jamais culparia os militares; achava apenas que o Brasil era um pobre coitado dado a convulsões incontroláveis. Em 1984, não participou do comício das Diretas Já. Ficou atendendo indigentes na Santa Casa e, durante o dia, fez troça de um tal "Samba das Diretas", cuja letra fora publicada nos jornais (*Sozinha uma andorinha não faz verão/ Mas se juntar às vizinhas fazem meia-estação*).

Quando, no ano seguinte, foi convidado a se filiar ao PMDB — teria uma boa base eleitoral em São Gabriel caso fosse candidato, o povo o reverenciava —, obviamente disse sim, mais por vaidade do que por vocação. Então começou a gostar do poder. E minha mãe nunca foi tão feliz.

O dia 20 novembro de 1987 foi uma sexta-feira. Faltavam apenas duas semanas para minhas aulas terminarem. O calor pegajoso grudava nossas coxas nas cadeiras de fórmica enquanto ouvíamos a tia Silvana falar coisas que não tínhamos a mínima intenção de aprender; o fim já estava perto demais, as cigarras soavam no pátio. Imagens de ondas e castelos de areia flutuavam em nossa cabeça.

Naquela manhã, meus pais tinham viajado para Torres com Satti e Fred. Nem pensaram em nos levar junto. Eu e meus irmãos ficaríamos sozinhos em casa enquanto eles passavam três noites no Dunas Praia Hotel, em quartos enormes de frente para o mar.

Durante a ausência dos meus pais, Vinícius ficara responsável pelo chaveiro da casa — o tio Werner também tinha uma cópia —, não porque era o mais confiável dos três filhos, mas apenas por ser o mais velho. Havia quatro chaves comuns e duas Dobermann no chaveiro. Com dentes quadrados e a cabeça de um cão em alto-relevo, nossas novas chaves Dobermann eram uma dessas coisas metálicas que simbolizavam o progressivo aumento da violência em Porto Alegre.

Naquele tempo, eu estava louca para crescer. Da nossa sala de aula, terceira série, turma C, no segundo andar de um dos pavilhões da escola, eu conseguia ver um pedaço do pátio. Desde que os dias quentes haviam chegado, as crianças da quinta e da sexta série usavam o bebedor sobretudo para molhar uns aos outros: colocavam o polegar na saída da água e então acertavam o jato em um colega que estava perto. Caíam os dois na risada, depois trocavam de lugar. Era um negócio bonito de ver, e logo passava a envolver umas cinco ou seis crianças, que riam e se encharcavam, mas nunca a ponto de chamarem a atenção dos adultos que mantinham a escola em ordem. Sabiam se dispersar rápido. Também ajudava o fato de não serem alunos de uma tia Silvana ou de uma tia qualquer coisa; eram grandes o suficiente para terem professores específicos para matérias específicas, não aquela figura maternal compreensiva que sempre imaginávamos que vivia só para nós, sem marido, sem filhos, preenchida pelo afeto de trinta e poucas crianças que mudavam de nome e de rosto toda vez que março chegava.

Enquanto nós, da terceira série, nos moveríamos na linha do tempo em direção à brincadeira do bebedor, os que chegavam à oitava série ou ao segundo grau já podiam se sentir constrangidos por terem feito aquilo, porque agora eram os espertalhões e os bacanas. Enchiam recipientes nas pias dos banheiros e despejavam a água na cabeça uns dos outros, ou então corriam com bexiguinhas atrás das meninas mais bonitas da sala, mirando nos peitos e torcendo para que a camiseta colasse no corpo. A coisa toda chegaria ao ápice no último dia de aula, quando tradicionalmente acontecia a Grande Guerra de Água. Era o dia também de os adolescentes assinarem a camiseta uns dos outros com pincel atômico. Apavorados, os adultos que deveriam manter o controle e a disciplina começariam a fechar os registros um a um, mas alguém sempre descobria uma torneira funcionando em um lugar remoto da escola, de maneira que a guerra continuava de algum jeito até bem perto do fim da tarde, quando todo mundo precisava, inevitavelmente, se despedir. Era sempre um pouco melancólico. Mesmo que muitas daquelas pessoas fossem se ver nas férias, o fim decretado pelo calendário tinha um peso com o qual era difícil lidar.

De todo jeito, eu mal podia esperar pela hora da brincadeira do bebedor e depois da Grande Guerra de Água e da camiseta com as assinaturas. Estava pensando nisso naquele dia 20 de novembro, embora fingisse ouvir o que a tia Silvana dizia diante do quadro. Tudo que eu imaginava, no entanto, sobre meus futuros anos na escola, esses pequenos passos inesquecíveis rumo à independência, seria absolutamente arruinado pela minha família.

A aula terminou um pouco mais cedo naquela manhã e, conforme o combinado, fui esperar o tio Werner diante do portão da escola. Tia Eliane e ele vinham tentando ter filhos havia muito tempo, mas, segundo minha mãe, um dos dois tinha algo de errado, e as conversas sobre adoção tampouco avançavam porque meu tio sempre dizia coisas como: *Não tem como ser filho sem nossos genes* ou *que bomba que a gente poderia criar, Eliane?* Pelas discussões que eu ouvia entre meus pais, era inevitável que o casamento deles chegasse ao fim caso meus tios não se tornassem logo uma família de três (mas preferencialmente de quatro ou cinco). Parecia verdade. Todos os adultos que eu conhecia tinham filhos, até mesmo Satti, que não era casado, e Marli e Adelino, que haviam deixado as duas crianças em São Gabriel porque era melhor assim. A única exceção era a tia Silvana, sobre a qual não se sabia rigorosamente nada.

Ainda estava bem vazio, o entorno do portão da escola. Faltavam dez minutos para tocar o sinal. O guardinha falava com uma moça da limpeza quando passei por ele. Sentado à sombra da grande paineira, um homem que vendia puxa-puxa esperava as crianças aparecerem, ajeitando os doces compridos na mão como um buquê de flores.

"Quer puxa-puxa?"

Não respondi. A gente não devia comprar doces de estranhos.

"Esse aqui tá uma delícia, feitinho hoje de manhã. Teu pai te dá dinheiro pro lanche?"

"Não dá", menti.

"Quando ele chegar, então."

Eu não estava tão perto assim do vendedor, mas decidi abrir uma distância maior entre mim e ele. Comecei a caminhar de volta na direção do portão de ferro, para mais perto dos limites da escola, e foi nesse percurso que vi Vinícius se aproximando. Carregava a mochila em um ombro só, como todas as pessoas do segundo grau faziam, e a princípio não percebeu que eu estava por ali, já esperando a carona do tio Werner. Parecia atento demais ao movimento dos carros na rua. Ele não ia para casa, quer dizer, não deveria, porque às quartas e sextas tinha treino de futebol no próprio colégio. Pegaria um táxi mais tarde com o dinheiro que meu pai havia deixado sobre o aparador.

Tentei acenar. Ele não viu. Continuou olhando para a avenida, a cabeça um periscópio em busca de sei lá o quê. Os carros andavam cada vez mais devagar. Algumas crianças começaram a aparecer antes de o sinal tocar, de modo que o homem do puxa-puxa levantou e ficou a postos. Vinícius, ainda olhando para a avenida, enfiou a mão no cabelo e arrastou os dedos para cima para tentar ganhar um pouco mais de volume, depois ajeitou a alça da mochila. Talvez ele esteja procurando o tio Werner, pensei, mas achava mais que não do que sim, e queria continuar observando à distância, sem interferir em nada. O sinal tocou.

Finalmente, o olhar do meu irmão se fixou em um ponto. Era um Voyage bordô com a lateral meio amassada. Vinícius acenou para o motorista e o carona, dois guris que pareciam um pouco mais velhos que ele, e foi avançando na direção do emaranhado de carros. Abriu a porta de trás, jogou a mochila lá dentro, depois entrou em um salto como se já fosse de casa. Então o Voyage ficou quase parado por um tempo, porque a fila de pais era imensa e as crianças demoravam a se despedir dos amigos. Continuei olhando sem ser vista, tentando entender quem eram aquelas pessoas.

"Ciça, que tu tá olhando, o tio tá ali."

Era o Marco.

"Ali, ó".

Com as duas alças da mochila bem ajustadas nos ombros, apontou a traseira do Santana azul uns trinta metros adiante. Eu continuei parada.

"Vem, vamos lá."

Entramos no carro do tio Werner.

"E aí, gurizada. Calorão, hein."

Estava de calça e camisa social, com rodelas de suor embaixo do braço. Era três anos mais novo que meu pai, mas tão parecido que algumas pessoas achavam que se tratava de gêmeos muito empenhados em se diferenciar através do que podiam, basicamente barba, cabelo e forma física (tio Werner jogava futebol com os amigos no ginásio da Brigada Militar, parecendo levemente mais corpulento que o irmão). Quando os jornais publicassem na capa um retrato falado que lembrava o meu pai, eu chegaria a pensar por um instante que aquele homem era, na verdade, o tio Werner ou, para ser mais precisa, que aquele homem era Werner Matzenbacher, dono de uma empresa de material hospitalar, que havia deixado a barba crescer especialmente para cometer um crime e pôr a culpa no irmão.

"O Vini ficou no futebol?", ele perguntou, enquanto costurava um carro na avenida. O motorista sentou a mão na buzina.

Naquela hora, pensei em dedurar meu irmão. Tinha sido criada para sentir medo.

"Ficou", disse Marco. "E eu dava tudo pra tá em Torres agora tomando banho de mar."

"Vocês tinham aula."

"Eu sei."

"Vão ir nas férias. Sossega, guri", disse meu tio, e deu uma empurradinha no ombro do Marco, que esboçou um sorriso desconsolado.

A viagem fora ideia de Satti. O projeto dos clorofluorcarbonetos havia sido aprovado duas semanas antes, em parte graças aos esforços do governador, o mesmo que tinha convencido Satti a migrar para a vida política. Convidou meus pais para irem com ele. Estava cansado. Precisava se afastar, ao menos por uns dias, da agitação da Assembleia Legislativa.

"O Satti quer andar de cavalo, tá com umas nostalgias de velho", disse meu tio, achando graça.

Estávamos quase chegando em casa.

"Como assim? Em Torres?", Marco perguntou.

"Lá, antigamente, tinha um tiozinho que alugava cavalo na beira da praia. Diz que o Fred nunca montou num. Ele é guri de apartamento."

Marco estava sorrindo agora, como se tivesse entendido que aquela viagem não era para ele. Ele sempre andava a cavalo na estância. Não era guri de apartamento. Não precisava ir para Torres e procurar um tiozinho puxando um pangaré pela areia dura.

Enquanto isso, eu tinha ficado furiosa.

"Eles vão andar de cavalo na praia?", perguntei, aparecendo entre os bancos, com a raiva desafinando a voz.

"Duvido muito. Não tem mais isso em Torres, Ciça, tudo mudou. Tá tudo mudando muito rápido, não só lá, aqui, por tudo."

Vinícius voltou umas duas horas depois do que deveria. Passou na cozinha e foi para o quarto. Esperei um pouco e bati na porta. Ele gritou "Entra". Abri só uma fresta e vi que ele estava sentado no chão, as costas apoiadas na cama, comendo bisnaguinha direto do saco. Dos alto-falantes, vinha uma música estranha que eu nunca tinha ouvido.

"Tu trancou a porta lá embaixo?", eu disse. "As portas."

"Ainda não, quer trancar?"

Ele se levantou e foi mexer numa montoeira de coisas sobre a escrivaninha. Me deu o chaveiro e voltou a se sentar, mastigando.

"Isso é ópera?", perguntei.

"Quê?"

"Isso que tá tocando."

Ele riu.

"Claro que não."

Continuei parada.

"Que foi, Ciça?"

"É que eu queria perguntar uma coisa."

"Ué, pergunta."

"Onde é que tu tava hoje de tarde?"

"No futebol, tu sabe disso."

"Eu te vi entrar num Voyage. Tu saiu com dois guris."

Ele me olhou surpreso, como se eu fosse mais esperta do que ele tinha imaginado.

"Fecha a porta e vem aqui."

Me sentei no chão também, com as pernas cruzadas.

"Pergunta o que tu quer saber de verdade", ele disse.

Parecia um pouco nervoso. Talvez ainda achasse possível que eu fosse deixar por isso mesmo ao ver que estava sendo chata, que estava incomodando, porque àquela altura meu irmão mais velho já era uma espécie de herói pra mim, e eu costumava tratá-lo com toda a pompa e admiração. Ao mesmo tempo, eu estava furiosa com a história dos cavalos. Depois que Marco tinha aceitado a ideia de que a viagem para Torres era uma viagem de pais e de guris de apartamento, e então começara mesmo a gostar do fato de estar sozinho em casa, sem que ninguém lhe desse ordens, eu não queria ter a impressão de ser a única pessoa que não estava se divertindo.

"Queria saber de quem é o Voyage", eu disse, só pra começar.

"Do Luciano. Ele já fez dezoito, rodou um ano. O pai dele é afudê e deu um carango pra ele. E o outro que tava junto era o Thiaguinho, eles são da mesma turma. Tá gostando dessa banda?"

Não sabia o que dizer. Prestei mais atenção.

"Parece uma fada cantando."

Ele achou graça, até demais. Pegou a caixinha da fita cassete e me mostrou, mas era uma fita gravada, eu não conseguia ler aqueles garranchos.

"O pai do Luciano trouxe de Londres, ele viaja bastante, daí o Luciano gravou pra mim. Chama Cocteau Twins."

"Que quer dizer?"

"Sei lá. *Twins* é gêmeos em inglês."

"E aonde é que vocês foram hoje?"

"A gente foi dar uma volta no Bom Fim, só."

"O Bom Fim não é aquele bairro que o pai detesta?"

"Esse aí mesmo", disse, acho que com um pouco de orgulho. Então se levantou, andou até a escrivaninha e começou a mexer de novo na montoeira de coisas, até finalmente pegar um negócio de couro preto com uns espinhos de metal.

"Comprei essa pulseira aqui hoje."

"Bem tri. Isso é de punk, né, tu quer ser punk? Foi muito cara?"

"Ah, mais ou menos, o dinheiro do táxi ajudou. Não sei se eu quero ser punk."

Ele sorriu.

"Será que o pai vai te deixar usar?"

Então deu uma espécie de suspiro com risada, mas era uma risada triste. Depois ficou em silêncio, encarando a fita que girava. Me arrependi de ter dito aquilo, mas não sabia por que ele de repente tinha ficado daquele jeito. As persianas de plástico do quarto tremeram com uma rajada de vento.

"Sabe a mulher do SOE, a Ângela?", Vini começou a dizer. "Um dia ela me chamou na salinha porque eu tava matando aula. Daí veio com um baita sermão, mas tipo tentando ser amiga, sabe, eles devem aprender que isso aí funciona. Só que eu não caio nesse papo-furado. Fiquei meio ouvindo sem ouvir, olhando pra um Jesus que ela tem lá, atrás dela, um quadro."

"E daí?"

"Ouve a história até o fim, Ciça", ele disse, bem mais animado agora, como se lembrar da Ângela do SOE — que eu achava assustadora — tivesse injetado uma descarga elétrica dentro dele. "Chegou uma hora que eu ouvi ela dizendo: 'A pessoa dessa idade'. Não, não. Ela disse: 'o que a pessoa faz nessa idade vale três vezes mais do que em qualquer outra'. Exatamente isso. Aí eu parei de olhar o Jesus e falei: 'Sério mesmo, Ângela?'. O que ela tava tentando dizer com aquilo é que eu devia ser mais responsável, estudar mais, porque isso ia determinar todo o meu futuro. Mas aí o tiro acabou saindo pela culatra."

"Como assim? Que tiro, o que é culatra?"

"Isso aí uma expressão, quer dizer que ela queria fazer uma coisa, mas acabou fazendo outra. Porque aí eu comecei a pensar:

"Tá certo, se tudo vale três vezes agora, eu tenho que aproveitar, não tenho? Quero fazer um estoque dessas coisas 'três vezes' pra quando eu for um velho. Daí eu larguei o futebol. O futebol é o pai e a mãe, não sou eu. Eu sou a praia do Cachimbo, sou os discos, sei lá o que eu vou ser depois."

"Praia do Cachimbo?"

"É um lugar que eu conheci semana passada, lá na Zona Sul. Não é bem praia tipo o que tu tá imaginando, é na beira do Guaíba, então a água é poluída e a areia tem um monte de despacho, uns meio fedidos até, mas dá pra sentar no murinho, é afudê. Um dia tu vai lá também."

Na hora, não entendi muito, mas, se ele estava falando tanto comigo, contando coisas que ele não devia contar para qualquer um, acho que isso queria dizer que ele gostava de mim. Então decidi falar do Voz de Jacaré, que era como eu chamava um cantor que ele sempre ouvia, mas que eu não sabia quem era, de que banda era, nem como se chamava minha música favorita, a número 3 de algum daqueles discos que ele tinha. Naquela noite, ouvimos praticamente todos os vinis dele, e rimos para valer quando finalmente descobrimos o Voz de Jacaré, que se chamava na verdade Echo & the Bunnymen, e minha música favorita era uma tal de "Do it clean". Botamos para tocar umas cinco vezes seguidas enquanto o Vini dizia que, definitivamente, eu já era uma pequena roqueira.

Meus pais voltaram no fim do domingo. Então meu pai me mostrou cinco conchas que ele tinha trazido para minha coleção, enquanto minha mãe dizia que era pra eu lavar muito bem aquilo, que ela não queria sentir cheiro de coisa apodrecendo. A mais bonita de todas era uma que depois descobri se chamar *Amiantis purpurata*, intacta e com estrias que pareciam feitas à máquina.

"Essa aí foi o Satti que achou para ti", meu pai disse.

Lavei e guardei as cinco conchas na minha caixa de sapato.

"Eu tenho o quê, uns trinta anos de taxidermia?", diz Greg, do alto da estrutura de madeira instalada em frente ao diorama dos lobos. Está de costas para mim, o corpo volumoso desenhado por dois spots móveis de luz, enquanto todo o resto da Ala dos Mamíferos — eu inclusive — permanece no escuro. "Na verdade, trinta e quatro, se o ponto zero for a caturrita da minha tia. Trinta e um, caso a gente considere o primeiro dólar que eu recebi. Enfim, esse tá sendo um dos meus trabalhos favoritos."

"Imagino que sim. Você nem me deixou chegar perto."

"Eu fico apegado às vezes."

É uma paisagem nevada, a réplica de um lugar entre Minnesota e Ontário, onde dois lobos adultos correm na direção do vidro (o vidro que foi removido para a restauração; não há portas de acesso nesse diorama). Ambos os lobos têm uma única pata apoiada na superfície branca. A ideia de movimento é sublime. Há pegadas de um cervo na neve macia e brilhante. Ao fundo, vemos os feixes fantasmagóricos da aurora boreal.

"Você já trocou as lâmpadas", eu digo.

"Aham. E aí, adivinha? Novas sombras. Trabalheira do diabo. Mas faz tempo que eu queria fazer um luar."

Sobre o estrado, há potes com misturas de lascas de mica e pó de mármore. São seis cores diferentes, tons de azul claríssimos. A neve falsa, caso não seja muito bem-feita e muito bem aplicada, pode deixar qualquer diorama com cara de presépio de paróquia.

"Quer ver como tá ficando?"

Greg se estica e apaga o primeiro spot de luz. Então, tentando criar uma expectativa cerimoniosa, demora mais um instante para desligar o outro. De repente, a cena fica verossímil e azulada, uma noite de lua cheia perto do lago Gunflint, em um tempo em que a vida selvagem ainda era abundante. Um diorama de habitat traz sempre um duplo deslocamento, espacial e temporal, eu diria a Greg caso ele se interessasse minimamente por minhas "ideias de maconheira" (*É tudo muito simples, Cecília. Tem o bicho real que um dia foi vivo, e nosso trabalho deve ser chegar o mais próximo dele. Qualquer coisa além disso é filosofia, não taxidermia*). Nos tempos áureos dos dioramas, essas reconstruções obsessivas atuavam sobretudo como janelas para outras partes do mundo, uma vez que viagens eram demoradas, custavam muito dinheiro e envolviam uma alta dose de risco. Quando as distâncias entre lugares se estreitaram, e a natureza foi devastada em proporções cada vez maiores, os dioramas também viraram pequenas máquinas do tempo. Vitrines de nostalgia.

Greg ainda não corrigiu a sombra das árvores secas.

"Faltam as sombras das árvores", ele diz. "Meus braços tão fodidos de desenhar com esse pozinho."

"Tá muito bom, Greg. Muito bom mesmo."

Continuamos olhando.

"Que puta pintor era o Molina, né? Dizem que foi muralista e lutou na Revolução Mexicana. Levou um tiro em Ciudad

Juárez, ficou manco, mas isso porque se apaixonou por uma mulher casada. Nos anos cinquenta, foram buscar ele em um andaime de igreja no Novo México, e aí mandaram ele pro norte pra pintar a aurora boreal. Ele recriou nesse diorama exatamente o céu das três da manhã do dia 7 de dezembro de 1954. Um ano depois, morreu pobre e desgraçado."

Reconheço a Estrela do Norte e a Ursa Maior, adesivos que, décadas atrás, brilhavam no teto do meu quarto antes de eu pegar no sono. O quarto. A casa da praça Horizonte, que não vejo desde 2002. Meu cérebro se apressa — não sei por quê — em construir uma imagem inexata do meu pai velho em uma cadeira de rodas, o rosto dele aos quarenta anos encaixado na cena perturbadora de um videoclipe do Smashing Pumpkins a que eu assistia nos anos noventa. Não conheço meu pai velho, e as imagens mais claras que tenho dele, as que olho com frequência, são as da cobertura do caso Satti.

Quando Greg liga as luzes, estou limpando as lágrimas com o dorso da mão.

"Ei, isso não é pelo Molina, né? Acho que eu nunca vi você chorar."

"Desculpa. Talvez", respondo, tentando sorrir.

"Sabia que você não tava bem, eu tinha certeza. Poxa, Cecília. Você não acha que tá na hora de me dizer o que tá acontecendo?"

Duas coisas estavam acontecendo, mas eu só podia falar sobre uma delas.

"Acho que meu casamento vai acabar."

Ando até o banco à frente do diorama dos caribus e me sento.

"Caramba! Eu tô realmente surpreso. De verdade", Greg diz, se arrastando atrás de mim como se já estivesse em luto por aquela relação. "O que houve? Não consigo nem imaginar. Vocês são um ótimo casal!"

"Vou começar pela primeira coisa, tá bom?"

"De quantas a gente tá falando?"

"Duas, eu acho. O Jesse quer ter filhos."

"E pra você essa ideia parece absurda."

Ele ri e eu também, provavelmente por motivos diferentes. Eu rio porque adoro as filhas do Greg.

"Você é uma pessoa muito, ahn, assertiva, Cecília", ele diz depois de um tempo. Começa a mexer no pequeno rabo de cavalo, como se tivesse que checar que ele continua ali. "Se nenhum de vocês ceder nessa questão, cara, não sei mesmo. Histórias assim não terminam muito bem. Desculpa eu dizer isso."

"Imagina."

"É que aí você começa a mexer com o propósito da vida e coisa e tal. Quer dizer, pra maioria das pessoas, né? Aconteceu comigo uns quinze anos atrás, eu tava na mesma posição que você tá agora. Tinha uma namorada louca pra engravidar. Ela era assim desde que a gente se conheceu, não podia ver criança que já chegava perto, fazia careta até na fila do supermercado, sabe? E eu ficava achando que isso era sempre um recadinho pra mim, mas talvez fosse só o jeito dela. Quando foi pela primeira vez na casa dos meus pais, pediu pra ver minhas fotos de infância. Dizia que nosso filho ia ser lindo, e eu não era nada lindo quando criança, pode apostar. Enfim, eu meio que deixava ela falar, achando que, sei lá, ou ela ia parar uma hora, ou eu ia começar a gostar da ideia de ser pai. Só que eu era esse cara que chegava do trabalho, abria uma cerveja e ficava jogando videogame. Pra mim, isso definia *liberdade*. Ingênuo pra caralho, eu sei. Ela acabou indo embora um dia. Ainda dói, sabe, puta merda. Nunca buscou as coisas dela, zerou a vida. Casou com outro cara, formou uma família, se mudou pra Flórida. Eu acabei conhecendo a Emma mais ou menos um ano depois e, quando ela falou de filhos, só pensei: 'Meu, eu não quero passar por tudo aquilo de novo, vamos nessa'."

Fiquei olhando para ele em silêncio até ele se recompor, abrir um sorriso e dizer que, como eu bem sabia, eu estava agora diante do pai mais bobão e feliz do mundo. Então Greg pareceu lembrar que falávamos sobre o meu casamento. Ajeitou-se no banco.

"Acho que eu não tô ajudando muito... Qual é o segundo motivo da sua crise?"

"Los Angeles."

Voltamos para casa quatro dias depois, na manhã seguinte ao coquetel de reabertura dos dioramas — *Família de caribus*, *Lobos no lago Gunflint*, *Búfalos de Yellowstone* e *Fim de tarde no deserto de Sonora* —, um evento pequeno no qual eu e Greg fomos brevemente apresentados e aplaudidos. O público era composto sobretudo de doadores do museu, homens de trinta ou quarenta anos da indústria da tecnologia que pareciam surpresos com o fato de que ainda existiam no mundo trabalhos estritamente manuais. Vendo-os diante dos dioramas, tentei imaginar o que eles estavam sentindo, se a sensação se parecia mais com olhar um quadro em uma galeria de arte ou com encontrar um animal selvagem em um parque nacional. "A diferença entre meu urso-polar e uma tela do Monet", me disse uma vez um taxidermista muito orgulhoso de si, "é que a tela do Monet não tem olhos."

Na saída do aeroporto, Greg está com a cara fundida ao celular, rindo de memes e trocando mensagens com a esposa. Meu Uber chega primeiro, e a gente se despede em uma coreografia atrapalhada. Digo que vou tentar salvar meu casamento, mas as palavras saem sem muita convicção. Quando já estou quase dentro do carro, ele grita que eu deveria reconsiderar a ideia do filho, afinal é só um ser humano que vai precisar de mim por uns vinte anos ininterruptos. Rimos e acenamos um para o outro.

Vou percorrendo as freeways dentro do Uber de janelas fechadas, os bancos lavados pela luz do meio-dia. Já senti muita coisa a respeito de Los Angeles: encantamento ingênuo, vertigem, desprezo por esse espraiamento monstruoso, em seguida certo fascínio pelo empenho das pessoas que construíram uma ilusão semitropical na aridez brutalizante da paisagem. A raiva veio depois. Foi surgindo à medida que Jesse parecia cada vez mais frustrado com sua carreira; os discos não vendiam, a gravadora rescindiu o contrato, as resenhas eram escassas, os jovens não se interessavam por aquelas músicas que faziam reverência ao som do Topanga Canyon dos anos setenta, o rock tinha agonizado e morrido, e então parecia, talvez mais a mim do que ao próprio Jesse, que a culpa era toda de Los Angeles. Isso porque a banalidade quase chocante desse tecido urbano contribuía em muito para a sensação de que a sorte, o sucesso e a fama estavam sempre a um passo de acontecer. Filmes geniais e canções geniais tinham germinado em lanchonetes gordurosas e quartinhos de prédios construídos a toque de caixa. *Um dia vai ser a sua vez*, a cidade parecia sussurrar. E você podia passar a vida inteira acreditando nisso.

Em um casamento, o que você faz? Você também sussurra *um dia vai ser a sua vez*?

O motorista do Uber dá sinal, sai da freeway e desce a rampa como um típico angelino que não gosta da ideia de ter que desacelerar. Chegamos à minha rua. Ainda tenho quatro dias sem o Jesse. Entro em casa — o cheiro que só percebemos quando passamos alguns dias ou semanas fora —, guardo minhas roupas, preparo uma omelete, depois fico fazendo exercício com o TRX por uma hora cronometrada. Minha mãe tenta me ligar e eu não atendo, então ela deixa uma mensagem de voz avisando que meu pai teve alta: "Até eu fui no hospital. Sei que vocês tão brigados, Cecília, mas eu realmente acho que tu devia vir a Porto Alegre".

Pela janela, vejo Rebecca e o filho brincando de cabra-cega no pátio. Rebecca está com os olhos vendados. Acendo um beque e assisto a um filme sobre uma octogenária que, depois de perder o marido, viaja às Terras Altas da Escócia para subir a montanha mais alta da região.

A ideia de família é uma ideia poderosa.

Em algum ponto da primeira metade do século XX, o Museu Field de Chicago criou uma réplica de uma família de brontotérios, uma espécie de rinoceronte do Eoceno. Os fósseis deram a base anatômica para a construção dos animais, mas não havia maneira de saber como os brontotérios viviam, socialmente falando. Mergulhados na visão tradicional e sexista da época, os cientistas do Museu Field montaram o filhote deitado, esfregando o nariz na mãe. Ambos estavam em repouso, com as orelhas baixas e o olhar tranquilo. Para o pai, foi escolhida uma pose ereta, protetora, o corpo todo tensionado. Os brontotérios ficaram expostos assim por décadas a fio.

Por volta do fim do século XX, a imprecisão científica começou a ficar um pouco constrangedora para a instituição. Mas os brontotérios eram populares; as crianças, por algum motivo, sempre gostam de animais extintos. Então, para salvá-los do triste depósito do museu, alguém teve a ideia de adicionar uma placa educativa. A placa dizia: *As fêmeas mamíferos são boas mães: todas amamentam os bebês e cuidam deles enquanto eles crescem. Muitos pais mamíferos participam também da criação dos filhotes, e por isso estamos mostrando esses brontotérios em um grupo familiar. Mas outros tantos nem sequer esperam para ver os bebês nascerem.*

A placa, para falar a verdade, foi até generosa. Na natureza, os pais costumam ser no mínimo ausentes e, em muitas espécies, verdadeiramente perigosos. É o caso dos ursos-cinzentos: a fêmea precisa mandar o macho embora para que ele não mate seus bebês. Um velho diorama, no entanto, mostra o papai urso, a mamãe urso e os pequenos ursinhos juntos bebendo água nas Montanhas Rochosas. Felizes e contentes. Uma linda família nuclear.

Acendo o beque de novo e ligo para Vinícius.
"Ele teve alta então?"
"Oi, Ciça. Falou com a mãe?"
"Só ouvi a mensagem."
"Teve, hoje de manhã. Cara, tô exausto, sabe o que é uma pessoa exausta? Cozinhei pra ele enquanto ele ficava me olhando da cadeira de rodas, e tudo tem que ser pastoso agora. Dei comida na boca dele. Sei lá. Foi meio demais pra mim."
"De onde tu tira forças pra isso?"
"Eu não tiro", diz, bocejando. "Tô voltando pro Rio amanhã. O Marco tá vindo ver ele de novo. Conseguiu uma cuidadora, vai falar com ela de tarde."
Dou uma leve tossida.
"Tu tá fumando?"
Pego o pote na mão. Parece a embalagem de um produto de beleza.
"Wedding Cake, 60% *indica*, 40% *sativa*. THC 24%."
"Cara, se foder com esses nomes. Eu gostava era do Prensado Premium da Osvaldo. A gente nem sabia o que tinha lá dentro."
É claro que depois eu sinto vontade de comer alguma coisa doce. Pelas sete horas, vou ao mercado. Pego duas barras de chocolate 85%, um shake de proteína, uma couve, algumas cenouras e uma caixa de ovos. Adiciono um Snikers no último minuto. A garota que eu conheço, Kristen, está atendendo hoje, então entro

na fila dela. Tem no máximo vinte e cinco anos, rosto pequeno, cabelos ondulados cor de cobre, corpo que parece magro e firme. Já tive um sonho meio erótico com ela — eu encontrava Kristen depois de fugir de um mamute em um mundo pós-apocalíptico, e então nós nos beijávamos —, mas nunca fiquei com uma mulher na vida, e lembro de ter acordado depois desse sonho levemente confusa e levemente empolgada. Deixei pra lá. Há meses conversamos um pouco toda vez que ela passa meus produtos pelo leitor porque sempre acabo escolhendo o caixa dela, mas o mais longe que chegamos com isso foi inventar receitas absurdas envolvendo as coisas que eu estava comprando. Rimos bastante. Às vezes acho que ela está flertando comigo. Outras vezes, que essa é só uma forma que ela tem para lidar com o tédio. Vou fazer quarenta anos em agosto.

"Não te vi mais", ela diz quando chega a minha vez.

"Eu tava trabalhando. Quer dizer, fora da cidade. Em Seattle."

As mãos ossudas cheias de anéis prateados colocam delicadamente um elástico ao redor da minha caixa de ovos. Ela sorri.

"Sempre tão saudável."

"Mais ou menos", eu digo, apontando o Snikers.

"Uau, o que aconteceu com você?"

Sim, ela está flertando.

"Acho que às vezes eu preciso sair da linha."

Quase não acredito no que eu acabo de dizer, mas a sensação é boa.

"Vai precisar de mais do que um Snikers pra isso."

O sorriso ficou um pouco mais afiado. Me sinto momentaneamente atordoada e enfio o cartão de débito ao contrário na máquina.

"O chip."

"Ah, sim. Sabe, você tá certa. Acho que eu vou pegar uma garrafa de saquê. Você gosta?"

* * *

Acho que estou em um encontro com uma mulher. As coisas parecem funcionar mais ou menos da mesma maneira: uma pessoa tenta apresentar sua melhor versão à outra. Desde que me sentei nesse restaurante, sinto uma potência que há tempos não sentia. Estou seduzindo alguém. Estou sendo seduzida por alguém e também pela própria imagem que criei de mim mesma. Tudo parece, ao mesmo tempo, tão calculado e tão primitivo.

A garçonete traz mais duas doses de saquê e leva embora os pratos manchados de shoyu e as cumbucas com fios de macarrão.

"Saquê é a melhor bebida do mundo", eu digo. "Pelo menos hoje, aqui, nesse momento."

Kristen dá uma risada e toma um gole, como se não tivesse prestado atenção no que estava bebendo antes e agora precisasse validar ou invalidar minha frase hiperbólica.

"É meio docinho", diz.

"Uma pessoa que eu namorei achava que tinha gosto de chá de meia suja."

Jesse, na verdade. Parece que ainda sou casada com ele.

"Acho que eu vou ter que tomar de novo pensando em meias."

Mas ela não toma de imediato. Em vez disso, fica me ouvindo falar que, no início, o que eu gostava mesmo era dos copos cúbicos, *masu*, encostar os lábios no laqueado preto ou preferencialmente no cedro sem verniz, sentindo a aspereza da madeira antes de fazer o líquido fermentado rodar pela boca, e só então engolir como se fosse água com uma leve nota destoante. Eu até entendo o conceito de "chá de meia suja", digo, e acreditava mesmo que o que mais me atraía era o cerimonial, *masu*, pernas cruzadas, mesas baixas, mas aí todos os lugares que passei a frequentar serviam saquê em copos de vidro, e eu gostei mesmo assim. Como esse aqui.

Acho que estou bêbada.

"Desculpa, tô falando demais."

Kristen tem cílios enormes. Parecem ser de verdade. O olhar dela é uma coisa cortante que me dá um leve tremor no meio das pernas. Quero sair desse restaurante.

"Imagina, eu gosto de te ouvir. E você me ouviu falar sobre ioga por milênios."

A parte obrigatória — *o que você faz da vida?* — já passou faz tempo, antes mesmo de a comida chegar. Ela tem aquele emprego no mercado de produtos orgânicos (*não é tão ruim quanto parece, sabe?*), mas está seguindo uma formação para ser instrutora de ioga. Eu trabalho *para museus de história natural*. Aprendi que essa é a forma mais suave de contar sobre meu emprego. Não faço menções a esfolamento, preparação de pele, costuras. Não digo nada sobre as colônias de besouros *Dermestidae* que usamos para limpar os ossos.

Agora ela bebe o saquê.

"Olha só", diz. "Tão começando a fechar aqui. O que você acha de ir pra minha casa? A gente pode levar a melhor bebida do mundo. Você comprou uma garrafa pra isso, não comprou?"

Kristen mora com outras pessoas, é claro, duas meninas que estão vendo um filme antigo quando entramos no apartamento. Na tela, vejo Christina Ricci sentada na cama de um quarto de hotel barato. Uma das meninas, a que está usando uma camiseta cortada logo abaixo dos peitos, dá pausa e diz que não sabe por que estão assistindo a um filme em que uma mulher é humilhada o tempo todo. Além disso, acrescenta, depois de mais de uma hora transcorrida, continuamos sem saber rigorosamente nada sobre essa mulher, enquanto a história nos revela até o nome do cachorrinho de infância do personagem masculino. A outra menina só pergunta o que temos na sacola. Kristen vai pegar dois copos na cozinha enquanto eu fico de pé no meio da sala, ciente demais da minha própria presença.

"Ela tem ótimas opiniões sobre tudo, mas às vezes não lava a louça", diz Kristen baixinho depois de entrarmos no quarto. As paredes são violeta. Sentamos em almofadas no chão. Durante algum tempo, a conversa gira em torno de colegas de apartamento que enrolam quando precisam limpar o banheiro ou que choram sozinhas atrás de portas fechadas (*devo ou não devo bater?*). O problema é que isso tudo já me parece tão vago, tão distante do meu cotidiano, tão radicalmente superado, que é como se eu tivesse trocado de pele. No entanto, estou aqui.

Lá se foi mais uma dose de saquê.

O que ela gostaria mesmo é de ter se mudado para LA por causa de um trabalho, Kristen está dizendo, mas acabou vindo porque se apaixonou por uma menina. "Por que sempre trabalho ou mulher, não dá pra gente só se mudar?", ela continua, e então se levanta, mexe no celular e põe uma música que não reconheço, sedosa e sincopada. Depois se senta de novo.

Antes que seja tarde demais para frear o longo trem das confidências, eu agarro Kristen. De joelhos no tapete, pressiono seu corpo contra a lateral da cama enquanto minha língua vai passeando pela boca macia, com pressa de conhecer tudo. Ela me puxa para cima dela. Os cabelos cobrem o rosto depois que ela tira a blusa. Eu pego todas as mechas que posso e dou um puxão para trás enquanto tento encontrar o botão do jeans só com o tato. Quando me deito sobre ela na cama, tenho convicção — uma pacífica e irrefutável clareza — de que há muito tempo eu não ficava tão molhada só de roçar na pele de alguém. Nesse quarto estranho, com uma bandeira do deus Shiva presa à parede, sob a luz indireta de uma placa de publicidade, estou toda suada e encaixada em uma mulher uns quinze anos mais nova do que eu e deslizando os dedos até o meio das pernas dela. Estou procurando espaço lá dentro e arfando em sincronia e sentindo uma pressão viscosa. Estou olhando para ela enquanto faço isso.

Vou embora um pouco antes das quatro. Kristen parece levemente decepcionada, mas não posso pensar em nada pior agora do que acordar em um apartamento estranho e ter que passar pelo constrangimento que é o café da manhã, especialmente quando há outras pessoas morando no lugar. Ela me leva até a porta e me dá um beijo como se fôssemos começar tudo de novo ali na sala. De repente, se recompõe. Dá um passo para trás.

"Olha só. Você é casada, não é?"

"Sou."

"Com um homem?"

"Sim."

"E o que isso quer dizer?"

"Como assim, o que quer dizer? Acho que nada."

"Ah, esquece. Tipo, me liga, tá? Não sei onde tá seu marido e o que tá rolando entre vocês, mas eu adoraria te ver de novo."

ANOITECEU EM PORTO ALEGRE

Uma cidade sul-americana no frio é uma cidade improvisada e encolhida, coberta por uma camada brutal de umidade, tremendo, esperando a noite acabar. Nas paredes geladas das casas e edifícios, se agarram microscopicamente trilhões de fungos filamentosos, colônias verdes e pretas que crescem e incham e fazem descolar pouco a pouco a pintura das fachadas. Estátuas de generais que lutaram em guerras sobre as quais mal se ouve falar no colégio — mesmo que tenham selado o destino de todos — são vandalizadas nas praças por tédio e desespero. Na beira do rio, entre armazéns vazios de janelas estilhaçadas, cambaleiam homens sozinhos com pouca roupa, que param às vezes para olhar a massa de água escura e misteriosa como se ela fosse a última fronteira da miséria. Um alarme toca no centro da cidade. Duas pessoas mascaradas pulam um muro. Nos bairros de classe média alta, onde a sombra das árvores projetada no pavimento é quase a única coisa que se mexe, as portas estão trancadas, os carros nas garagens, as crianças na cama.

É a noite de 7 de junho de 1988, uma terça-feira, em Porto Alegre. Em certos pontos do mapa, nem tudo está imóvel. Escaler. Ocidente. Anjo Azul. Wunderbar. Hotel Plaza São Rafael. Alguns faróis rasgam as avenidas Osvaldo Aranha e Protásio Alves e, pelas frestas das janelas, abertas na tentativa de proporcionar a mínima visibilidade para evitar acidentes, escapam compassos de canções que falam sobre amores eternos, muros, chucrute e rock 'n' roll. Punks e skinheads deixam marcas de coturnos no chão molhado do Bar João, em cujas famosas prateleiras se enfileiram vidros de cachaça com tijolos, morcegos e centopeias boiando no álcool, como um laboratório de ciências feito por uma criança. A maioria das ruas residenciais está envolvida em um silêncio opressivo, conservadas no frio de quatro ou cinco graus. Na Quintino Bocaiuva, esquina com a Marquês do Herval, um Monza cinza-escuro para diante do Edifício Elizabeth.

São 21h10. Um episódio de *Vale Tudo* acaba de chegar ao fim, e Gláucia Pereira Almeida, do apartamento 301, se levanta da cadeira de balanço e vai até o quarto fechar as persianas, como sempre faz após a novela das oito. Não é incomum que carros estacionem de noite na frente do seu prédio de quatro andares — infelizmente nenhuma regra proíbe isso, ela dirá mais tarde —, uma vez que o Wunderbar fica a apenas meio quarteirão dali, na Marquês. Naquela terça-feira, Gláucia abre a cortina do quarto e esquadrinha a rua, o que sempre faz logo antes do hábito de puxar a correia e fechar hermeticamente a persiana de plástico. Um carro — o Monza — acaba de estacionar diante do edifício. Ouve o motor pesado e vê os faróis e as lanternas ainda acesos, borrados pelo ar da noite mais fria do ano. As luzes se apagam, o motor desliga. O carro tem aerofólio. Ela gosta de observar quem entra e quem sai, dirá mais tarde. Considera o que pode ver da janela como a extensão da sua casa, então é claro que se preocupa com o tipo de gente circulando, em geral muitos casais bem-vestidos, algumas famílias, gente boa com certeza, mas também às vezes certos maus elementos que bebem demais e mexem com as mulheres e aceleram os carros e saem buzinando.

Quando começa a fechar a persiana, ela trava no meio do caminho. Gláucia abre o vidro e dá um puxão, volta à correia, dá mais um puxão. Passa talvez uns três, cinco minutos tendo a paciência testada, e pode afirmar que, em todo esse tempo, lutando com a persiana, sentindo o ar gelado amortecer seu rosto, com certeza ninguém desce daquele Monza.

Às 21h20, um guardador de carros conhecido no bairro como Restinga recebe uma embalagem de alumínio nos fundos do Wunderbar. Eles não gostam que os clientes o vejam comendo, então Restinga sempre vai se sentar no contorno de tijolos do canteiro em frente ao Edifício Elizabeth, na Quintino Bocaiuva (uma árvore no centro tem o tamanho de um homem alto, e os arbustos ao redor não são aparados há alguns meses). Restinga tem onze anos, pai desconhecido, mãe que às vezes faz um serviço nas casas ricas de Ipanema, mais duas irmãs de doze e catorze que ficam nos corredores do Mercado Público olhando as gaiolas de passarinho e pedindo leite ou Trakinas ou cruzados. Ele se aproxima do Monza. Por um milésimo de segundo, como se Deus nosso senhor girasse o pescoço dele para mostrar a maldade e o pecado e talvez a salvação, Restinga olha para dentro do carro. A primeira coisa que vê é uma espingarda no banco de trás. A segunda coisa que vê é um homem.

João Carlos Satti, do apartamento 302, ainda não chegou em casa.

Naquele dia, saiu da Assembleia Legislativa por volta das sete — horário estimado por seu chefe de gabinete, Paulo Bittencourt — e foi visitar a mãe, que morava não muito longe dali, na rua Fernando Machado. Entrou no apartamento do nono andar carregando uma caixa debaixo do braço. *Não tem motivo pra se-*

nhora ficar com esses pés gelados, ela lembra o filho dizendo enquanto ele mesmo desembrulhava o pacote. Era um aquecedor portátil da Arno. *A senhora vai gostar, não tem perigo nenhum.* Ela não disse nada, mas pensou, porque tinha ouvido na TV sobre uma casinha de madeira em Carlos Barbosa que fora consumida pelo fogo em um par de horas; na manhã seguinte, diante da equipe de filmagem, a dona da casa revolveu a pilha disforme de cinzas com um pedaço de ferro que devia ser o resto de alguma coisa, chorando muito, até mostrar a lateral derretida de um aquecedor que se parecia muito com aquele. João ligou o aparelho na tomada. Logo em seguida, quando a senhora Maria de Lurdes Satti já estava bem acomodada na poltrona, concentrada nas três linhas horizontais laranja do novo aparelho, e seu filho fumava na janela como quem via os fundos da Catedral Metropolitana pela primeira vez, o telefone começou a tocar.

João atendeu.

"Raul? Ah, oi, Raul! Mas como é que tu me achou aqui, homem?"

"Era a primeira vez que Raul Matzenbacher ligava pra sua casa?", perguntariam para Maria de Lurdes depois, na delegacia.

"Era. Era, sim."

"E como é que ele tinha conseguido o número da senhora?"

"Ele ligou antes pro Paulo. O Paulo Bittencourt, chefe de gabinete do meu filho."

"O que o dr. Matzenbacher queria com o seu filho na noite de 7 de junho, dona Maria?"

"O que ele queria eu não sei. O que ele falou eu posso contar."

Raul Matzenbacher havia saído da Assembleia Legislativa às seis da tarde. Por volta das 19h30, fechado em seu escritório na casa da praça Horizonte, deu três telefonemas: primeiro para o apartamento de Satti — onde ninguém atendeu —, depois para Paulo Bittencourt, depois para a dona Maria de Lurdes. A

Bittencourt, perguntou se ele fazia ideia de onde Satti estava, e o chefe de gabinete disse que ele passaria na casa da mãe e, pelas oito e pouco, tinha um jantar marcado com Glória Andrade no restaurante do Hotel Plaza São Rafael. Embora Bittencourt não gostasse muito do deputado Matzenbacher, não acreditava, naquele momento, que havia qualquer razão para omitir essas informações. Em seguida, Raul pediu o número da mãe de Satti.

Alguns se perguntariam depois por que ele tinha dado aquele terceiro telefonema.

De acordo com a senhora Maria de Lurdes, a conversa entre os dois não durou muito tempo. Seu filho disse a Raul que iria com Glória ao Plaza — o que aparentemente o outro já sabia —, e então perguntou se ele gostaria de ir junto. Diante do que ela imaginou ser, do outro lado da linha, uma recusa com uma justificativa comprida, Maria de Lurdes viu o filho insistir mais uma vez. Quando ele pôs o telefone de volta no gancho, estava rindo. Ela lembra da expressão um pouco perplexa em seu rosto, como se ele não tivesse certeza de que havia mesmo motivo para rir, ou ao menos foi isso que ela pensou depois que a coisa inominável aconteceu (*Não tem palavra pra isso porque não é natural, né, seu delegado, mas eu digo mesmo assim, "sou órfã de filho"*).

"Sabe o que o Raul acabou de dizer?", ele perguntou para ela, ainda parado ao lado da mesinha do telefone. "Que a Glória é uma chata de galocha. Não qualquer chata, vê bem. Uma chata de galocha!"

Uns poucos minutos antes das oito, deu um beijo nela, fez a mãe prometer que não desligaria o aquecedor assim que ele cruzasse a porta, e saiu para encontrar Glória.

Sentia um princípio de gripe, de maneira que combinara de jantar cedo. Glória Andrade era uma amiga dos tempos da televisão que havia trabalhado como produtora do programa de entrevistas de Satti. Costumavam se ver ao menos duas vezes por mês. Teria sido um jantar comum. Iria direto pra casa depois do Plaza São Rafael, porque era isso que Satti entendia por tomar cuidado: a noite mais fria do ano, três taças de vinho no Plaza, o .38 no coldre, talvez um chá com mel antes de ir para a cama.

São 22h13 quando ele deixa Glória em casa. Ela sabe porque logo olha o relógio digital no quarto do filho — 22:15 —, sentindo o arrepio de culpa que sempre sente quando volta e o vê dormindo. São provavelmente 22h18 quando Satti estaciona na Garagem e Posto Estrela, na Quintino Bocaiuva. Tranca o Escort e vai andando os cerca de quarenta metros que o separam de sua casa. Ninguém cruza com ele no caminho. Restinga está na frente do Wunderbar e já se esqueceu do Monza cinza porque uma arma é só um cano de ferro polido antes de alguém atirar com ela. Gláucia Pereira consultou a lista telefônica, anotou o número do serviço de reparo de persianas e foi dormir enquanto o Monza continuava no mesmo lugar.

22h20. O deputado João Carlos Satti para diante da primeira fechadura do prédio. Faz oito dias que colocaram uma cerca de ferro pontuda ao redor do Edifício Elizabeth. Enfia a mão no bolso e procura a chave certa. Não percebe o Monza cinza com o aerofólio parado atrás da árvore. Abre o portão e está na área privativa do condomínio, entre a primeira e a segunda porta, talvez pensando: *Tem aquele chá que eu posso beber* e *a mãe vai se acostumar com o aquecedor, capaz que não* ou ainda *vou fazer quarenta e um anos no mês que vem mas me sinto mais jovem do que me sentia aos vinte e cinco.* Anda apenas dois passos quando algo faz com que se vire para trás. Um barulho. Um chamado. Seu nome. Vê o Monza de janela aberta, talvez a espingarda .12, talvez apenas o homem. Conhece o homem, dirão, porque alguém lembrará de ter ouvido duas vozes exaltadas. O primeiro tiro acerta a fechadura do portão e a estilhaça em pedaços brilhantes sobre o pavimento. O segundo tiro atinge Satti no peito quando sua mão já alcançava o revólver. Seus pequenos grãos de chumbo vão furar a carne em uma dúzia de pontos, arruinando o lobo superior do pulmão esquerdo, a veia do ventrículo esquerdo e a artéria pulmonar.

O Monza acelera e sobe a Quintino Bocaiuva cantando pneu, depois se mistura normalmente ao pequeno fluxo de carros ao chegar ao próximo semáforo. João Carlos Satti, enrodilhado no chão entre as portas do edifício, ainda está vivo quando Restinga e dois brigadianos que saíam do Wunderbar o colocam dentro de um táxi.

Acordei naquela madrugada com o grito da minha mãe. Meu quarto estava completamente escuro, mas eu podia ver um traço de luz por baixo da porta. O rádio-relógio marcava 2:32. Eu tinha quase dez anos e uma vida convencional e protegida. Minha infância era como um bolo ainda quente assado de acordo com uma receita. Eu continuaria assim por um tempo, até, talvez, chegar à idade do Vini, e então começar a mentir para meu próprio bem, procurar meus lugares na cidade, mais tarde pegar o carro depois de o sol se pôr e dirigir apenas para ter a impressão de que eu estava escapando. Mas, no dia 7 de junho de 1988, isso tudo estava muito longe de acontecer. Minhas expectativas mais aventureiras ainda saíam das páginas de O *naturalista amador* e do *Manual do escoteiro mirim*.

Se eu ficar no quarto, pensei, se eu voltar a dormir, nada jamais terá acontecido.

Acendi o abajur, coloquei as pantufas e abri a porta.

Do alto da escada, eu podia ver a sala toda iluminada. Em um primeiro momento, a cena me pareceu se desenrolar sem som, como se, por uma cuidadosa decisão neurológica, meus ouvidos estivessem sendo poupados momentaneamente enquanto os olhos lidavam sozinhos com aquela madrugada. Meus irmãos e meus pais estavam de pé lá embaixo, unidos em um único abraço esquisito. Comecei a descer os degraus e ainda não ouvia nem um pio, e continuava surda ao pisar na sala. Naquela altura, já estava óbvio que algo muito ruim havia acontecido, de maneira que eu me aproximei e fixei os olhos em um pedaço do roupão da minha mãe, como se aquilo fosse algum tipo de boia no meio da alta correnteza. Fiquei vidrada no tecido cor-de-rosa atoalhado até sentir um puxão no braço, e então o tempo voltou a andar e eu vi os rostos cortados por lágrimas e os cabelos rebeldes e as bocas abertas. Meu pai foi o primeiro a olhar para mim. Agora eu tinha voltado a ouvir. O mais alto de tudo eram os soluços e os uivos da minha mãe.

"O Satti morreu, Ciça", ela disse, e ficou mais desesperada ao ter que admitir aquilo em voz alta. Em um reflexo, me puxou também para o círculo de choro. Eu sentia minha cabeça esmagada e o cheiro de cigarro do meu pai e o do creme grudento que minha mãe colocava na cara, mas aí acontecia uma coisa daquelas e ela ia envelhecer dez anos em uma única noite. Comecei a chorar também. Naquele momento, a morte do tio João — o amigo exótico da família, o tio das balas e chicletes, a voz indignada no rádio — era para mim uma ideia bem abstrata, como se ele tivesse saído da política para criar cavalos, mas ainda vivesse em algum lugar desse mundo com pelo menos uma estradinha de terra e um aparelho de telefone.

Meus pais fizeram eu me sentar no sofá. Minha mãe disse que alguém tinha matado Satti quando ele chegava em casa. Um dos peitos dela estava quase saindo para fora do roupão. Ela começou a chorar e gritar de novo, enquanto Marco tentava colocar no campo de visão dela um copo de água com açúcar, algo que provavelmente ele tinha visto em algum programa de TV. Ela chegou a fazer um breve gesto de agarrar o copo, mas desistiu ou se esqueceu no meio do caminho. O copo veio a se espatifar no chão ladrilhado. Ninguém deu bola para os cacos. Tentando continuar a história do ponto em que minha mãe havia parado, meu pai se ajoelhou diante do sofá, mas então foi a vez de ele deixar as frases pela metade, como se ainda tivesse dúvidas sobre o quanto uma menina deveria mesmo saber. Em seguida, desistiu também e jogou-se violentamente no sofá. Ficou estático na exata posição em que tinha caído, mirando o vazio com olhos que pareciam dois pequenos charcos.

Foi nesse momento que ele e minha mãe se tornaram figuras opostas, ela numa espécie de balé psicótico, girando de um lado para o outro e gritando de um jeito que nem parecia humano, ele totalmente sem reação, incapaz de oferecer qualquer conforto, fechado nas maquinações da própria cabeça. Só despertou desse estado quando ouviu o telefone tocar.

"Alô? Oi, Werner."

Então agora era minha mãe quem estava parada e, de pé ao lado dos cacos, olhava para meu pai como se alguma notícia boa ainda pudesse sair daquele aparelho.

"Chocados, como todo mundo. Werner? Espera um pouquinho, vou atender no escritório. Um segundo só."

Pediu pra minha mãe desligar quando ele pegasse no outro cômodo. Ela segurou o bocal, mas não trocou nem uma palavra com o tio Werner. Desligou. Olhou para mim e para os meus irmãos.

"Acho que é melhor vocês subirem."

"A gente não pode ficar aqui na sala?", Marco disse, com a voz meio arranhada.

Ela fez um carinho na cabeça dele.

"Não, vocês têm que dormir." Aquela calma repentina me deixou mais assustada do que o surto de cinco minutos atrás. "Tem colégio amanhã cedo."

"Hoje. Será que não dá pra gente *não* ir no colégio dessa vez, mãe? Aconteceu uma coisa excepcional", Vini disse.

Ela girou lentamente a cabeça e olhou para ele. Crispou o rosto e deu um sorriso lunático antes de chegar a uma careta que não era fácil de entender. Não respondeu. Virou as costas e foi caminhando na direção do escritório como se não tivesse pressa nenhuma. Ficamos ali por um tempo, os três, entupidos, fungando, tremendo de frio. Eram quase três da manhã. O vento encontrava qualquer frestinha nas portas e janelas e entrava e corria junto ao piso, balançando levemente as franjas do sofá.

Vinícius começou a subir as escadas. Fomos atrás dele. Eu não queria ficar sozinha, com certeza ninguém queria, mas nenhum de nós disse nada, e calados entramos no meu quarto e deixamos o abajur ligado e nos cobrimos com o lençol e os três cobertores de lã sem a menor intenção de dormir. Era apertado. Eu e Vini dividíamos o travesseiro. Marco tinha deitado ao contrário, com a cabeça perto dos nossos pés.

"O que foi que aconteceu?", perguntei.

"Atiraram no tio João quando ele tava chegando em casa", Marco disse. "Aí dois brigadianos ouviram os tiros e encontraram ele caído e levaram pro hospital. Só que lá não deu pra fazer mais nada."

"E daí, pegaram o assassino?"

"Não, ele fugiu."

"Correndo?"

"De carro."

Vini olhava pro teto. Uma lágrima escorreu e tocou na ponta da orelha.

"Vocês acham que o Fred é filho dele mesmo?", disse.

Marco levantou a cabeça.

"Como assim, meu?"

"Sei lá. Só uma coisa que eu pensei."

"Tu acha que ele fingiu ser filho por todo esse tempo?"

"Não foi muito tempo."

"Tá, mesmo assim. O guri tem que ser muito bom ator pra fingir por dois, três anos que é filho de alguém, e aí a mulher, a mãe, tava então no esquema também, a telefonista aquela, o Fred morava antes com ela, parece até que voltou a morar. E toda essa mentira exatamente pra quê?"

"Pra roubar alguma coisa do apartamento?", eu disse, mas ninguém prestou a mínima atenção.

"Sei lá, Marco, eu já falei que eu não sei. Tô só levantando as possibilidades."

"Tá, tá bom, Sherlock Holmes."

"Tua mãe tava apaixonada pelo Satti", disse Glória Andrade quando enfim aceitou me encontrar, em 2001. "Tu percebeu isso na época?", perguntou, e eu respondi que não exatamente, mas que me lembrava muito bem de ver um dia o âncora de um telejornal mencionar os presentes que Carmen Matzenbacher tinha oferecido à vítima apenas algumas semanas antes do crime: um prato de parede, um cálice, dois burrinhos de barro. Eu tinha nove anos, disse a Glória Andrade naquele dia, ninguém me deixava ver nada sobre o caso Satti, e talvez por isso aquele pedacinho de informação tenha me parecido tão fascinante e incompreensível, um enigma a ser desvendado: um prato de parede, um cálice, dois burrinhos de barro. Por que esses objetos, e não outros? O que eles queriam dizer?

Acordamos apenas algumas horas depois, eu, Marco e Vini na minha cama estreita. Havia amanhecido. Olhei pela janela e o orvalho cobria o pátio dos fundos e brilhava como uma plantação de pedras preciosas. Saí do quarto esfregando os olhos. Eu ia demorar algum tempo até lembrar que havia algo de errado, se não tivesse visto minha mãe toda de preto e então meu pai também todo de preto enquanto o telefone tocava sem parar. Disseram com uma voz calma que era hora de ir para a escola — as campainhas estridentes dos aparelhos ainda soando —, e foram falar a mesma coisa aos meninos, que gemeram e depois entraram em seus respectivos quartos, obedientes e encolhidos. Em quinze minutos, estávamos todos de estômago vazio dentro do Monza.

Não parecia haver nada de errado com o carro naquela manhã, eu pensaria alguns dias mais tarde, como se bastasse apenas um amassado na lataria, uma mancha de sangue no estofamento ou algum outro tipo de marca muito óbvia para incluir aquele Monza na cena do crime. Além do mais, era o mesmo carro que tínhamos ido buscar juntos na concessionária três anos antes, que Marco e Vini aprenderam a dirigir na estância, que parava quase todos os dias diante da escola com o pisca-alerta ligado. O mesmo Monza e o mesmo pai. Quando eu fosse muito mais velha, pensaria nas micropartículas de pólvora que provavelmente tinham grudado em nossas roupas naquela manhã de quarta-feira.

No meio do trajeto, que vínhamos fazendo em silêncio, sem nem mesmo o rádio ligado, minha mãe de repente pediu que meu pai encostasse o carro. Então escancarou a porta, deu uns passos baratinados com a mão apoiada na lataria e parou, um pedaço dela visível pelo vidro traseiro. Eu olhava para a nuca dele — ainda sentado no banco do motorista — e para a metade dela, emoldurada pelo vidro, inclinada para a frente, os cabelos meio caídos no rosto, tentando vomitar. Um fio espesso escorreu de sua boca, ficou pendurado e finalmente se desfez. Meu pai desceu do carro. "Compareceu ao velório decomposto, com as vestes em desalinho", escreveriam mais tarde no jornal. Ele tentou levar a mão até o ombro da minha mãe, mas ela deu um passo para longe e começou a chorar.

Quando retomamos o caminho alguns minutos depois, Marco perguntou se aquilo tudo poderia ter alguma relação com os sprays que tinham sido proibidos, e meu pai disse que até poderia, mas era difícil dizer porque "o Satti já incomodou muita gente para muito além disso".

"O invejoso quer é ser adorado", minha mãe começou a dizer com uma voz que não parecia a sua, "mas como não tem qualidades, expõe o que lhe resta, que é a própria mentira de vida."

"Que é isso?", Marco perguntou.

Meu pai tinha parado em um semáforo.

"Foi pro Ferrari que ele escreveu isso", disse, olhando para minha mãe.

"Eu sei que foi."

"Por uma besteira."

"Besteira de qual dos dois?"

"E importa agora?"

O carro recomeçou a andar. Ela se virou para Marco.

"A crônica falada que o Satti apresenta na Rádio Gaúcha. Esse é um trecho da de anteontem, o título era 'O invejoso'."

"O Ferrari ficou fulo da vida, me disse segunda à noite. Achou infantil ele mandar recado pelo rádio."

Desde o início daquele ano, minha mãe se tornara funcionária do deputado Afonso Ferrari, também do PMDB, naquela estratégia muito antiga de empregar parentes no gabinete de um colega para suavizar a prática do nepotismo. O gabinete de Ferrari era contíguo ao de Satti, e a proximidade cotidiana entre Carmen e o deputado vinha gerando todo tipo de boataria na Assembleia. Diziam que ela estava apaixonada e que escrevia cartas de amor endereçadas ao "Deputado Ozônio". Diziam que Raul andava estranho e que fora visto gritando com Carmen em pelo menos duas ocasiões. O falatório chegou ao ápice na roda de amigos e colegas que, na madrugada do dia 7 de junho, esperava notícias de Satti diante do Hospital de Pronto-Socorro.

"Mesmo que chova e esteja úmido", minha mãe disse, de novo com aquela voz que não era a sua, "o importante é viver, ver o verde, uma árvore, botar fora o relógio."

"Chega, Carmen."

Aquele também era um texto de Satti.

Durante o velório e o enterro é que meu pai se descobriria suspeito. Alguns amigos o alertariam. Naquela manhã — o que parecia um pouco estranho —, ele não havia ligado a televisão e o rádio e nem sequer atendido o telefone, mas, antes mesmo de o corpo de João Carlos Satti percorrer o trajeto entre a Assembleia Legislativa e o Cemitério da Santa Casa, sob os aplausos das pessoas que se amontoavam nas calçadas, a polícia já estava encaixando as primeiras peças do caso. Quatro testemunhas tinham visto na cena do crime um Monza cinza-escuro com aerofólio. Paulo Bittencourt, o chefe de gabinete de Satti, descrevera à polícia os sentimentos da minha mãe (intensos, um pouco obsessivos, certamente para além da amizade). Bittencourt, assim como Glória Andrade, também declararia que Satti vira o carro de Raul na frente de sua casa alguns dias antes do crime.

No fim daquele mesmo dia, meu pai foi aos estúdios da Rádio Gaúcha tentar se explicar. Conversou com o jornalista Pedro Martins. Tenho aqui comigo o arquivo digital e a transcrição dessa conversa que acabou sendo usada pela acusação no julgamento porque era vergonhosamente comprometedora. A entrevista em questão se tornaria um pesadelo para Arnaldo de Souza Andrade, futuro advogado do meu pai (*Tu nunca devia ter ido pra frente do microfone naquele estado, Raul*). Seu nervosismo era palpável na voz, e as coisas que disse soavam uma mistura de discurso político vazio com a confusão mental de quem sabe que perdeu o controle da situação.

"Nós vamos trazer ao microfone agora o deputado Raul Matzenbacher, médico, eleito pelo PMDB, e tido como um dos melhores amigos de João Carlos Satti, mas que surpreendentemente aparece também como suspeito. Boa tarde, deputado."

"Boa tarde, Martins. Eu estou efetivamente traumatizado, como acho que estamos todos. Efetivamente traumatizado por aquilo que abala inclusive as estruturas da própria cabeça da gente, que não consegue entender um fato como esse. Ainda na terça conversamos no telefone em torno de sete horas, sete e meia da noite. Satti ia jantar no Hotel Plaza São Rafael. E ainda mexi com ele, né, isso é coisa pra marajá, eu sou um deputado pobre, não posso ir, mas como o tempo tava ruim, e eu havia ido a um churrasco na hora do almoço, desisti desse encontro que teríamos ainda na terça à noite."

"Terça à noite o jantar do Satti foi apenas com a Glória Andrade, ou havia mais alguém?"

"Que eu tenha conhecimento, teria sido apenas com a Glória. Mas, de tudo isso, Martins, o que deixa, além da mágoa da perda, né, além da mágoa da separação, é aquilo que a imprensa do Rio Grande do Sul hoje..."

"Pois é. Ao que se atribui isso, deputado?"

"Martins, eu não saberia ao que atribuir. Essa talvez seja uma daquelas circunstâncias, talvez da própria fatalidade, né, que dizem que a política traz mais dissabores que alegrias, e eu saí do meu consultório, tinha uma vida tranquila e pacífica, e me elegi não pela legenda do meu partido, mas exatamente pelo exemplo, pelo tipo de criatura humana, pelo tipo de pai, pelo tipo de esposo que sou. E vejo hoje com mágoa, chateado, essas especulações que fazem, até porque há várias hipóteses, não há absolutamente nenhuma prova concreta. E eu teria uma situação muito tranquila, Martins, vou te dizer, porque na terça à noite estava não só com minha esposa e meus filhos, mas, por aquelas fatalidades às vezes quando, se nos preparam coisas desagradáveis, muitas vezes a gente é beneficiado até por Deus e até pela sorte, nessa noite, Martins, cheguei do trabalho e, depois do jantar, saí, comprei cigarros e voltei pra casa, e recebemos uma visita de um casal de Caxias do Sul, aqui exatamente na minha casa, então veja bem, eu tenho a mais absoluta tranquilidade de que esse fato vai ser esclarecido, a gente tem família, e o desrespeito que ocorre em afirmações como essas..."

"Agora, deputado Matzenbacher. Com toda a franqueza, nós nos conhecemos há muito tempo, e o deputado está na sua posição de deputado, e nós estamos aqui na posição de jornalistas, então permita algum aprofundamento."

"Com todo o prazer, Martins."

"A especulação não partiu da imprensa. Veja bem, há dois elementos, deputado Matzenbacher, que permitiram à imprensa ir em cima. Por exemplo, o chefe de gabinete do deputado Satti, Paulo Bittencourt, num depoimento ontem, fez referência ao senhor."

"Sim."

"E a sua própria esposa fez referência, entregou uma arma à polícia."

"Certo."

"Então ao que se atribui duas pessoas prestarem depoimento levantando suspeitas sobre o deputado Matzenbacher?"

"Exato, Martins, eu realmente não quis atribuir ao papel da imprensa, não quis responsabilizar em momento nenhum, porque o papel da imprensa é informar, sem dúvida. Eu te confesso, isso estarrece a mim, estarrece a todos. Olha, eu realmente não conheço o depoimento que foi prestado, e teria dificuldade de avaliar. As circunstâncias e a soma de pequenos fatores acarretam um tipo de raciocínio às vezes um pouco apressado e que pode levar a injustiças sem o mínimo indício, me ligar ao crime que tirou a vida de quem eu considerava se não o meu melhor amigo, Martins, alguém entre os cinco dedos da minha mão."

"E essa arma que a dona Carmen entregou à polícia, uma arma de cano duplo calibre .12, era sua?"

"Exato. Martins, eu sou, como é tradicional na região da campanha, um caçador. A partir do momento que entrei na política, deixei de caçar, até pelos compromissos do dia a dia."

"Muito bem, deputado, nós estamos aqui na Rádio Gaúcha fazendo essa longa entrevista com o senhor, até mesmo deixando de lado os espaços comerciais e abrindo uma grande janela dentro do Gaúcha Repórter, que foi o programa que teve como seu primeiro apresentador o João Carlos Satti, esse foi sempre o programa do Satti. Nosso tempo está acabando, mas eu gostaria de fazer uma última pergunta."

"Sim, Martins."

"Onde foi que o senhor comprou cigarro na terça à noite?"

"Cigarro aqui tem um, tem aqui na, conhece a, não seria Euclides, é, perto do colégio IPA."

"Perto do IPA."

"Perto do IPA aqui tem um bar Figueroa, se não me engano."

"Fica a quantos metros da sua casa?"

"É um posto de gasolina, eu não saberia te dizer quantos metros, fica a algumas quadras de casa."

"Poucas quadras?"

"É, fica a seis, sete, oito quadras."

"Seis, sete, oito quadras."

Alberto e Estela Sartori, no dia 7 de junho, desceram a serra porque queriam ouvir uma orquestra tocar os réquiens de Mozart. O dia em Caxias do Sul havia amanhecido abaixo de zero, de maneira que, às oito da manhã, as casas ao longo da sinuosa BR-116 ainda pareciam cobertas por vidro moído. Alberto era dono de uma pequena fábrica de móveis — passando aos trancos pelas crises econômicas do país —, e Estela tinha parado de lecionar matemática para cuidar das crianças. A cada três ou quatro meses, os Sartori desciam até Porto Alegre, comiam bacalhau no Gambrinus, compravam presentinhos para os filhos, assistiam a um concerto, visitavam algum amigo e, por fim, chegavam cansados ao hotel Everest, onde sempre pediam um quarto no andar mais alto possível. Voltavam para casa no dia seguinte.

Naquele 7 de junho, Alberto e Estela seguiram sua programação usual. Ao chegarem na frente do teatro da Ospa, no entanto, foram informados de que o concerto havia sido cancelado. "Tudo começou porque a Varig danificou um violino", Estela Sartori contaria por telefone ao *Correio do Povo* três dias depois, "e então o violinista convidado, que estava vindo do Rio de Janeiro, não poderia tocar. Foi assim que acabamos fazendo uma visita aos Matzenbacher."

Não queriam perder a noite. Primeiro pegaram um táxi até a nova casa de um amigo de Alberto. Tocaram a campainha e ninguém abriu. As luzes deviam estar acesas para disfarçar — Porto Alegre anda tão perigosa, Estela comentou com o marido —, então os dois andaram até a esquina, depois até a outra esquina, tentando entender exatamente onde estavam. "Olha, isso aqui é perto da Carmen e do Raul", Alberto disse com convicção, e caminharam por dois quarteirões e tocaram em nossa campainha, não porque morriam de vontade de visitar meus pais, mas porque se sentiam enredados nas ruas da Bela Vista, com uma chance mínima de encontrarem um táxi. Eram 21h15 quando entraram na casa da praça Horizonte, e sobre isso todos concordariam mais tarde.

Minha mãe e Estela haviam sido muito amigas durante a adolescência, mas nas últimas décadas mantinham um contato apenas esporádico (*Lembra da tia Estela, Ciça, e do tio Alberto? Eles vieram na minha festa de aniversário uns anos atrás*). Naquela noite, ela ficou surpresa com a aparição repentina do casal Sartori, mas não pareceu contrariada, exceto pelo fato de que não estava exatamente apresentável com seu chambre rosa e suas pantufas de pelego (ao menos ainda não tirara a maquiagem). Sentaram-se os três na sala para conversar. Meu pai tinha saído por volta das nove horas e eu não sabia onde ele estava, ou melhor, onde ele teria dito para minha mãe que estaria. Diante dos visitantes, ela se limitou a comentar: "O Raul deu uma saída. Acho que não demora".

Subi logo depois de eles terem chegado. Passei diante da porta do Vini e escutei a música, alta como todas as vezes em que o pai não estava em casa. Entrei no meu quarto e abri apenas uma fresta da janela, bem estreita, deixando de fazer o que eu sempre fazia, que era escancarar o vidro e subir na cadeira para ouvir melhor. Aquela era uma noite tão fria quanto as páginas 100 e 101 d'*O naturalista amador* (um coelho branco com as patas afundadas na neve, uma coruja branca de olhos amarelos que parecia preparada para qualquer coisa). Fiquei lendo uma versão infantojuvenil de Os três mosqueteiros enquanto ouvia *alguma* música, mas sem poder distinguir *qual* música. Ainda assim, achava aquele som vago reconfortante, vá saber por quê.

Como ninguém tinha me colocado para dormir, li até depois das dez, sendo esse meu horário oficial de ir para a cama. De acordo com os depoimentos de minha mãe e Alberto à polícia, meu pai chegou em casa às 22h15. De acordo com o depoimento de Estela, eram 22h25. Ele entrou, se deparou com o casal de Caxias, cumprimentou-os, ouviu Estela contar sobre o violino quebrado, depois, alegando extremo cansaço e uma dor de cabeça, pediu desculpas e foi se recolher.

A polícia iria estimar o horário dos disparos como tendo ocorrido entre 22h15 e 22h20, isso segundo o depoimento de pelo menos oito pessoas. Nossa casa ficava a cerca de três quilômetros do apartamento de Satti, uma distância que poderia ser percorrida de carro em no máximo cinco minutos em uma noite de pouco movimento. A pequena diferença, portanto, entre o horário estimado por Estela e o estimado por Alberto mudava tudo: era a diferença entre ser possível ou não ser possível colocar meu pai na cena do crime.

O problema era que eu sabia exatamente a que horas ele tinha chegado. Não foi uma coisa muito simples de acontecer com uma menina de nove anos. Claro que ninguém ia me perguntar nada sobre isso, nem naquela semana, nem depois. Eu soube por causa do toca-discos e do motor do Monza. O carro sempre ficava estacionado entre a casa e o muro. Toda vez que chegava, o som ricocheteava naquele corredor de cimento e lajotas hexagonais e então subia. Na noite de 7 de junho, Vinícius desligou a música assim que ouviu o motor. Eu queria saber quanto tempo havia passado da minha hora de dormir, e lembro de estar feliz, feliz em ter ficado acordada lendo por um tempo que me pareceu enorme, a adrenalina da aventura de capa e espada misturada com a da minha pequena desobediência. Olhei para o rádio-relógio. Eram 22h27. Levantei e fui até a janela. Vi a frente escura do carro lá embaixo. Fechei a fresta e apaguei o abajur.

Eu quis, de propósito, desconfiar da minha própria memória depois, mas isso não durou muito, eu tinha certeza dos números, a trinca de dois e o sete final pareciam impressos na minha retina, então fiquei por um tempo achando que o casal Sartori estava simplesmente vivendo sem prestar atenção nos relógios a sua volta, como a maioria das pessoas vive, não tendo a mínima ideia de que treze minutos, ou três, podem fazer toda a diferença.

De todo modo, eu sabia o que ninguém sabia, ou talvez o que ninguém quis contar: meu pai tinha chegado em casa exatamente às 22h27.

Quando ele contratou o advogado criminalista mais famoso do Rio Grande do Sul para defendê-lo, seu álibi da noite do crime foi tão polido quanto possível: o deputado Matzenbacher havia saído de casa para comprar uma carteira de cigarros no Posto Figueroa e, ato contínuo, decidira dar uma volta de carro "para espairecer", passando pelas principais vias da cidade e por um terreno que adquirira não muito longe de onde morávamos. Ao voltar para casa, encontrara na sala um casal respeitável de Caxias do Sul, que confirmava seu horário de chegada (22h15 segundo Alberto, 22h25 segundo Estela, mas, como era de se esperar, o depoimento do homem teria mais valor do que o da mulher).

Na famosa entrevista à Rádio Gaúcha, meu pai não menciona o passeio de carro, mas apenas os cigarros (*Nessa noite, Mar-*

tins, eu cheguei do trabalho e, depois do jantar, saí, comprei cigarros e voltei pra casa).

Com o passar dos anos, eu acharia cada vez mais risível esse detalhe dos cigarros, como se meu pai tivesse pensado nisso como um deboche sofisticado e proposital. Isso porque "sair para comprar cigarros" era uma frase que, no imaginário comum, inaugurava um desaparecimento repentino; alguém saía de casa só com a roupa do corpo dizendo que já voltava, e então punha em marcha um plano traçado com muito rigor, indo para longe sem nunca mais dar nenhum sinal à família. De tão usado em livros, filmes e possivelmente em situações reais, esse ato de sair para comprar cigarros ficara tão batido a ponto de ter virado uma espécie de piada sobre o desejo muito humano de deixar a própria vida para trás. Meu pai, no entanto, tinha invertido a ideia. Ele não almejava um rompimento com a família. Não sentia nenhuma vontade de desaparecer. Quem precisava sumir na verdade era o Outro, a grande ameaça ao seu núcleo familiar.

Naquele dia, tio Werner nos buscou no colégio enquanto um médico amigo do meu pai ia à nossa casa e dava à minha mãe uma mistura de Valium e Equilid capaz de derrubar um cavalo. No Palácio da Polícia, alguém desenhava um retrato falado do provável assassino conforme o depoimento de Restinga, o flanelinha. O resultado seria um homem branco de meia-idade usando um boné, um desenho baseado em alguns segundos da memória de um menino de doze anos que, embora pouco conclusivo, estaria na capa da *Zero Hora* do dia seguinte. Quando eu o visse, ficaria bem impressionada, achando que aquele retrato lembrava em muito o meu pai (*não tem nada a ver com ele, Ciça*, diria Marco, arrancando o jornal da minha mão).

Meu pai ia dirigir até o número 386 da rua Tauphick Saadi.

Era a casa de Paulo Bittencourt. Ele esperaria dentro do Monza até que Paulo voltasse de seu primeiro depoimento à polícia, e então ia descer do carro de supetão e dizer ao jovem assessor apavorado: *Eu só quero saber o que tu falou, só isso!* Por algum motivo, meu pai ainda estaria na Tauphick Saadi quinze minutos depois de Paulo fechar o portão na cara dele, quando nada menos do que seis viaturas da Brigada Militar surgissem na rua, e um sargento tomasse a iniciativa de ir até a janela do Monza, visivelmente constrangido com o aparato todo: *Acho melhor o senhor ir embora agora, deputado, senão vai causar um problema aqui pra gente. Pode ser?*

Paulo Bittencourt tinha todas as razões do mundo para ter entrado em pânico. Para ele, o Monza cinza-escuro devia ter se transformado em um sinal malévolo, uma espécie de prenúncio da morte. Três dias antes do crime, o próprio Satti lhe contara que tinha visto o carro de Matzenbacher parado na frente do edifício. O episódio ocorrera logo depois de um jantar na Churrascaria Barranco, no qual os dois deputados estavam com um grupo de políticos e jornalistas. Todos diriam que Raul Matzenbacher parecia estranho naquela noite. Aéreo, cabisbaixo. Pouco falou. Em determinado momento, ainda com o prato quase cheio, se levantou e pediu para usar o telefone do restaurante. Voltou em seguida, vestiu o casaco e saiu com pressa, alegando que um dos filhos estava meio adoentado. E no entanto, menos de duas horas mais tarde, Matzenbacher estava parado na Quintino Bocaiuva dentro de seu Monza cinza. Quando Satti o reconheceu e atravessou a rua na direção do carro, Raul simplesmente acelerou e foi embora.

Paulo Bittencourt contara à polícia sobre esse episódio, e também sobre o caso da bolsa da minha mãe. Àquela altura, ele tinha convicção de que meu pai havia matado Satti, e diria a quem quisesse ouvir, por muitos anos a fio, que até podia entender os motivos de Raul, mas o que lhe parecia de fato indecifrável era a atitude de Carmen (*O Raul pode ter decidido, decidido mesmo, em alguns segundos. É rápido matar. Mas a Carmen, a cada hora, dia, mês, decidiu continuar com esse homem. Por quê? Quando finalmente foi embora, deixou as crianças pra trás. Ô mulherzinha!*).

O episódio da bolsa ocorrera um dia antes do jantar no Barranco. Era uma quinta-feira, hora do almoço. Minha mãe procurou o chefe de segurança da Assembleia Legislativa para comunicar um furto. Sua bolsa ficara durante toda a manhã pendurada em um cabideiro no gabinete do deputado Ferrari. Carmen foi almoçar apenas com a carteira. Quando voltou, a bolsa havia desaparecido. O boato que rapidamente começou a circular pelos corredores da Assembleia era que a tal bolsa continha cartas de amor endereçadas ao "Deputado Ozônio" e que Raul tinha dado um jeito de pegá-la. Mas ninguém nunca viu essas supostas cartas, e minha mãe sempre negou que tivessem sequer existido.

Ao sair da rua Tauphick Saadi no dia seguinte ao do assassinato de Satti, meu pai continuou na sua rota de más ideias que culminaria com a entrevista no rádio no final da tarde. Não tinha se dado conta de que, diante da gravidade da situação, o melhor que podia fazer era ficar quieto. Dirigiu para a casa de Afonso Ferrari — *Que mal-entendido terrível, Raul, entra!* — e, de lá, telefonou ao Palácio Piratini. Naquele momento, o governador estava conversando a portas fechadas justamente com os dois delegados que iriam conduzir o caso Satti. Não sabia como lidar com aquilo que parecia estar se transformando em um escândalo fratricida; ele mesmo tinha convencido tanto Matzenbacher quanto Satti a se filiarem ao PMDB. Aquilo tudo era péssimo para o partido e péssimo para o processo de redemocratização. No telefone, o governador disse que mandaria os delegados à casa de

Ferrari colherem um depoimento informal. Antes que os dois chegassem, meu pai ligou para o casal Sartori e os alertou de que seriam procurados pela polícia. É impossível saber o que discutiram. Talvez Alberto já acreditasse que Raul chegara em casa às 22h15. Talvez tenha sido convencido disso naquela ligação.

Marco, Vinícius e eu ficamos na casa do tio Werner durante boa parte da tarde, assistindo aos filmes que eles tinham alugado para a gente — *De volta para o futuro* e *Quero ser grande* — enquanto comíamos fatias descomunais de bolo de chocolate. Tia Eliane estava com minha mãe na casa da praça Horizonte. Por volta das seis da tarde, dois policiais estacionaram diante da caixa-d'água alienígena, a torre da Rapunzel, o castelo que o Robin Hood sempre atacava, o monumento a um general sem importância, e então atravessaram a rua e bateram na porta da nossa casa (*Boa tarde, precisamos fazer umas perguntas pra dona Carmen, a gente pode entrar?*). Ela se sentou na poltrona, ainda zonza de Valium e Equilid, usando o roupão cor-de-rosa, e um dos policiais teve que desviar o olhar para não ver mais do que gostaria. Não, ela não sabia por que o marido tinha passado tanto tempo fora de casa na véspera. Às vezes ele gostava de ficar sozinho. Era um traço das pessoas que tinham sido criadas na campanha. Sentiam falta da vastidão, do espaço aberto, o que sem dúvida não era o caso dela. Para ela, o campo tinha assim uma coisa de tristeza, de mundo sem saída, porque era a mesma coisa ir reto, ir para um lado, ir para o outro ou então voltar para trás. Mas, em uma relação, as diferenças acabavam se acomodando, isso desde o iniciozinho, quando eles se conheceram, imagina só, ela tinha sido princesa da Festa da Uva de 1965. Claro que o casamento era, é, feliz. Claro que o Satti é, era, um grande amigo da família. Trabalhavam os três muito próximos. Armas? O Raul tem, sim, todas registradas, a maioria na estância em São Gabriel, porque ele caça, já nasceu caçando. Mas hoje cedo fui até o quartinho dos fundos e vi uma espingarda de cano duplo. Posso ir lá pegar para vocês. Posso? Já volto.

"Marco, teu rosto, que ..."
"Eu sei, né."
Me levantei do banco. Era a segunda manhã na escola depois do crime.
"Tá doendo?"
"Não toca, Cecília. Um pouco."
A pálpebra esquerda estava inchada e mal dava para ver o olho lá dentro. O lábio tinha duas crostas de sangue seco, e a roupa, um monte de manchas alaranjadas que eu podia apostar que eram do campinho de futebol. Parecia que ele tinha sido arrastado na terra. Tocou o lábio, como se estivesse medindo o tamanho do estrago. Até onde eu sabia, Marco nunca tinha brigado com ninguém.
"Eu também bati."
Era a hora do recreio, e eu estava no pátio com a Adriana, minha única amiga do colégio. Ela olhou bem para ele, não assustada como eu, mas com uma curiosidade meio mórbida.
"Deixei ele com a boca sangrando", Marco acrescentou.
"Ele quem?"
"O Mathias Almeida, conhece?"
"Ele faz judô com o meu irmão na Sogipa. É bem maior que tu."
"E daí?"
"Daí nada. Vou lá comprar um chocolate, Ciça."
Adriana se levantou, e Marco se sentou no lugar dela. Tocou na pálpebra esquerda, depois deu uma fungada. Parecia meio perdido, olhando as crianças e os adolescentes no pátio como se nunca os tivesse visto antes. Enquanto isso, eu olhava

para Marco e pensava que era bem esquisito ele estar ali, uma vez que falar com a irmã menor no recreio podia ser considerada uma das maiores derrotas na grande lista das derrotas escolares. Até agora, o saldo era brutal: naqueles quinze minutos de intervalo, ele já tinha tomado um soco na cara, rolado no campinho até ficar com a roupa laranja e vá saber o que mais. Agora podia ser ainda mais humilhado por estar conversando com a irmãzinha.

"Que foi que houve?", perguntei.

"Briguei com o Mathias."

"Isso eu já sei, mas por quê? Tu foi na direção?"

"Jura. Esquece, Ciça."

"Eles devem ter uma pomada", eu disse, chegando mais perto do olho. "Será que vai ter que costurar?"

"Nah, nem tá sangrando mais."

"Mas quem é que começou?"

"Quem começou a falar ou quem começou a bater? A gente tava jogando futebol, o Mathias disse um troço pra mim. E aí eu fui pra cima dele."

"Era um troço sobre o pai, por acaso?"

"Como é que tu sabe?"

"Sei lá, só imaginei."

Os jornais que os pais dos nossos colegas folhearam durante o café da manhã naquele dia traziam dúzias de manchetes sobre o que a imprensa e a polícia já estavam chamando de caso Satti. Muitas delas estampavam o nome do meu pai: *Matzenbacher se defende como suspeito: "É um engano"*; *Matzenbacher: "Satti me convidou para jantar no sábado. Não fui"*; *Matzenbacher procura chefe de gabinete de Satti (que se assusta e chama polícia)*.

"Tu acha que as coisas vão voltar ao normal?", Marco perguntou.

"Não sei, tu acha?"

Ele deu de ombros.

"Eu gostava bem mais quando o pai era só médico."

Sorrimos pela primeira vez naquele recreio.

Adriana não voltou para o nosso banco, e logo o sinal começou a tocar e Marco se levantou como um boneco que salta de uma caixa. "Até depois", disse, e eu tive a impressão de que o olho esquerdo dele parecia mais fechado do que antes, espremido no meio de um inchaço avermelhado que não era a coisa mais bonita de ver. Ele virou as costas e foi embora. Eu fui andando para o outro lado, na direção da minha sala. O pátio estava quase vazio a essa altura, mas uma pessoa continuava sentada no asfalto, com as costas no muro branquíssimo, os fones de ouvido em meio a uma cabeleira que ele podia jurar que era igual ao do tecladista do Depeche Mode. Eu acenei. Mas Vini não estava prestando a mínima atenção.

Naquela manhã, meu pai devia estar preocupado com as manchetes e com todo o burburinho que se espalhava rapidamente pelas altas camadas da sociedade porto-alegrense, mas, antes das dez, recebeu a notícia — vazada por alguém — de que a polícia não havia encontrado traços de pólvora na espingarda apreendida na véspera. Foi um alívio, só que não durou quase nada. Às 10h15, a diretora da nossa escola ligou para ele para contar que Marco havia brigado durante o recreio. A história não parava aí. Ao voltar para a sala, ele tentara jogar um apagador em outro colega e avançara aos berros em um terceiro menino. Agora estava ali na frente dela se negando a dizer qualquer coisa. Pelo menos tinha aceitado a bolsa de gelo.

Então uma assistente da diretora bateu na sala da quarta série turma C e disse meu nome bem alto e pediu que eu recolhesse as minhas coisas. Todo mundo ficou me olhando enquanto eu colocava o lápis e a borracha de volta no estojo, depois o estojo na mochila, depois os cadernos. Eu, Vini e Marco fomos levados por essa mulher mascando chiclete até o portão principal da escola, onde meu pai já nos esperava. Aquele seria, ao menos por algumas semanas, nosso último dia de aula.

"Tu tem medo de intimidade", me disse uma vez uma psicóloga, e eu não tinha dúvida de que ela estava certa, mas eu achava que alguém me apontando o que eu fazia de errado não ajudava em grande coisa. Isso foi ainda em Porto Alegre. Eu tinha dezoito anos e preferia mil vezes passar a noite fazendo desenhos científicos de gramíneas do pampa a sair e conhecer quem quer que fosse. A ideia de *conhecer* me era incômoda, assim como a ideia de ir a algum lugar. Ou pelo menos os lugares que as pessoas frequentavam. Eu tinha essa ideia de manter a noite de Porto Alegre bem longe de mim.

Às vezes eu até saía com algum aluno da biologia, da letras, da filosofia, das ciências sociais, caras aleatórios que eu tinha conhecido nos cantos do Campus do Vale fumando maconha. Um deles expelia fumaça na cara dos cães sarnentos e era acometido por ataques de riso. Outro só usava roupas pretas e andava para cima e para baixo com um livro do Augusto dos Anjos todo sublinhado. Ainda outro assistia às aulas de ética I com uma faca bowie na cintura. Eram desajustados e inseguros, mas em um aspecto se comportavam como qualquer guri de dezoito anos: fariam qualquer coisa pela chance de comer alguém.

Esses caras normalmente não tinham carro, então eu pegava o Corsa vermelho que dividia com Vini naquele tempo e ia buscá-los em apartamentos no Lindoia, em Petrópolis, no Menino Deus. Quando estávamos quase chegando nos bares da Cidade Baixa, eu olhava para o lado como se não estivesse pensando nisso desde o princípio e dizia: *Acho que eu tenho uma ideia melhor*. Então pegava a direção da Zona Sul e logo ia costeando as águas escuras do Guaíba, vendo de longe uma fogueira de um morador de rua ou uma agitação estranha na vegetação ribeirinha enquanto abria a calça do guri esquisito da vez. Eles nunca se opunham aos meus itinerários. Eu entrava nas ruazinhas circulares da Vila Conceição, depois descia até a praia do Cachimbo. Parava o Corsa naquilo que era uma rua sem saída — a água era o fim — e tirava a calça do cara e subia em cima dele com minha saia de hippie e puxava a calcinha para o lado.

Misturado ao vazio que eu sentia ao me sentar de volta no banco do motorista, vinha uma espécie de compreensão do risco que corríamos só de estar ali. Era um lugar deserto, quase sem iluminação pública, onde havia apenas duas casas com um terreno baldio entre elas. Então eu ligava de novo o carro, deixando para trás aquele aglomerado de despachos na faixa mirrada de areia, sonhos de fama, amor e dinheiro que tinham todos cheiro de carniça. Íamos beber cerveja em um bar de Ipanema. Eu gostava daqueles encontros invertidos. Começavam pelo sexo, terminavam no bar. A inversão era também geográfica: eu queria passar longe daquele mapa da noite de 7 de junho de 1988. Em Ipanema, era como se eu estivesse em outra cidade. Até o ar que entrava pelas janelas do bar enquanto jogávamos sinuca era outro, uma simulação de brisa marinha que permitia mergulhar na fantasia de que estávamos longe, pelo menos algumas centenas de quilômetros, em um balneário fora de estação esquecido por todos.

Levei três meses para dizer à tal psicóloga que eu era filha do ex-deputado Raul Matzenbacher. Meu esforço em não contar, no entanto, mais o nome da minha mãe na folha do cheque, deve ter deixado tudo óbvio desde o início. Claro que isso só fez com que eu me sentisse totalmente envergonhada e, quando enfim falei "Tu deve lembrar do caso Satti", ela ficou com a cara mais séria do que já estava e emendou de pronto: "Cecília, tu precisa trabalhar teu trauma". Em mais duas semanas, eu disse para minha mãe que não estava gostando de fazer terapia. Naquela época, ela já não morava na casa da praça Horizonte. Tinha alugado um apartamento de dois quartos, que encheu com plantas compradas de uma só vez. Todas as superfícies de todos os móveis estavam tomadas de vasos. Havia outros no chão também, em cantos onde nenhuma claridade chegava. Aparentemente, abarrotar o apartamento de plantas era parte do projeto da sua "nova vida". Mas todas aquelas azaleias, begônias, costelas-de-adão, espadas-de-são-jorge, a despeito de empregarem suas melhores táticas de sobrevivência na escassez de luz, água e adubação regular, acabaram definhando em ritmos diversos (*Tu acha que essa aqui tá bem?*, ela me disse em uma visita, me mostrando uma buganvília raquítica com uma única folha na ponta de um galho).

"Se tu quer sair da psicóloga, sai, Cecília. Não foi tu que quis experimentar? Não adianta, as soluções tão dentro da gente. Essas pessoas só querem o nosso dinheiro."

Na minha última consulta, eu disse que, quanto mais eu me conhecia, menos gostava de mim, e ela descruzou as pernas e inclinou o corpo para a frente e disse que era por isso que eu tinha que ficar. Eu me levantei, bati sem querer na mesinha com a caixa de lenço de papel e respondi "Não, é exatamente por isso que eu tenho que ir". Deixei na sala de espera o cheque preenchido e assinado pela minha mãe, bati a porta do consultório e desci as escadas de incêndio, temporariamente aliviada em estar de novo no bafo gosmento de dezembro.

Nada é mais difícil do que quebrar um padrão.

Em Miami, continuei saindo eventualmente com alguns caras, mas eu sumia toda vez que chegávamos àquele ponto em que se tornava obrigatório dividir histórias íntimas. Preferia isso a ter que mentir. Não dizer nada não era uma opção. As pessoas não estão interessadas em folhas em branco. Querem saber do seu passado para tentar prever o futuro. Eu não as condeno.

Acabei me apaixonando por um guia turístico em Sedona. Disse para mim mesma que, daquela vez, teria que ser diferente. Eu queria saber mais sobre ele. Infelizmente, essa era uma via de mão dupla. Em um sábado de outubro, fomos ver os tons dourados e sanguíneos do cânion do riacho Oak. Eu o convidei para jantar na minha casa depois. Talvez eu tenha feito muito mistério — "Preciso te mostrar uma coisa lá", disse, enquanto pisava nas pedras certas para atravessar o riacho —, mas é difícil contar de modo casual que seu pai matou uma pessoa com dois tiros de espingarda quase à queima-roupa.

Deve ter pensado que seria uma surpresa agradável. Depois do jantar, eu disse "já volto", entrei no meu quarto e peguei uma das minhas caixas. Na sala, fui colocando uma dúzia de recortes de jornal sobre a mesa, e ele me olhava e depois olhava para os jornais amarelados da década de oitenta, claramente sem entender muita coisa. Não conseguia ler as manchetes nem os textos em português, por isso foi criando uma narrativa baseada nas fotografias. As espingardas em uma mesa. A fachada de um edifício. Um close em alguns cartuchos. Naquele ponto, me segurei para não rir de nervosa, pensando que ele estava quase fechando o enigma, que faltava apenas a pessoa para a trinca estar completa (*Coronel Mostarda na sala de jogos com o candelabro*), e foi com isso em mente que apontei para a imagem de um homem de terno, discursando em uma tribuna, e disse "Esse é o meu pai". Quando tive coragem de erguer os olhos para encarar a pessoa que estava ali, a pessoa que eu queria tanto conhecer melhor, eu a ouvi dizer com uma voz quase sussurrada: "Meu deus, Cecília, o seu pai foi assassinado".

Não era nem sequer uma pergunta.

Eu disse: "Sim, eu tinha nove anos".

E contei toda a história com os papéis invertidos.

Não ficamos juntos o suficiente para que eu quisesse — ou precisasse — admitir que tinha distorcido toda a narrativa. Quando conheci o Jesse, a cena dos fragmentos de jornal sobre a mesa foi reencenada. Mais uma vez, lá estava a arma, o local, o carro, o caixão, um punhado de homens de meia-idade. "Esse é meu pai", eu disse, apontando a mesma fotografia.

"O que ele fez?"

E, pela primeira vez, eu contei.

Dois dias antes de Jesse chegar da sua turnê pelo Meio-Oeste e dois dias depois de eu sair com Kristen, tenho uma tarde de folga. Faço exercícios, saio para correr, depois me atiro no sofá da sala. Troco mensagens com Marco, que me manda fotos da minha nova sobrinha e conta que nosso pai começou sessões com um fisioterapeuta e uma fonoaudióloga. Ambos disseram que a família deve se preparar para avanços lentos, ou talvez para nenhum avanço. Nosso assunto acaba logo. Ele não me pede para ir ao Brasil.

Por algum motivo, depois ligo a TV e digito o nome de Jesse no YouTube. Então fico assistindo por mais de uma hora a entrevistas, fragmentos de shows mal gravados com câmeras de celular e versões acústicas de suas músicas feitas para canais independentes. Não sei exatamente o que estou procurando, talvez a paixão que Jesse tem pelo que faz, talvez a minha paixão pela paixão dele, mas o fato é que aquela sequência de vídeos me leva a um estado tranquilo e otimista. Quando ele voltar, vamos retomar nossa conversa sobre filhos. Talvez eu conte o que aconteceu com Kristen, e sinto agora que ele vai entender.

Uma série de mensagens da minha mãe interrompe o momento em que Jesse diz a um entrevistador que "Estranged", do Guns N'Roses, ainda é uma das coisas mais sinceras que ele já ouviu em toda a vida. Jesse parece visivelmente constrangido por ter saído do seu universo de referências de 1968 a 1972.

Oi, Cecília. Tudo bem?

Tá difícil falar contigo.

Tenho notícias do teu pai pelo Marco e pelo Vinícius. Tu não vai vir pra cá? E dizem que filha mulher é diferente...

Comigo vai tudo bem, MUITO BEM!!!

A vida é um presente que temos que cuidar com afeto.

Ando muito otimista com o futuro do país. Ontem fui a uma manifestação de apoio ao Bolsonaro para presidente. Saí com a alma lavada!!!

Ela enviou duas fotos. Na primeira, há um mar de pessoas vestidas de verde e amarelo, algumas sacudindo bandeiras do Brasil ao redor de um carro de som que ostenta na lateral uma faixa escrita em spray com uma letra horrorosa: *O Brasil não aceitará fraude*. Na segunda, minha mãe aparece de corpo inteiro, tênis branco de corrida, calça jeans justa, camiseta amarela (*Meu partido é o Brasil*). Usa enormes brincos de argola e tem mechas claras em um cabelo perfeitamente liso.

Foi em uma dessas clássicas incursões masoquistas pelo Facebook alguns meses atrás que vi as fotografias mais recentes da minha mãe. Parecia a mesma mulher dos nossos últimos encontros em Cancún, Miami e Los Angeles, trabalhada por botox e ácido hialurônico até que se tornasse um balão sorridente de carne rosada. Rolando essas imagens recentes e uma série de mensagens motivacionais (*Dê risada de tudo, de si mesmo, não economize alegrias*), que pelo jeito ela escrevia todas as manhãs, me deparei com uma velha fotografia tirada na praça Horizonte. Meu primeiro pensamento: aquela imagem não estava na minha coleção. Meu segundo pensamento: claro que não estaria, já que era muito anterior ao caso Satti, talvez de 1982 ou 1983, e eu nunca tinha realmente me interessado em recuperar os pedaços da minha primeira infância. Na foto, eu e meus irmãos aparecemos diante de um escorregador, rodeados pelas árvores miradas da praça. Estou sentada na caixa de areia, olhando para um baldinho vermelho que tenho entre as pernas (*Cresceram muito rápido... amo vocês!!! Família é tudo!*). No mesmo dia em que postou essa foto de seus três filhos, minha mãe também compartilhou um meme. Dizia: "Todo bandido merece uma segunda chance. Se não morreu no primeiro disparo, atire de novo".

Na manhã seguinte, eu e Greg deixamos para trás o chaparral dos arredores de Los Angeles — *Adenostoma fasciculatum*, *Heteromeles arbutifolia* e outras coisinhas inflamáveis — e entramos no deserto de Mojave. Há cidades aqui, cravadas arbitrariamente no meio da areia. Palmdale. Lancaster. Rosamond. Com pizzarias e shoppings e salões de beleza e palmeiras trazidas de longe. A cidade acaba de uma hora para outra. O deserto volta. Então às vezes uma cerca baixa de arame, só uma cerca separando o vazio do vazio, corre junto à estrada por um tempo e faz você pensar em quem comprou essa terra e por quê. Devem saber que, qualquer dia desses, a cidade vai acabar vencendo o deserto. Podem esperar por isso. Vão esperar.

Estamos aqui por causa de um leão.

"Espero que o tiro não tenha pegado na cabeça", Greg diz.

"O Andrew devia ter perguntado."

"Exato! Por que ele não perguntou? Eles acham que a gente faz milagre."

Estamos quase chegando ao abrigo. Greg dobra à esquerda em um cruzamento sem ninguém. Os traços esporádicos de presença humana — caixas de correio, lixeiras, cercas — já parecem restos de civilização a serem descobertos e catalogados por uma arqueologia futura.

"E você e o Jesse, como tão?"

"Ah, a gente não tem se falado muito. Ele vai chegar amanhã. Olha só, deixa eu te contar."

"Que foi?"

"Eu transei com uma mulher."

Começo a rir.

"Você o quê?"

"Dá pra acreditar que a caixa do Trader Joe's flertou comigo?"

"Desde quando você é bi, Cecília?"

"Eu não sou nada, eu... quer saber, foi bem bom."

Pego o celular na bolsa.

"Ela quer me ver de novo."

"Claro que quer."

Raios de reprovação saem dos olhos dele.

Quando chegamos ao abrigo, a fundadora está nos esperando sob o sol vigoroso das dez da manhã: cinquenta anos, loira, boca pequena, a camiseta tem sua imagem segurando um filhote de tigre no colo. Está arrasada com o incidente, ela diz enquanto pegamos nossos instrumentos de trabalho. Bishop sempre foi um bom leão — eu quase rio da domesticidade contida na ideia de *bom leão* —, ela não consegue entender o que aconteceu, mas está certa, isso sim, de que Juan não teve outra escolha. A mulher vira a cabeça e eu sigo o olhar dela. A uns dez metros de nós, um homem com um chapéu de caubói cor de baunilha anda pelas sombras de um galpão. "Onde os tiros pegaram?", Greg pergunta de repente, e ela demora um pouco a se ajustar à frieza dos fatos.

"No peito, eu acho."

Greg está aliviado.

"O que eu gosto nos leões machos é que a juba ajuda a disfarçar as imperfeições da pele."

No barracão, o animal já foi posto de barriga para cima sobre uma mesa cirúrgica. Ninguém quer ver o que viemos fazer aqui, então ficamos sozinhos naquele espaço que normalmente serve para atender animais machucados ou doentes, não mortos. Greg se aproxima e espana com a mão a área levemente mais escura e endurecida de sangue no peito do leão, que tem pelos quase tão longos quanto os da juba, porém mais claros.

"Vai ser tranquilo", diz.

Os olhos do leão estão fechados, mas eu tento assim mesmo me sentir conectada a ele e pedir desculpas pelo que aconteceu, primeiro pelos muitos anos em um tal de Tony's Magic Circus — uma vida de maus-tratos e negligência que o trouxe até aqui —, agora pelos tiros que acabaram o matando, supostamente disparos em legítima defesa. Sinto muito, Bishop. Nós fomos horríveis com você.

"Eles podem andar armados?", eu digo.

"Ih, deixa isso quieto."

"Todo mundo sabe que são os filhotes que geram doações. Os velhos comem demais. Quanto você acha que ia de carne por dia só nesse leão?"

Ele levanta a cabeça e me encara.

"Essas pessoas querem fazer o bem."

Paro de falar. Só esfolei um leão uma vez, mas não há muito segredo. O trabalho em qualquer mamífero de grande porte começa com incisões no abdômen e nas quatro patas. Quando mencionam essa etapa, quase todos os professores e manuais de taxidermia usam a mesma imagem: a pele do animal é um casaco que você precisa tirar com cuidado. As incisões são o zíper.

Não é minha parte favorita do trabalho, o esfolamento. Prefiro vestir o casaco em um corpo novo.

Pouco mais de uma hora mais tarde, digo a Greg que preciso de uma pausa. Tiro as luvas de látex, pego o celular e vou lá para fora, com as mãos latejando e a roupa pintada de sangue. Abro de novo a mensagem de Kristen: *Oi. Não sei como tá sua vida de casada, mas eu saio hoje às sete.* Digito: *Posso passar na sua casa?*

Logo começo a ouvir uma pessoa chorando. Dou a volta no prédio de estuco e vejo o tal Juan, o cara que atirou no leão. Está de cócoras como um velho caubói, a pele sulcada por lágrimas frescas.

É só um menino.

"Por que ele tentou pular em cima de mim?", ele diz quando chego perto.

"Não sei. Acontece".

"Eu entrava na jaula todos os dias."

Meu celular apita: *Claro, pode ser às oito? Saquê é muito bem-vindo.*

"Sinto muito", eu digo a Juan.

"Eu posso ver quando ele tiver pronto?"

"Pode. Vai demorar um pouco, mas eu te ligo."
Estendo a mão para ajudá-lo a se levantar.

Em 1886, o taxidermista-chefe do Museu Nacional dos Estados Unidos, William Temple Hornaday, pegou um trem na capital do país em direção ao Oeste. Estava desesperado atrás de búfalos, o glorioso *Bison americanus*, cujas manadas haviam sido um dia as maiores a pisarem a face da Terra. Nas gavetas do museu, o inventário de peles era insatisfatório. Os esqueletos caíam aos pedaços. Era preciso coletar novos espécimes.

Naquele ponto, a população de búfalos — até 1830, algo em torno de trinta a setenta e cinco milhões, segundo estimativas — estava reduzida a meras centenas de indivíduos, não mais que quinhentos, vagando pelas Grandes Planícies em pequenos grupos aterrorizados. O massacre do bisão-americano ocorrera em nome da expansão agrícola, do comércio de peles e do extermínio dos povos indígenas, cuja sobrevivência estava irremediavelmente atrelada a esses animais (*Mate todos os búfalos que puder!*, dissera a um caçador, o coronel Richard Irving Dodge em 1867. *Cada búfalo morto é um índio morto*).

Os baques trepidantes dos búfalos indo ao chão, milhares por dia, não eram exatamente um segredo de dimensões continentais; ao contrário, tratava-se mesmo de um esporte nacional. Em janeiro de 1869, a revista *Harper's Weekly* publicara uma ilustração de turistas atirando em búfalos com rifles, carabinas e pistolas, de dentro de um trem que andava devagar. "Uma cena americana, com certeza", afirmava a revista.

Assim, quando Hornaday e sua expedição chegaram a Montana, só encontraram espalhados pela paisagem caixas torácicas e crânios e ossinhos do carpo e do tarso de animais mortos muito tempo antes. Conheceram um ex-caçador que agora juntava os ossos e os despachava para Saint Louis, onde eram esmigalhados e vendidos como fertilizante para gramados e jardins do subúrbio. Pagavam a ele vinte e oito dólares por tonelada. Mas Hornaday continuou obsessivamente procurando os búfalos vivos. Precisava matar para preservar, e pediu anos depois o perdão das futuras gerações por aquela que seria a última caçada organizada de búfalos em Montana (*desde que Juan Cabeza de Vaca matou o primeiro búfalo nas planícies do Texas, nenhum homem jamais começou uma caçada com um coração tão pesado ou tão comprimido pela dúvida*).

O saldo final foi de vinte e duas peles, quarenta e quatro crânios e onze esqueletos. O maior espécime morto por Hornaday pesava cerca de setecentos quilos, e mais de um caçador já tinha tentado pegá-lo, como atestavam quatro velhas balas enterradas em sua carne. Esse búfalo se tornou o principal animal do diorama que Hornaday montou para o Smithsonian e ficou em exposição por sessenta anos. Também foi usado como modelo para estampar a nota de dez dólares produzida em 1901.

A história de Hornaday é muito parecida com a de Carl Akeley, o taxidermista mais famoso do mundo. Ambos acreditavam que matar — ou *coletar*, na linguagem dos museus de história natural — era uma parte incômoda do trabalho de um taxidermista da época, mas, em seus relatos de caça, é difícil não ter a impressão de que eles estão encharcados de adrenalina, vasculhando as Grandes Planícies americanas ou as florestas do Congo Belga como se estivessem atrás de um inimigo da vida inteira. Talvez o grau de obsessão desses dois homens tenha feito com que os encontros com os animais que tanto reverenciavam tivessem ares de batalhas épicas; e o que viam diante de si, afinal, era o animal de verdade ou sua futura recriação? O respeito parecia só existir amalgamado com a vontade de vencer.

Carl Akeley deixou elefantes apodrecendo na savana porque, depois de matá-los, concluiu que eles não eram perfeitos o suficiente para seu diorama. Um parecia pequeno demais; outro tinha apenas uma presa. Acabou esgotando sua cota de caça naquela viagem e teve que pedir para a esposa terminar o serviço. Mesmerizada pela imponência daqueles animais, Mickie Akeley hesitou diversas vezes até enfim conseguir atirar em seu primeiro elefante.

Quando eu tinha nove anos, sentia bastante inveja de um cara chamado Gerald Durell, que eu chamava de Geraldo. Isso não apenas porque ele havia escrito O *naturalista amador*, meu livro favorito durante muito tempo, mas porque a página oito trazia sua foto em preto e branco, aos dez anos, segurando com as duas mãos um toco onde estava pousada nada menos que uma coruja. O rosto dela era o rosto mais esquisito que eu já tinha visto na vida. Na fotografia, Geraldo exprimia um olhar orgulhoso (*Vejam a minha coruja!*), e o fato de os dois estarem encarando a câmera, meio de lado, parecia criar uma estranha simbiose entre o menino e a ave. Naquela altura, eu já tinha visto algumas corujas-buraqueiras, paradas nas cercas dos arredores de São Gabriel depois de o sol cair, mas nunca perto o suficiente para que aquilo pudesse ser chamado de *encontro*. Quando eu tentava me aproximar, elas voavam.

Essa não era a única razão para eu invejar Geraldo. Antes de ele se tornar adulto e começar a viajar pelo mundo inteiro, tinha sido uma criança sortuda com uma espécie de quarto-museu-

-zoológico, onde mantinha seus aquários de cavalos-marinhos, caranguejos, sapos, a coleção de borboletas, besouros, potes, pinças, lentes, tubos de ensaio e seu primeiro *jarro da morte* (algo usado para tirar a vida de insetos, rápido e com o mínimo de dano). Quanto a mim, eu não tinha acesso aos animais gloriosos que via nas páginas do livro, mas podia me virar com os impopulares. *Acho que um verdadeiro naturalista precisa ver tudo com objetividade,* escreveu o Geraldo adulto na introdução. *Nenhuma criatura é horrível. Todas fazem parte da natureza.*

Sublinhei esse trecho no dia 9 de junho de 1988, sentada sobre o tapete persa da sala e sem ter certeza exatamente do que queria dizer *objetividade,* mas sentindo que aquelas palavras eram importantes para uma futura naturalista. A casa estava em um silêncio esquisito. Meu pai tinha desaparecido dentro do quartinho de entulho que ficava perto da churrasqueira, nos fundos do terreno. Pelo menos umas três vezes ao ano, ele se espremia entre as pilhas periclitantes de coisas velhas, prometendo doações generosas ao Mensageiro da Caridade, mas, depois de meia hora, saía de lá com apenas um bule quebrado — *talvez dê para colar a asa* — ou uma única sacola com blusas carcomidas por traças. Minha mãe havia se enclausurado no quarto. Desde a morte de Satti, ela construíra uma espécie de zona de privação sensorial e relaxamento químico: persianas hermeticamente fechadas, máscara para dormir, quatro cobertores e um copo de água sempre a postos para a próxima ingestão de comprimidos. Vinícius devia estar ouvindo música no walkman enquanto imaginava tudo o que estava perdendo do lado de fora. Marco olhava no espelho suas crostas sanguinolentas.

Ainda no carro, naquela manhã, quando a humilhação de ter sido tirada do meio da aula continuava fazendo meu rosto pulsar, ouvimos meu pai dizer que não voltaríamos para a escola até que a poeira baixasse. "Quanto tempo vai levar pra poeira baixar?", perguntei, mas ele só riu pelo nariz e não falou mais nada. Pode levar semanas, pensei, meses, talvez anos, e daí, o que eu vou fazer? Vou ser uma naturalista mais aplicada, decidi na mesma hora, vou me dedicar totalmente aos experimentos no jardim.

Ao folhear o livro naquele dia, decidi que ia fazer a experiência do caracol. Deixei a página marcada e subi as escadas como se meus pés estivessem envoltos em espuma e minha vida dependesse da manutenção do silêncio. Antes de ir até o banheiro, bati de leve na porta do Vini e abri sem esperar uma resposta.

"Entra e fecha a porta aí."

Estava sentado na cama lendo uma revista.

"O que quer dizer *objetivamente?*"

"Ué, de forma objetiva."

"E isso quer dizer o quê?"

"Qual é o contexto?"

"*Um verdadeiro naturalista precisa ver tudo objetivamente.*"

"Ah, quer dizer não ser levado pelas emoções. Com frieza."

"Hm. Tá, brigada."

"Pera, Ciça. Senta aqui um pouco." Ele deu dois tapinhas nas cobertas. Então baixou o tom de voz. "Tu acha que o pai tá falando a verdade?"

"Sobre o quê?"

"Será que ele saiu mesmo pra comprar cigarro? Ele disse isso na entrevista ontem de manhã, mas foi bastante tempo que ele ficou fora, e ele tava meio nervoso quando contou."

"Tu ouviu a entrevista?"

"Ouvi, no colégio."

"Tu matou aula? Não conta pra eles que tu ouviu, Vini."

"Claro que eu não vou contar."

"O que mais ele falou?"

Vini se deitou na cama e ficou passando a mão no cabelo, como se estivesse fazendo cafuné em si mesmo. Os olhos não desgrudavam do teto. Eu achava ele tão bonito quanto um desses atores mirins da Sessão da Tarde que sempre sabiam o que fazer nas piores situações.

"Não foi nada de mais, na real. É só que ele ficou o tempo todo se defendendo... e eu me senti, sei lá, incomodado. Mas tudo vai terminar bem, né, Ciça?"

Eu tinha nove anos. Não podia ser o apoio emocional de ninguém.

Saí do quarto do meu irmão, entrei no banheiro e enfiei a mão na gaveta mais alta. Ouvia o clique dos vidrinhos e ia percorrendo os ângulos gelados como em algum tipo estranho de jogo em que se escolhia o prêmio pelo tato. Finalmente peguei um pote pequeno com uma tampa estriada de plástico. Colorama Cintilante Longa Duração Rubro Metalizado. Lá embaixo, o portão de ferro estalou, o primeiro sinal de que alguém havia acionado o controle remoto, e então se seguiram os ruídos de metal mastigando metal. Não fiquei me perguntando quem era. Entrei no meu quarto e tirei da prateleira a caixa da minha coleção. Abri, peguei o caderno que estava lá dentro e deixei a caixa em cima da cama.

Voltei ao jardim. Era o tio Werner quem tinha chegado. Estava escorado no Santana com os braços sobre o peito, conversando com meu pai. Eu só ia saber muitos anos depois que tia Eliane tivera mais um aborto espontâneo no início de 1988 e, após as palavras desesperançosas do terceiro médico que consultaram, tio Werner e ela haviam enfim decidido que teriam uma criança de qualquer jeito. Assim, começaram a ir até um casebre da Vila Dique para colocar a mão espalmada na barriga de uma tal Gislaine, uma mulher que tio Werner conhecera através de uma das faxineiras de sua empresa de produtos hospitalares. Compravam comida, produtos de higiene, algum agrado toda semana. Levavam a mulher ao médico. Às vezes, Gislaine chorava e dizia que estava feliz por saber que a criança teria uma vida tão melhor do que a vida que ela podia oferecer. Ela ganharia um cheque graúdo logo depois do parto, ainda não sabia o que ia fazer com o cheque. Aos sete meses de gravidez, no entanto, desapareceu da Vila Dique e ninguém nunca mais teve notícias dela. Para tia Eliane, aquilo foi muito mais dolorido do que um novo aborto espontâneo. A criança devia estar agora em algum lugar do mundo. Isso aconteceu apenas um mês antes do assassinato de Satti, e meus tios, diante daquilo que classificaram como uma traição da tal Gislaine, tinham passado a se agarrar mais do que nunca à ideia de família.

Naquela tarde, cheguei perto do meu pai e do tio Werner e percebi que eles não eram os únicos ali. Havia alguém sentado no Santana. Era Adelino, o marido de Marli e o faz-tudo da nossa família. Estava de cabeça baixa, como se esperasse havia muito tempo sua vez de entrar em cena.

"Oi, Ciça", disse meu tio, tentando sorrir.

"Oi."

"Tudo bem? Que é isso que tu tem aí na mão?"

"Um vidro de esmalte."

"Já começou a pintar as unhas, hein?", disse, subitamente entusiasmado pelo que parecia ser minha primeira marca de feminilidade.

"É para um experimento científico", respondi.

Meu pai pigarreou.

"Não vou te segurar mais, Werner, me liga quando vocês voltarem?"

"Aonde vocês vão?", perguntei.

"Vão dar uma chegada em São Gabriel", disse meu pai.

"Mas por quê?"

Tio Werner, diferentemente do meu pai, não ia muito a São Gabriel.

"O Faísca tá meio adoentado", respondeu meu tio. "A gente vai dar uma olhada nele, e o Adelino tem umas coisas pra fazer lá."

"Como assim, o que é que houve com ele? Ele tá bem? O Faísca vai morrer?"

"Claro que não, Ciça! A gente vai cuidar dele, não te preocupa. Te dou notícias depois."

Meu pai acionou o portão e entrou em casa depois que ele fechou totalmente. Fiquei no jardim procurando caracóis nos lugares mais sombreados. Encontrei um aos pés da pitangueira. Então abri o vidro de esmalte, passei o pincelzinho na borda como tinha visto muitas vezes minha mãe fazer e marquei a concha com um ponto vermelho. Quer dizer, era mais uma mancha do que um ponto. O caracol se retraiu um pouco, mas logo continuou o que estava fazendo, que era se arrastar quase imperceptivelmente perto do tronco da pitangueira. Escrevi no caderno: Hábitos do Caracol Colorama Rubro Metalizado.

Acompanhei o caracol por um bom tempo, só que era chato demais. Eu não conseguia imaginar o Geraldo conduzindo aquele tipo de experimento, e no entanto era isso que, segundo ele, tínhamos que fazer se quiséssemos ser naturalistas. Talvez *objetividade* fosse o contrário de diversão. Quando voltei para o quarto, depois de colocar o esmalte de volta na gaveta, encontrei minha mãe sentada na ponta da minha cama. Tinha no colo a caixa da minha coleção com a tampa aberta.

"Esse negócio tá cheirando mal", ela disse, sem tirar os olhos da caixa.

"Mas tá tudo limpo, mãe."

"Acho que tu tem que limpar melhor. Podem ser as conchas, não sei."

Me sentei ao lado dela. Ela me abraçou e começou a chorar.

No fim daquela tarde, todos os deputados estaduais do PMDB vieram prestar solidariedade a seu colega Raul Matzenbacher. Eu vi pela janela quando três deles, os primeiros a chegar, bateram a porta dos carros e começaram a deslizar pela calçada de modo teatral quase ao mesmo tempo. Então, exatamente diante da nossa casa, foram cercados por um grupo compacto de jornalistas, os jornalistas que, a partir daquele dia, estariam sempre nos arredores da praça. Não havia dúvida de que meu pai era inocente, disseram os deputados em uníssono antes de entrarem na nossa casa. *Tudo será esclarecido em seu devido tempo.*

A polícia só apareceu na estância de São Gabriel com um mandado de busca e apreensão em 24 de junho, isto é, dezessete dias depois do assassinato de João Carlos Satti. Até aquele momento, eles haviam conduzido um exame balístico em uma única das armas de caça do meu pai, a que estava na casa da praça Horizonte, uma Rossi .12 modelo Luxo, coronha de madeira lustrada, sem bandoleira e com capa de proteção. Pelo que se podia concluir disso, tanto meu pai quanto minha mãe tinham omitido o fato de que havia outras espingardas registradas no nome de Raul Matzenbacher, e a polícia não fizera muita questão de perguntar, e menos ainda de encontrar as armas e recolhê--las para que fossem periciadas.

Quando finalmente estiveram em São Gabriel, com um atraso comprometedor, tentando responder sobretudo à pressão da opinião pública, os policiais civis encontraram quatro armas. Três delas estavam dentro de um armário embutido na peça que chamávamos de *porão*. Não era, tecnicamente, um porão, mas assim fora batizado pelo meu avô e assim continuou a ser referido por nós. Essas armas estavam dispostas com o cuidado que meu pai dedicava a elas e que tentou transmitir aos filhos homens, como se fossem o brinquedo mais precioso da nossa civilização. Tratava-se de uma espingarda CBC .8 mm, uma Beretta .12

e uma Rossi .12. Além das três armas, foram apreendidos naquela tarde um prolongamento de dois canos e diversas caixas de munição e escovas de limpeza.

A quarta arma de caça só foi encontrada em uma segunda rodada de busca. Também estava no porão, mas em outro móvel, uma espécie de aparador, atrás de uma prataria escura que não era polida provavelmente desde a morte da minha avó. A arma fora guardada dentro de um saco de aniagem.

Quando meu pai fosse a julgamento, os advogados de acusação sustentariam que essa arma, a Rossi 41237, fora justamente a arma usada no crime. Segundo eles, não era apenas estranho que ela não estivesse com as outras, e ainda por cima dentro de um mero saco de aniagem; a questão é que esse indício, esse fato fora do comum, parecia complementar outro também igualmente injustificável, a viagem repentina de Werner Matzenbacher e Adelino dos Santos Cruz na tarde do dia 9 de junho (*Qual era o sentido daquela viagem para São Gabriel? Levar um cachorro ao veterinário, quando outra pessoa podia tê-lo feito? Visitar os filhos, no caso de Adelino, quando aquele deveria ser um dia normal de trabalho, uma quinta-feira? Com o irmão sob os holofotes, suspeito de um crime brutal, já onipresente nas páginas dos diários, nas ondas do rádio, nas imagens da televisão, por que Werner teria se afastado, fazendo uma viagem que não parecia carregar consigo nenhuma urgência? O lógico não teria sido ficar ao lado de Raul, para assim oferecer seu apoio incondicional de irmão? Pois o apoio incondicional, o amor incondicional, é o que talvez nos explique hoje os motivos de Werner Matzenbacher para a referida viagem*).

Perguntaram à acusação, em inúmeras oportunidades, por que Raul não teria simplesmente jogado a espingarda no fundo do Guaíba, em vez de envolver o irmão e um empregado da família em uma trama que parecia cheia de falhas. Eu também me perguntei isso muitas vezes, anos depois, lendo todos os documentos que tinha recolhido sobre o caso Satti, mas sobretudo revisitando minhas memórias a respeito do dia em que pintei com esmalte a concha de um caracol. Não havia nada de conclusivo. Algumas respostas só o assassino pode dar. Para a acusação, o réu resolvera guardar a espingarda porque, uma vez que aquela era uma arma com registro, teria sido pior se ela tivesse simplesmente desaparecido. Eu também acreditava nessa teoria, mas acrescentaria que as decisões tomadas em situações extremas não costumam ser as mais ponderadas e que, além disso, meu pai parecia ter plena confiança tanto em seu poder de parlamentar como na extrema incompetência da polícia.

Acabou tendo razão sobre ambas as coisas. O primeiro relatório do Instituto de Criminalística concluiu que a Rossi 41 237 fora utilizada nos últimos trinta dias. Menos de uma semana depois, no entanto, uma correção ao relatório esclarecia que, sim, a presença de nitrito confirmava o uso de ambos os canos da arma, mas, diante de possíveis variáveis — diferenças de umidade e oxigênio, ocasionadas pelo próprio deslocamento do objeto —, seria imprudente tirar qualquer conclusão a respeito da data dos últimos disparos.

No dia 10 de junho, finalmente convencido de que precisava de um advogado, meu pai saiu cedo de casa para se encontrar pela primeira vez com o célebre Souza Andrade em seu palacete de colunas jônicas. Diziam que ele era sem dúvida a pessoa certa para as horas erradas. Um homem massivo de idade indefinida, com a careca brilhante como uma superlua, Souza Andrade tornara-se o maior criminalista do Rio Grande do Sul, alçado à fama sobretudo por três casos: em 1978, tinha defendido o chefe do Dops, Pedro Seelig, no famoso "sequestro dos uruguaios"; em 1980 estivera ao lado de Plínio Gomes, o pintor de renome internacional que dera um tiro fatal na amante em seu sítio em Taquara; e, em 1981, assumira o caso do prefeito de Capão da Canoa, Arthur Pederneiras, réu pelo superfaturamento na construção de um estádio de futebol. Desnecessário dizer que Souza Andrade ganhara os três casos. O homem era um dínamo da retórica, um modulador impecável entre a indignação e o afago. Muitos anos mais tarde, eu o imaginaria como uma espécie de figura simbólica, uma carta de tarô que anuncia destinos incontornáveis assim que é posta sobre a mesa. Outras vezes, eu o enxergava apenas como um pobre depositário do lodo da história do Brasil.

Minha mãe ficou em casa naquela sexta-feira. O primeiro encontro, havia dito Souza Andrade, precisava ser uma conversa franca apenas entre cliente e advogado. Ainda assim, ao que parecia, Carmen gostaria de ter ido junto (*dizem que ele tem um lago com carpas, Ciça*), nem que fosse para se distrair do lado de fora, verificando com os próprios olhos o que era mito e o que era verdade nas descrições nababescas que tinha ouvido sobre aquele lugar. Também não podia ir à Assembleia Legislativa, onde certamente seria assediada pela imprensa. Restou então ficar em casa mais uma vez. De qualquer maneira, minha mãe parecia mais ativa do que nos dias anteriores; pelo menos estava fora do quarto, andando de um lado para o outro enquanto dava ordens sem sentido a Marli (*tem aquela louça bonita de festa pra lavar hoje, Marli, e queria que tu passasse as cortinas da sala*).

Desde aquele episódio no meio da rua, quando minha mãe se afastou do meu pai com raiva, medo ou alguma outra coisa que eu não sabia identificar, eu não tinha mais testemunhado nenhum momento de tensão entre os dois. Durante aqueles dias, parecia que eles tinham dividido a casa com linhas imaginárias, e um nunca se movimentava sem antes ter certeza de onde estava o outro. Talvez esse fosse o único jogo de cena que eles eram capazes de fazer.

"Ciça, que tu acha da Adri vir aqui hoje de tarde pra brincar contigo?"

"Oba, sim! Mãe, tu pode dizer pra mãe dela..."

"Eu vou ligar agora pra Márcia."

"... pra ela trazer o Quebra-Gelo?"

"Posso. Ué, achei que tu tinha esse."

Ela subiu para usar o telefone do quarto. Quando voltou, o bom humor de cinco minutos antes já não parecia estar mais lá. Então a primeira coisa que disse foi que precisava achar uma fita cassete do Julio Iglesias, será que eu a tinha visto em algum lugar? Eu nem sabia de que fita minha mãe estava falando. Tentei perguntar se era original ou gravada, o que ajudaria bastante na busca, mas ela não pareceu ter ouvido. Ficou parada no meio da sala sem realmente procurar a fita.

"E a Adri, ela vem?", perguntei.

Ela começou a tirar do lugar as almofadas dos sofás, as grandes almofadas dos assentos e dos encostos. Deixava uma no chão e ia para a próxima. E então para a próxima. E a próxima.

"Essas coisas às vezes aparecem nos lugares mais absurdos", disse, e deu uma risadinha, mas até uma criança de nove anos era capaz de perceber o despropósito do que ela estava fazendo.

Devolveu uma única almofada ao sofá e se sentou nela.

"A Adri não vem, Ciça. A Márcia disse que ela já tem programa pra hoje."

"E amanhã?"

"A semana toda."

"Que programa?"

Ela não respondeu.

"Tu gosta tanto assim da Adri?"

"Ela é minha melhor amiga."

"Olha, às vezes eu acho ela meio enjoadinha. A Márcia também não é lá essas coisas, né?"

Naquela manhã, entre as manchetes dos principais jornais do estado, escondidos pelos meus pais logo cedo em algum armário da casa, estavam as seguintes: *Matzenbacher nega envolvimento; Bancada do PMDB apoia Matzenbacher; Polícia conduz em sigilo o caso Satti; Esse garoto viu o homem "branco e barbudo" matar o deputado; À noite, novos depoimentos e reunião no Piratini; Cúpula da polícia informou o governador do rumo das investigações.*

Meu pai ligou mais tarde dizendo que almoçaria com Souza Andrade. Depois de comer, fui para o jardim procurar o Caracol Colorama Rubro Metalizado. Minha mãe apareceu na porta dos fundos.

"Ciça! Tu nem imagina quem tá aqui querendo te ver!"

Saí correndo na direção dela.

"Quem?"

"A tia Silvana!"

Tia Silvana e eu tínhamos criado uma conexão especial desde o choro flagrado no banheiro da escola. Eu sempre tinha desconfiado disso, e agora via a confirmação inquestionável bem na minha frente, touca, sorriso imenso, blusão de lã tricotado em casa, cada ponto brilhando no sol.

"Te trago mais um cafezinho, Silvana? Marli!"

Nos sentamos no jardim. Ela já não era minha professora — naquele ano, estávamos nas mãos de uma insossa tia Cristine — e, mesmo assim, tirou de uma pasta com elástico as cópias das matérias que eu tinha perdido.

"Tu não quer ficar sem saber sobre o sistema solar, né?"

"Não", eu disse, olhando um conjunto de círculos sem graça dispostos ao redor de um círculo maior e igualmente sem graça.

"Eu posso vir uma vez por semana te trazer as coisas, que tu acha? E aí tu me entrega os temas feitos e eu passo pra tia Cris."

"Tá, pode ser."

"Tá tudo bem contigo, Ciça?"

"Tudo bem, sim."

"O que tu anda fazendo?"

"Nada. Quer dizer, eu tô investigando a vida dos caracóis. Quer dizer, de um caracol."

"Ah, sim?"

Ela parou de olhar para mim e fixou os olhos em algum ponto distante. Achei melhor não continuar falando. Então ela se inclinou para a frente e segurou minha mão.

"Ciça, deve tá sendo muito difícil pra ti, e pros guris também, mas essas coisas passam. Tu vai ver. Vocês vão rir disso um dia. Só que, enquanto isso, tenta não dar bola pro que as pessoas falam, tá? Promete pra mim? Teu pai… teu pai não fez nada, querida. Ele é uma boa pessoa, um médico que tanta gente admira, e agora tá…"

"Como tu sabe que ele não fez o que tão dizendo que ele fez?"

Ela se afastou de mim, assustada.

"Não pensa isso do teu próprio pai, Ciça. É feio. Ele não fez."

Tentei mudar de assunto porque a última coisa que eu queria era decepcionar a tia Silvana, mas parece que eu tinha feito exatamente isso; perguntei se ela me ajudaria a procurar o caracol com a mancha de esmalte vermelho, só que ela parecia tão decepcionada que nem quis saber que história era aquela de esmalte, respondendo apenas que não podia, não tinha tempo, o Marquinhos estava na mãe dela — então ela tinha um filho! —, ela precisava mesmo ir embora. Mas tia Silvana continuou parada. Não fez nenhuma menção de se levantar.

"Teu pai é bom", disse. "E o Satti, as pessoas não sabem, mas ele era… diferente. Eu sei disso, querida."

"Diferente?"
"Sabia que ele namorou a irmã de uma amiga minha?"
"Diferente como?"
"Teu pai é uma boa pessoa, Ciça."

SINANTROPIA

É fim de março de 1988, e o verão ainda não terminou. O céu amanheceu aberto e ao longo do dia foi tomado por cúmulos-nimbos até restar apenas uma estreita faixa de luz no horizonte, mas a água não caiu. O sol se pôs e a pequena faixa parecia a boca de uma fornalha, que então emprestou suas cores químicas mirabolantes ao leito quase imóvel do Guaíba, onde um navio graneleiro deslizava na direção do porto de Rio Grande com quatro mil toneladas de celulose. A água não caiu. No início da noite, raios começaram a espocar para os lados de Eldorado do Sul em intervalos cada vez menores. As pessoas ficaram esperando que a chuva logo chegasse e trouxesse alguma brisa e derrubasse os termômetros em talvez cinco graus pelo preço de ruas convertidas em rios e árvores que tombariam enroscadas em fios de luz. Mas a chuva não caiu.

João Carlos Satti tinha chegado da Assembleia, estacionado o carro na Garagem e Posto Estrela e atravessado a rua até o Wunderbar, onde pegou a mesa de sempre, encostada à janela. Comeu *schnitzel* com purê de batata e chucrute e bebeu um caneco de chope enquanto lia o jornal. Não tinha pressa de ir para casa. Pediu uma porção de sagu. Um dos garçons ouvia no rádio o início do returno do Campeonato Gaúcho, Grêmio × Juventude. Satti conversava com os garçons enquanto comia seu sagu tão devagar como se servisse uma única bolinha de tapioca por colherada. Quando saiu do Wunderbar, encontrou Restinga sentado na floreira do edifício. Falaram um pouco. Restinga disse que só tinha tirado trinta cruzados naquela noite. Satti perguntou quanto custava o saco de feijão e o menino respondeu que 153 cruzados no mês passado e agora não menos que 310. Então Satti tirou do bolso uma nota de 500 e disse *Vai pra casa hoje, guri, o toró não vai demorar.*

Agora está há mais de três horas sentado no sofá, fumando um cigarro atrás do outro. O fato de suas costas estarem coladas à camisa e a camisa colada à almofada passou a ser um estado natural incontornável. Continua de sapato e calça social, desenhado pela luz vaga do abajur, e a única concessão que fez ao calor foi ter enrolado as mangas da camisa até o cotovelo. Para de tragar e de novo olha em volta. Há poucas coisas de Fred ainda no apartamento: os livros do curso de turismo na estante à sua frente, alguns cadernos na mesa ao lado, um chapéu campeiro marrom pendurado atrás da porta (foi um presente, mas Fred usou-o uma única vez, e como se fosse uma grande piada). Os mesmos objetos que eram traços de presença passaram a ser marcas de ausência. Alguma coisa aconteceu logo antes do Carnaval. Talvez ele não tenha percebido até o dia em que Fred comentou em um tom esquisito que dois de seus amigos haviam arranjado um apartamentinho na João Pessoa. *Ué, tá com inveja deles?*, perguntou Satti, rindo, e Fred fechou a cara e saiu da cozinha sem responder. Durante o dia inteiro, um domingo, não ouviu a voz dele. Quando finalmente no fim da tarde o guri falou, foi apenas para dizer, muito calmo, que tinha decidido não voltar para o curso de turismo. Aquilo já era um pouco demais. Satti perdeu a cabeça (*Não é só o dinheiro que tu jogou no lixo!*). As vozes alteradas chegavam aos vizinhos, e havia entre eles alguns mais devotados aos problemas dos outros, que interromperam o que estavam fazendo e se empoleiraram na janela para ouvir melhor (*Teu futuro, Fred, é o teu futuro, porra!*). Gláucia Pereira, do apartamento 301 — a mesma que veria o Monza suspeito na noite do crime —, achava vergonhoso ouvir a "voz do rádio" usando palavras de baixo calão logo acima da cabeça dela. Em algum ponto da briga, percebeu que Satti passara a moderar o tom, de maneira que não conseguia mais distinguir o que ele dizia. A "voz jovem", no entanto, seguiu na mesma toada violenta. *Guardamos as palavras mais duras pro final, sei bem como é*, diria Gláucia Pereira no seu depoimento à polícia. *O menino disse "Eu sempre consegui me virar antes de tu aparecer", foi exatamente isso, e aí bateu a porta tão forte que todas as minhas janelas tremeram.*

As cinzas do cigarro caem no carpete. Ele percebe e as esfrega com o sapato até fazer um estrago maior. Fica satisfeito. Então começa a ouvir os pingos grossos batendo contra as persianas de plástico e as árvores que tentam resistir aos golpes de ar. Pega o telefone, coloca o aparelho sobre a coxa e disca.

"Oi, Paulo."

"Satti, que horas são?"

"Não sei. Achei que o temporal tinha te acordado."

Paulo Bittencourt não responde.

"23h40."

"23h40? O Januário vai te buscar às seis pra te levar pra Canguçu. Vai dormir um pouco, Satti."

"Paulo, chama o Pierre pra esse negócio aí."

"Mas já tá tudo combinado com o Januário."

"Descombina então."

"É que... Satti, tá meio em cima da hora pra isso. Se tu tivesse avisado antes."

"A gente paga um adicional, caralho. Porra, Paulo."

"Vou ligar pra ele."

Não dorme nem três horas. Primeiro abre a persiana e o vidro para ver o temporal — a água fluindo junto ao meio-fio, o pátio da casa vizinha inchado e escorrendo para a calçada —, e então cai na cama ainda vestido. Está escuro quando acorda. Levanta, toma um banho, coloca uma roupa extra dentro de uma mala pequena. Passa um café e come pão com margarina e chimia de uva. O temporal acabou, a água goteja das quinas, o dia começa a clarear. Satti desce carregando a mala e o chapéu campeiro que estava pendurado na porta.

São cerca de quatro horas até Canguçu, e Pierre está falando ainda menos do que normalmente. Aceita um cigarro quando passam pela ponte do Guaíba. É um homem baixo e corpulento, que lutou boxe na academia de Walter Lee até ser escanteado pelo novo treinador depois que Lee se afastou para tratar problemas de saúde; Pierre não ia ser um Maguila peso médio e, além disso, precisava de dinheiro para comer. Trabalhou como leão de chácara de puteiro, carregou peixe no Mercado Público, demoliu casas e dirigiu um caminhão de mudanças, isso tudo antes dos vinte e três anos. Quando conheceu Satti, tinha virado motorista na Rádio Gaúcha. Três anos depois, o jornalista se elegeu deputado e levou Pierre para trabalhar no seu gabinete.

Agora passam por uma placa anunciando a saída para Barra do Ribeiro. Satti quebra o silêncio.

"Não tem nada pra ouvir nesse carro?", diz, sorrindo.

"Tem uma fita aí que a dona Carmen emprestou pro senhor." Abre o porta-luvas.

"Julio Iglesias? Tu acha que eu vou gostar disso, Pierre?"

"Dá pra tentar."

"É, sempre dá", responde Satti, rindo de uma piada que parece ter feito apenas consigo mesmo.

Escutam a primeira música e também a segunda sem falar nada. O verde do campo que veem da estrada está brilhante por causa da chuva recente, e ainda há um cheiro agradável de terra molhada no ar. Assim que o sol subir um pouco, no entanto, o calor viscoso vai ter vencido mais um dia.

"Opa, essa acho que eu conheço", diz Satti no primeiro minuto da terceira música.

Pierre aperta os olhos como se tentasse enxergá-la.

"Vai me dizer que isso aí não é Roberto Carlos?"

"Não é que parece mesmo?", diz Satti, mas o tom é condescendente demais e sincero de menos. Ouve mais um pouco. "Igual a Roberto Carlos, igual."

Pierre continua concentrado na estrada. Satti acende um cigarro.

"No fundo, todas as músicas românticas são muito parecidas, né. As pessoas querem sempre ouvir a mesma coisa, com uma mínima diferença aqui e outra ali. Algo que reavive aquele sentimento..."

"É."

Agora Pierre está sorrindo.

"Sabe?"

"Sei bem. As mulheres, principalmente."

"Principalmente", diz Satti.

Os dois riem.

"Como tá a Neidi?"

"Tá bem, acho."

"E as crianças?"

"Bem também. O Anderson já tá dando um direto que bah!"

"Um direto? O guri tem o quê, seis, sete anos, Pierre?"

"Sete. Ah, aquele lá aprende rápido. Tá no sangue, doutor."

"Eles gostaram da TV?"

"Gostaram demais. Mandaram agradecer o senhor."

Satti dá um sorriso. A TV não foi a única coisa que comprou para a família de Pierre. Ajudou com a entrada da casa, pagou o tratamento de canal de Neidi, o material escolar das duas crianças, as bicicletas, remédios, roupas, tirou Pierre da mão dos agiotas de Gravataí. Neidi sempre gostou muito de Satti. Rezava por ele e pelas outras famílias que certamente ele poderia ajudar agora que fora eleito deputado. Em todos aqueles anos, houve apenas um único momento que a deixou *bem cabreira*, de acordo com suas próprias palavras, e isso foi quando Satti insistiu que Pierre enfrentasse na academia de Walter Lee um pugilista que já tinha conquistado dois títulos estaduais. Ela sabia que o marido não queria mais lutar boxe e, mais do que isso, que aquele era um assunto delicado — *ele não gostava do treinador, o Cavalo Uruguaio* —, mas Satti já tinha feito todos os arranjos necessários para que a luta acontecesse em um fim de tarde de quarta-feira. Seis pessoas estavam assistindo. Pierre foi nocauteado no segundo round.

"Esse Julio Iglesias aí leva a gente longe, puta merda", Pierre diz agora. Dá uma risadinha.

"É mesmo, né? Tá pensando em quem?"

"Tô pensando em ninguém."

Parece subitamente um menino bobo de quinze anos.

"É na Neidi?"

"Ah, na Neidi era antes. O tempo, as crianças, a gente..."

"Tá pensando em quem então?", repete Satti, mas agora não sorri mais. Coloca a mão por baixo da camisa e encaixa a palma no cabo de madeira do .38. Então puxa o revólver e o põe sobre o colo. Com o canto do olho, Pierre vê a arma e tira as mãos do volante por alguns milésimos de segundo.

"Que é isso, doutor!"

O Santana bambeia no sol já inclemente até comer a linha amarela falhada. Uma carreta que vinha no outro sentido dá uma guinada para a direita enquanto o motorista senta a mão na buzina e vai se afastando com um barulho constante infernal. Pierre retoma o controle do carro.

"Tu tá vendo alguém, tá traindo a Neidi? Encosta aqui um pouquinho."

O rapaz ri de nervoso. A testa está brilhando e há gotículas de suor acima dos lábios.

"Só pode ser brincadeira isso, né, doutor?"

Agora Satti aponta a arma.

"Encosta o carro, pô!"

Não há alternativa. Pierre pisa no freio e o carro chia e trepida até vencer totalmente o degrau de asfalto. Então para, meio enviesado. Ouvem o chispar dos carros indo para o sul ou para o norte, não muitos, somado ao ruído branco da fita que chegou ao fim.

"O que é isso, seu Satti?", diz Pierre. Começa a chorar baixinho.

"Vamos descer do carro."

Os dois descem.

"Te ajoelha aí", diz Satti, apontando a arma para a terra.

"Me ajoelhar?"

Ele não entende. Ainda acha que Satti vai começar a rir e admitir que é tudo brincadeira, mas, ao mesmo tempo, acredita que vai morrer ali, nas margens da BR-116 em março de 1988 aos vinte e sete anos. Os dois pensamentos colidem e se misturam.

"Não complica mais, Pierre, pelo amor de Deus."

Pierre se ajoelha entre os papéis e garrafas e baganas arremessados pelas janelas dos carros.

"Me conta, Pierre."

"Contar o quê?"

"Quantas vezes eu já perguntei, quer que eu fale de novo?"
Continua chorando.
"É uma copeira da Assembleia."
"Pura que pariu."
"A gente só se viu algumas vezes, doutor. Não é nada não, não vai ser nada."
"Da Assembleia? Pierre, vamos combinar uma coisa. Quando tu tiver trabalhando pra mim, tu não fala em mulher e tu não pensa em mulher, tá certo? E tu não come mulher, caralho. Não quero saber disso. Vai, jura."
Ele balança a cabeça.
"Jura", repete Satti, mais alto.
"Eu juro."
Satti recoloca a arma no coldre.

A partir desse ponto, alguns fatos se misturam a meras suposições. Fato: João Carlos Satti e outros dois deputados almoçaram com o prefeito de Canguçu em uma churrascaria do Centro. À tarde, os parlamentares participaram de um encontro com fumicultores da região, que viam a entrada do capital internacional na indústria do tabaco como uma ameaça à agricultura familiar. A temperatura chegou aos trinta e três graus às duas da tarde. Suposição: Satti se hospedou no Hotel Telesca, um prédio bruto de esquina com algumas lojas no térreo. Seu quarto ficava no terceiro andar, e da sacada ele podia ver que a grade urbana de Canguçu acabava de repente, logo depois da rodoviária, e dava lugar a coxilhas da cor de erva-mate sapecada. Pierre estava no quarto ao lado. Fato: Satti não compareceu ao jantar com vereadores e outras figuras ilustres no Clube Harmonia, alegando ao prefeito uma forte enxaqueca, cujos gatilhos haviam sido provavelmente o calor e a viagem de carro. Suposição: comeu no quarto um bife malpassado com arroz e dois ovos, depois matou o tempo de digestão na sacada, olhando o céu crepuscular e as primeiras estrelas da noite sem lua. Bateu na porta de Pierre mais tarde. Levava consigo o chapéu campeiro e uma garrafa de uísque paraguaio. Pierre tinha ligado o ar-condicionado do quarto no máximo, e o vento frio ia secando o ar enquanto o barulho lembrava muito o de um velho moedor de carne. Serviram o uísque e beberam até se sentirem mais à vontade, tentando esquecer, cada um à sua maneira e por motivos distintos, o episódio tenebroso daquela manhã. O ex-pugilista normalmente já parecia um pouco bêbado com uma dose, e bastante bêbado com uma e meia. Tomou duas. Depois do assassinato de Satti, contaria à polícia sobre o ataque de fúria do deputado na BR-116, mas não diria nada a respeito do que aconteceu no hotel em Canguçu e em outros lugares discretos, limitando-se a declarar que Satti cultivava gostos estranhos (*Ele era meu patrão, o que é que eu ia dizer?*). Em 1988, nem a polícia nem ninguém quis saber mais detalhes.

Agora, trinta anos depois, eu só tenho como especular que, no quarto climatizado do Hotel Telesca, Satti sentiu o pau de Pierre por cima da calça de tergal e então abriu a calça e começou a massageá-lo. Ficou nesse vaivém por um tempo enquanto repetia ao motorista "relaxa" e sentia o pau de Pierre ficando mais duro e o seu já querendo também arrebentar a cueca. Posso passar ao largo da verdade, mas não muito, se disser que Satti puxou a camisa de Pierre pela cabeça e tocou os bíceps e o peito cor de cobre não com a reverência de quem acaricia o corpo do amante, mas com o interesse de alguém examinando um cavalo de corrida. Então Pierre se levantou, e, mal tendo tempo de se acostumar ao leve balanço do uísque, girou o corpo e empurrou com violência o patrão para cima da cama, porque era mais tolerável se tivesse algum gosto de vingança. Ambos já estavam completamente nus quando Satti esticou o braço e alcançou a aba do chapéu campeiro no criado-mudo. Pôs o chapéu em Pierre.

Em junho de 1988, a vida de João Carlos Satti foi esmiuçada pela polícia. Se não tivesse sido morto, teria provavelmente chegado à velhice ainda equilibrando a rotina de homem público e suas preferências sexuais. Apenas algumas pessoas teriam conhecido a verdade — o primeiro parlamentar assumidamente gay do Brasil, Clodovil Hernandes, só surgiria em 2006 — e todas elas, ou porque eram discretas o suficiente ou porque estariam implicadas demais, manteriam a boca fechada até o fim dos tempos. Sempre tinha sido assim. O avanço das investigações, no entanto, obrigou a imprensa a expor o lado oculto de Satti. Isso aconteceu em 12 de junho, cinco dias depois do crime.

Quase todos os porto-alegrenses ficaram pasmos. A voz do rádio era como a voz de um amigo. Os socos que Satti dava na mesa em seu programa de TV carregavam a indignação de todos os gaúchos diante das injustiças e da dureza da vida. Alguns tinham votado nele, e mesmo quem não estava do seu lado podia admirá-lo. Falava bem. Era combativo. Sem papas na língua. Respeitava os adversários. Tinha umas ideias malucas de unificar a Polícia Civil e a Militar. Tinha ideias mais loucas ainda de proteger a natureza. Depois do choque inicial, no entanto, as pessoas se recuperaram rápido daquele desapontamento. Então juntaram as peças e tiraram suas conclusões tortas: a homossexualidade de Satti ainda não se encaixava nos detalhes do crime, mas, se ele fazia mesmo parte desse *submundo*, isso, por si só, explicava seu destino trágico. Era veado, afinal. Mais cedo ou mais tarde, algo de muito ruim acabaria acontecendo.

A revelação também enfraqueceu temporariamente a tese de que meu pai matara o companheiro de bancada por ciúmes.

Por isso, naquele 12 de junho, um domingo, ele estava de bom humor, embora eu ainda não soubesse por quê. Sorriu para mim na mesa do café da manhã enquanto dobrava o jornal — a seção de esportes virada para cima — e perguntou se eu queria mais um Nescau quente.

"Quero sim."

"Carmen, esquenta aqui outro Nescau pra Ciça."

De tarde, colocamos casaco, cachecol e touca e entramos os cinco no carro rumo ao Jockey Club. Na praça Horizonte, três repórteres estavam sob o sol jogando conversa fora, os mesmos de todos os últimos dias. Eu não gostava deles. Tinham me roubado a praça, tinham me roubado a torre do castelo. Pararam de falar e olharam para nós. Eu sabia que não era educado ficar encarando assim as pessoas, então reagi com má-educação também, olhando fixamente para um deles até que nosso carro se afastasse e eu os perdesse de vista.

Foi no Jockey Club que encontrei o tal Souza Andrade pela primeira vez. Estava sentado sozinho a uma mesa do restaurante quase vazio, fumando um dos seus Cohibas contrabandeados. Se eu fosse apenas um pouquinho mais nova, teria saído correndo para me esconder atrás de um dos pilares do salão. Isso porque ele tinha o jeito de um vilão do Zé Colmeia, gordíssimo e sem um único fio de cabelo, e ainda por cima fabricava nuvens espiraladas pela boca. Fomos chegando mais perto. Quando nos viu, largou o charuto no cinzeiro e disse, sem se levantar, *Que bom ver vocês, Raul, que família linda a tua!* Parecia que meu pai e ele eram velhos amigos, mas na verdade só tinham se encontrado duas vezes, uma a sós e outra com minha mãe.

Eu não entendia por que tínhamos ido ao Jockey Club. Os alto-falantes do restaurante narravam uma corrida que estávamos perdendo. Do meu lado, meus irmãos pareciam tão confusos quanto eu, olhando ao redor como se tentassem descobrir se já éramos famosos a ponto de sermos reconhecidos. Tudo parecia estranho. Se meus pais tinham nos tirado da escola "até a poeira baixar", qual era o sentido daquele programa de domingo? Souza Andrade, pensei de repente. Foi isso que mudou. Uma ideia dele. Quer que as pessoas nos vejam.

"Sentem, pessoal, vou pedir mais uma cadeira. Querem sorvete?", disse, alcançando um cardápio. "Eles têm taças muito boas, colegial, banana split, vocês gostam?"

Depois do sorvete, nos deu dinheiro para apostarmos nos cavalos, quinhentos cruzados para cada um de nós. O favorito se chamava Guapo, mas Souza Andrade tinha certeza de que um tal Sunset ia ganhar porque correria com um jóquei mais novo e determinado que ele conhecia muito bem. Marco apostou tudo no Sunset. Vini escolheu o Guapo, mas decidiu usar só duzentos cruzados, embolsando o resto com um sorriso de quem se achava o mais esperto de todos. Eu gastei os quinhentos em um cavalo chamado Cometa Halley. O jóquei era M. Duarte, e estaria vestido de branco com suspensórios azuis e boné vermelho. Guardamos os canhotos de aposta e fomos para o lado de fora.

Os cavalos galopavam na pista para se mostrarem ao público. Meus pais nunca tinham me levado ao hipódromo. Descemos até o limite da cerca para ver melhor e era tudo tão bonito, o pelo brilhante dos animais se fundia às roupas coloridas dos jóqueis como se aquilo fosse uma coisa sagrada, saída de outro mundo. Percebi então que um dos cavalos tinha a cara quase toda branca. Fiquei meio assustada. A mancha branca sumia um pouco embaixo dos antolhos azuis, mas estava lá, uma pintura inacabada. O cavalo resfolegou e o jóquei puxou as rédeas e olhou muito sério para o público distante. Quase comentei com meus irmãos sobre o cavalo-fantasma, mas não queria passar por boba, então achei melhor me concentrar no Cometa Halley, o número 8, que para mim parecia tão bom quanto o Sunset ou o

Guapo. Quando os cavalos foram embora, procuramos lugares na primeira fila da arquibancada. Alguém tinha deixado um jornal para trás. Marco fez menção de afastá-lo para o lado, chegando a encostar nele com as pontas dos dedos, mas, como se de repente começasse a brincar de estátua, estancou no meio do movimento. Então eu e Vini também olhamos. Era a capa, e lá estava o rosto de Fred circulado em branco, que eu só conhecia pelas fotografias que minha mãe tirara naquela viagem a Torres. Vestia um desses blusões com losangos e encarava a câmera com olhos de pedra. À sua esquerda, estavam o deputado Ferrari e um homem que eu não conhecia, ambos com cara de choro apontada para o chão. Havia dezenas de cabecinhas desfocadas atrás deles. O funeral. Na manchete: "Polícia acha rapaz que se dizia filho de Satti".

"A verdade apareceu!", disse Vini.

Marco estava sem reação. Tentei chegar perto.

"Isso aqui não é coisa pra criança", disse, puxando o jornal para o lado oposto.

Não protestei. Ficaram os dois lendo muito concentrados, alternando grunhidos de espanto e grunhidos de nojo. Que ficassem com o jornal então, porque a corrida havia começado e eu precisava encontrar o Cometa Halley, embora isso não parecesse nada fácil com toda aquela distância; corriam do outro lado da enorme pista oval, e fiquei pensando que seria interessante se a arquibancada se movesse junto com os cavalos, mas até o fim do pensamento eles já tinham avançado muito e o locutor mal dava conta de nos relatar o que estava acontecendo, até que disse o nome do Cometa Halley e então repetiu o nome porque ele ganhara duas posições e estava agora em segundo lugar. Terminaram a corrida bem diante de nós. Um tal Billy the Kid foi o vencedor, com o Cometa Halley em segundo e o Guapo em terceiro. O Sunset acabou em quinto.

"Acho que eu vou ganhar alguma coisa", eu disse.

Meus irmãos nem tinham prestado atenção na corrida.

"O que tá escrito no jornal?", perguntei.

Continuaram lendo por mais alguns segundos e então Marco jogou o jornal no chão como um adulto desgostoso com as notícias. Ao mesmo tempo, estava com um sorriso que dizia "o pai não fez nada", aquela mesma convicção que eu tinha visto na cara da tia Silvana durante nossa conversa no jardim.

"Ele era bicha", disse Vini.

"Bicha? Que nem o Rui?"

"Que nem o Rui."

O Rui era o único gay que eu conhecia na época. Tinha uma galeria de arte em um sobrado amarelo e minha mãe costumava dizer que ninguém em toda Porto Alegre podia ganhar dele no gosto para arte e decoração, duas coisas que na verdade ela considerava quase sinônimas. Comprava quadros na galeria, às vezes. Para mim, o Rui andava como uma mulher e se vestia quase como uma, com suas echarpes brilhantes que as mãos delicadas estavam sempre afofando, e aqueles sapatos de fivelas que pareciam joias para alguém colocar no pescoço. Rui ia morrer de aids em 1992.

"O tio João não parece o Rui. Não parecia."

"É, mas tá escrito ali", disse Marco.

"E o Fred era bicha também?", perguntei.

Marco olhou para o jornal que estava no chão, o rosto de Fred circulado em branco e aqueles olhos que pareciam já antecipar o círculo. Por anos a fio, eu ia examinar incontáveis vezes essa mesma fotografia, como se, mais do que qualquer outra, ela contivesse uma verdade que se revelaria na insistência.

"Melhor tu não saber mais nada", disse Marco. "Tu tem nove anos!"

Vini olhou para ele.

"E daí? Deixa de ser idiota, Marco, ela é mais esperta que tu."
"Cala a boca, mongol!"
"Sim, o Fred é veado. Eles se conheceram no Parcão. Não tinha telefonista nenhuma na história, foi tudo invenção do Satti, ele mentiu pra todo mundo."

"Vai ter algum outro páreo ou foi só essa coisa aí?", disse Marco, se levantando da arquibancada. "Os cavalos não dão nem *uma* volta completa na pista. Ou deram?"

"Não deram", respondi. "Foi meia volta só."

"E que bosta de apostador esse Souza Andrade! Perdi quinhentos cruzados pra nada."

Conheci o Jesse em uma terça-feira e, no crepúsculo do dia seguinte, eu já estava dirigindo rápido demais pela Pacific Coast Highway enquanto seu último álbum rodava em um volume ostensivamente alto, o mar à minha direita, prateado e crespo e, à minha esquerda, as montanhas sendo postas para dormir. Eu tinha começado a chorar quilômetros antes e aquilo parecia nunca ter fim e meus olhos só secariam mesmo quando eu chegasse a Point Dume. Todas as vezes que eu dirigia serpenteando a costa, era acometida por imagens muito nítidas de carros que despencavam das falésias como brinquedos, e especialmente do meu carro caindo de bico até colidir com o mar, que teria virado uma coisa bastante dura durante minha queda de cinquenta metros. Agora havia, além disso, um cara cantando sobre um cânion na chuva e sobre ser selvagem e livre na companhia dele. É claro que eu estava morrendo de medo.

Estacionei em Point Dume e ouvi o barulho explosivo das ondas e desci as escadas até a areia pensando que eu precisava manter o controle. Ficar obcecada depois do primeiro encontro era suicídio emocional. Eu tinha que voltar para a minha autossuficiência e para as minhas expectativas próximas de zero. A maré estava baixa. Eu me aproximei das rochas cravejadas de anêmonas, pequenas bocas que se fechavam quando eu encostava meu dedo nelas, e então tirei as botas e as meias e dobrei as barras da minha calça jeans. Quando meus pés tocaram a água do Pacífico, senti as fisgadas de frio subirem pelo corpo como eletricidade, uma dor que naquele momento me pareceu maravilhosa. Lá no fundo, o céu ia se descolorindo.

Era o outono de 2011 e, no dia anterior, Jesse entrara na Norton procurando um coiote. "Eu tive uma ideia ontem de noite", dissera à menina da recepção enquanto sua cabeça formava dez pensamentos por segundo, "foi parecido com meu sonho, um coiote e o Gram Parsons no deserto, como é que vocês fazem todos esses animais, hein?" Suas mãos fora de controle tamborilavam na mesa. A menina o encarou com má vontade e disse para ele esperar um pouquinho. Então foi até a oficina, interrompeu meu trabalho — a nova taxidermista — e perguntou: "A gente tem algum coiote? Um cara lá na frente quer saber. Acho que ele não bate muito bem".

Era músico e estava preparando a turnê de lançamento de seu terceiro álbum. Toda a paleta de cores de suas roupas, ocre, marrom e jeans, parecia ter saído do início dos anos setenta. De cara, fiquei fascinada pelo anacronismo, era preciso ter fortes convicções para não temer o ridículo e, além de tudo, ele parecia tão ajustado à camisa de veludo cotelê, à barba, aos cabelos compridos oleosos, que era como se nem tivesse se dado conta de que o mundo ao redor era outro. "Uau, você é, como é que chama, taxidermista, isso é incrível, eu" — ele não desmanchava o sorriso, cortante e acolhedor — "eu queria muito comprar um coiote pra colocar no palco, nos meus shows. Minha ideia é fazer algo tipo um deserto minimalista, o que você acha?"

Havia um único espécime no depósito. Segundo os registros, ele fora montado por Andrew em 1998 para uma série de palestras educativas sobre a convivência entre humanos e coiotes no perímetro de Los Angeles. Não era muito comum montar esse tipo de animal. Eles não despertavam a mesma curiosidade que animais exóticos ou aqueles sob perigo iminente de extinção; ao contrário, os coiotes eram seres triviais, perturbavam os subúrbios com seus uivos, remexendo as latas de lixo, assustando os corredores noturnos. Também acontecia de serem agressivos com cães e gatos, o que sempre levava a reuniões comunitárias tensas, com alguém inevitavelmente se levantando para dizer: *Se não tomarmos uma atitude, os próximos serão os nossos filhos!*

No caminho até o depósito, Jesse me contou do tal sonho. Andava pelo deserto e de repente via ao longe, ondulando no calor, o espírito luminoso de Gram Parsons no rastro de um coiote. O animal parecia guiá-lo. Eu sabia quem era Parsons: um músico que morrera de overdose em um quarto de motel aos vinte e seis anos. Os fatos posteriores à sua morte eram o tipo de coisa macabra que podia animar um passeio pelo parque de Joshua Tree, então eu não hesitava em contá-los a meus grupos de turistas brasileiros logo depois de despejar informações botânicas que os deixavam indiferentes: a família desse músico icônico tinha intenção de enterrá-lo do outro lado do país — eu dizia —, mas os amigos sabiam que o desejo de Parsons era ser cremado e ter as cinzas jogadas naquele parque nacional. Então pegaram um carro fúnebre emprestado, sequestraram o corpo no aeroporto de Los Angeles, dirigiram até o lugar preciso onde estávamos e atearam fogo no caixão aberto (os turistas, agora vidrados na história, davam risadas nervosas). Foram depois responsabilizados pelo roubo e por terem deixado cerca de dezessseis quilos de restos humanos em uma área de proteção ambiental.

O que sobrou do corpo de Gram Parsons acabou sendo enterrado em um cemitério da Louisiana.

Duas ou três vezes, eu tinha tentado ouvir os discos dele, mas eles soavam country demais para mim. De qualquer maneira, não mencionei nada daquilo a Jesse, me limitando a fazer um gesto de que eu sabia de quem ele estava falando.

Acendi as luzes do depósito.

"Uau. Parece que você vai colocar a Arca de Noé num caminhão de mudança."

A maioria dos animais estava coberta por capas plásticas.

"Posso?", perguntou, pronto para puxar uma delas.

Era uma raposa-do-ártico. Ele tocou de leve no pelo branco.

"Como você veio parar aqui nesse lugar? Que sotaque é esse?", perguntou.

"Do Brasil. É uma longa história."

"Bom, eu não conheço nenhuma história que seja curta."

Rimos, depois fomos desembrulhar o coiote.

Andrew montara o animal na posição de trote, com a cabeça inclinada para a esquerda como se ele estivesse procurando o olhar do espectador. A orelha direita estava mais baixa do que deveria; fora danificada por um menino depois de uma palestra em uma escola de ensino fundamental.

"Não se preocupa com a orelha, eu vou consertar."

Jesse nem prestou atenção.

"Nunca vi um coiote de tão perto."

"Você gostou?"

"Se eu gostei? É tão... vivo."

Qualquer animal empalhado carrega uma dualidade perturbadora. Aquele coiote morrera em 1998, mas, surpreendentemente, de alguma forma esquisita, ainda estava ali. Olhando para seus olhos de vidro, Jesse havia escolhido, entre a vida e a morte, perceber a vida.

Na praia de Point Dume, meus pés e minhas panturrilhas já tinham se acostumado à água fria. Andei até um lugar seco e tirei toda a roupa. Três caras me olhavam de longe, um corpo feminino no lusco-fusco que caminhava com determinação em direção às ondas. Até os surfistas já haviam saído do mar, descolando-se de seus trajes de neoprene depois de guardar as pranchas em vans malcuidadas com cheiro de incenso e maconha. Dei passos largos na água e então perdi o chão e raspei o pé em uma pedra afiada, mas meu corpo já estava ocupado demais reagindo ao novo ambiente para se preocupar com uma coisa daquelas. Mergulhei, voltei à superfície, mergulhei de novo e fiquei esperando que, de um instante a outro, essas duas coisas se tornassem quase indissociáveis, que a noite borrasse finalmente as diferenças entre estar submersa e flutuar. Mas o jogo perdeu a graça depois de um tempo. Meu pé começou a doer, eu sentia agulhadas de frio por toda a pele e as luzes da autoestrada nunca me deixariam esquecer onde eu estava. Andei até minhas roupas batendo o queixo. Liguei para o número que Jesse tinha me dado.

"O sonho então era sobre você", ele disse assim que saí de cima dele.

O melhor sexo da minha vida. Minha vontade era correr pela rua gritando.

"Que sonho?"

Ele olhou para mim, mesmerizado.

"No fim a mensagem não era o coiote. A mensagem era sobre te encontrar."

"Dá pra você escrever uma música contando isso?"

Essa tinha sido a coisa mais romântica que eu já falara para qualquer ser humano.

"Acho que merece mais. E se fosse todo um álbum conceitual?", ele disse.

Riu e beijou meus peitos, depois desceu para minha barriga.

"Já que a gente não vai sair desse quarto por dois dias..."

"Eu preciso trabalhar amanhã."

"... por que você não me conta sua longa história?"

"Nem pensar. Qual é a graça de contar tudo de uma vez?"

Ele sorriu. Tinha aprovado minha resposta. As pessoas primeiro gostavam do mistério, depois se incomodavam com ele.

"E se eu te falar sobre coiotes? Animais sinantrópicos e tal."

"Sino o quê?" Ele parou de me beijar e olhou para mim. "Você é demais, sabia?"

Naquela época, Jesse estava tomando microdoses de psilocibina — cogumelos mágicos moídos postos dentro de uma cápsula — e, além de experimentar após cada ingestão *um formigamento gostoso nas sinapses neuronais*, ele andava se sentindo comovido pela natureza a ponto de fotografar e postar nas redes sociais uma pichação que dizia: *Quatro bilhões de vasectomias já! Mais lugar para os animais e para as plantas!*

Enquanto olhávamos para o teto, falei sobre o sinantropismo, que nada mais é do que a capacidade adaptativa de certas espécies para conviver conosco. Ratos, racuns, pombos, corvos, esquilos, cervos, coiotes. Nem domésticos nem selvagens.

"Ursos também?"

"Às vezes sim, quando comem nosso lixo."

Os animais sinantrópicos tinham dado um jeito de sobreviver em um planeta em que três quartos das terras e dois terços das águas haviam sido destruídos ou no mínimo severamente modificados por nós, eu disse, me sentindo mais professoral do que gostaria. Só por isso esses animais já mereciam todo o respeito. Mas a maioria das pessoas não pensava assim, e a tensão era uma constante: quando um coiote atacava uma ovelha, quando um cervo mastigava rosas ou entrava em trabalho de parto no meio do jardim de uma senhorinha, a sociedade decidia que havia bichos demais. Então começavam com o papinho-furado do equilíbrio ambiental. O governo federal matara mais de oitenta mil coiotes no último ano. Em cidades de todos os Estados Unidos, pipocavam iniciativas de controle da população de cervos, que eram caçados por empresas privadas em ruas do subúrbio com miras de visão térmica.

Peguei a mão de Jesse institivamente. Ele a apertou.

"Não é louco?", eu disse. "Você desequilibra toda a porra do planeta, depois se dá a missão de reequilibrar segundo os *seus* critérios."

"Critérios que incluem não ter uma criatura parindo no seu jardim."

Eu estava apaixonada por aquele homem.

"Você fala sobre sinantropismo com todos?"

"É a primeira vez, eu juro."

"Vou acreditar."

"Eu te deixei deprimido?"

"Não é como se eu já não soubesse que o ser humano é podre. E agora tenho uma simpatia ainda maior pelos coiotes."

Dei um beijo nele.

"Tá bom, alguma coisa mais animada. Gram Parsons é seu ídolo?"

"Um deles com certeza."

"Quem mais?"

"The Byrds. Crosby, Stills & Nash. Grateful Dead. Joni Mitchell."

"Você não é muito novo para essa gente toda?"

"Ah, eu fui um menino estranho. Achava tudo que meus amigos curtiam muito barulhento, e o que me empolgava mesmo eram, sei lá, harmonias vocais e violões. Aquela desesperança do pós-punk não dizia nada para mim. E você?"

"Eu lembro da primeira vez que meu irmão me mostrou um disco inteiro do The Cure."

"E qual foi a sensação?"

Penso um pouco.

"A de que eu estava sendo abraçada por essa tal desesperança."

No mesmo dia em que vou para o deserto de Mojave esfolar um leão e guardo a pele no freezer da Norton e tomo um banho demorado até tirar completamente o cheiro de entranhas do meu corpo, combino de encontrar Kristen pela segunda vez. Não tenho orgulho nenhum disso. Jesse vai chegar no dia seguinte e eu estou fugindo de um conflito criando outro. Vou até o apartamento dela. As outras duas meninas saíram, o que me dá certo alívio, mas também me deixa apreensiva, pensando que arquitetaram tudo, que quiseram que ficássemos sozinhas pois acham que essa coisa entre nós tem futuro. Não tem. Eu me sento no sofá enquanto ela desaparece na cozinha. Volta com uma garrafa de saquê e dois copos. Não sei exatamente por quê, mas aquilo me comove de um jeito ruim. É a única coisa que temos, concluo um pouco mais tarde quando já estou terminando o primeiro copo e Kristen põe uma música para tocar que me lembra a trilha sonora esganiçada e otimista das lojas de *fast fashion*. Ela começa a dançar. Eu me levanto também — não tenho outra opção, estou aqui agora — e danço olhando para ela. Ela ri e diz que pareço meio dura para uma brasileira, o que faz com que eu dê um beijo nela e a encoste na parede e pressione meu corpo contra o seu em uma espécie de contra-argumento instintivo. Vou embora por volta das duas, depois de ela insistir muitas vezes para que eu fique. "Trabalho cedo", eu digo, e ela pergunta:

"Que animal você vai salvar amanhã?". Respondo que não sou capaz de salvar nada nem ninguém; o que faço é apenas mostrar o que o ser humano destrói.

Então, no dia seguinte, Jesse chega. Fico parada na frente da nossa casa olhando para as janelas acesas da sala, ainda sem coragem de entrar. O azul vespertino do céu é um azul apagado, diluído por partículas de monóxido de carbono. Foi exatamente desse ponto da calçada que eu e Jesse vimos a casa pela primeira vez, nossa oitava tentativa de dizer "é essa" porque um de nós sempre implicava com algum detalhe: a disposição dos cômodos era ruim, a localização não parecia ideal, o segundo quarto não comportava todos os instrumentos musicais do Jesse, a garagem jamais poderia ser transformada em uma oficina para mim. Éramos os perfeccionistas da ideia de futuro, embora no fundo eu ainda hesitasse entre ter uma vida com Jesse ou resistir à intensidade daquela paixão e me isolar em algum lugar ermo.

A oitava casa visitada, no entanto. Uma odisseia imobiliária que ia acontecendo independentemente das minhas dúvidas internas. A casa neocolonial de esquina parecia bem promissora nas fotos, muito promissora quando a olhamos por fora e finalmente incrível — para Jesse — assim que o corretor abriu a porta e ativou nossa imaginação com um gesto que abarcava aquela sala imensa. "É essa, eu sinto", Jesse sussurrou no meu ouvido, ao que respondi apenas com um meio-sorriso, tentando disfarçar que me sentia péssima por não ter sido também acometida pelo raio cósmico da intuição, pelo vínculo emocional instantâneo. No final da visita, dissemos ao corretor que ficaríamos com a casa. Meu corpo inteiro tremia. Eu andava de um lado para o outro como se estivesse analisando as paredes, os rodapés, a vista.

Lembrando a cena agora, seis anos depois, percebo que sempre tive medo de não corresponder às expectativas de Jesse.

Atravesso a rua. A porta se abre quando ainda estou a alguns metros dela.

"Achei que você não ia entrar nunca", ele diz. Se encosta no batente, botas de caubói, olhos apertados como se estivesse vendo o sol de frente.

Dou um beijo nele.

"O que você tava fazendo ali na calçada?"

"Nada. Só olhando. Cansado da viagem?"

"Não muito. Fiz comida pra nós."

Dahl de lentilha e arroz jasmim. Vou até o banheiro e penso no que falar e quando falar enquanto jogo água no rosto e depois me encaro no espelho. Tenho a boca dos Matzenbacher e o nariz dos Bonacina e uma ruga entre as sobrancelhas que não se desmancha mais. Jesse gosta de correr o dedo por ela. Ele vai entender. Quando volto para a cozinha, está rasgando umas folhas de couve-chinesa e pondo os pedaços em uma cumbuca. Vejo os pratos já na mesa e então é inevitável pensar que só faltaram as velas para esse ser oficialmente um casamento em crise. Sentamos para comer.

"Tava pensando que a gente podia fazer uma caminhada no sábado", ele diz.

"Claro, vamos."

"Não aguento mais ver planície. E na semana que vem eu já vou estar bem ocupado. O Aaron andou me ligando."

"Que Aaron?"

"Aaron da Fiddleheads. Quer que eu produza o disco novo deles."

"Você sempre fala mal dessa banda, Jesse!"

"Eu sei."

"Careta, cafona, tristeza de Instagram, Xanax cristão. Você disse 'sim'?"

Ele sorri, como se sua versão mais intolerante o divertisse.

"As músicas novas não são ruins. O Aaron se separou no ano passado e fala basicamente sobre tudo o que ele sentiu durante o processo, as demos tão bem mais maduras, ele me mostrou. A gente já conversou. A banda tá superaberta pra tomar outro rumo."

"Por que você tá fazendo isso?"

"Quê? É só um trabalho, Cecília."

Para de comer.

"Eu tenho quarenta e dois anos", diz.

"E daí que você tem quarenta e dois anos?"

"Você não acha que tá na hora de admitir que o sonho acabou?"

Jesse se levanta. Enche um copo com água da torneira e bebe um gole, escorado no balcão.

"Sabe quando você se dá conta de que as coisas já não são feitas pra você?", diz, olhando para o nada. "Que você não *entende* mais o que tá acontecendo? Que todo mundo acha legal o que pra você parece ridículo?"

"Você não teve essa sensação desde que nasceu?"

"É muito mais intenso agora."

Ele se senta de novo.

"Eu também me sinto assim às vezes, Jesse."

O sorriso quebrado que ele dá me deixa a impressão de que ele tem pena de nós dois. Mas eu não consigo mudar o clima: devolvo um sorriso mais estropiado ainda.

"Meus pais te mandaram lembranças."

Paro com o garfo a meio caminho da boca.

"Como assim, você viu seus pais?"

"Tive uma folga de dois dias."

"Você dirigiu até a Carolina do Sul?"

"É, onze, doze horas. Meu pai tá feliz, comprou um drone, fez várias filmagens, todas iguais, da casa deles vista de cima, e a gente assistiu tudo na TV com uma trilha tipo *As pontes de*

Madison. Minha mãe ficou reclamando como sempre, do meu pai, do vizinho e do supermercado, que mudou todas as coisas de lugar. E perguntou quantos anos você tinha mesmo. Totalmente do nada."

"Ela sabe bem quantos anos eu tenho."

"Eu sei que ela sabe."

"Por que você tá me contando sobre esse comentário?"

Eu me levanto da mesa. Ele me segue até a sala.

"Não precisa ficar tão sensível toda vez que a gente fala sobre isso."

"A questão é que a gente não tava falando sobre *isso*, Jesse. A gente tava falando sobre sua carreira. Qual é o problema? Você acha que vai se sentir menos fracassado se tiver um filho?"

Ele não responde. Talvez eu tenha exagerado um pouco.

"Acho que preciso te contar uma coisa", eu digo.

Ele se senta na poltrona à minha frente, esperando. Agora não tem mais volta. Começo a contar sobre Kristen, desde as conversinhas no caixa do mercado até a segunda vez que fui ao apartamento dela. Em um primeiro momento, uso todos os clichês possíveis sem perceber, *não significou nada, o problema sou eu*, como se estivesse tirando a confissão dos meus atos não de dentro de mim, mas de uma espécie de memória coletiva da traição. Jesse me escuta surpreso. Eu não choro. Quando chego ao fim da história — *não seria justo machucar mais uma pessoa* —, ele dá um longo suspiro e me olha com raiva.

"É a primeira vez que você fica com uma mulher?"

"De tudo o que eu disse, é isso o que realmente importa pra você, que a pessoa seja uma mulher? Não dá pra acreditar."

"E como é que não vai importar, Cecília? Significa que eu não sei quem você é!"

A conclusão me irrita, ainda que não me surpreenda.

"Mas uma coisa que com certeza eu sei sobre você é que você enjoa de tudo", ele diz, se levantando de repente da poltrona.

"Não é verdade. Desculpa, Jesse."

Ele anda até o aparador.

"E a outra coisa que eu sei é que você sempre foge."

Pegou as chaves do meu carro. Então joga o chaveiro com toda a força na minha direção.

Jesse quase me acerta no rosto com minhas chaves de casa, do carro e da Norton. O chaveiro metálico da sequoia estilizada bate na parede e despenca. Coloco a mão na bochecha, sentindo o impacto que não aconteceu, depois pego as chaves e as guardo no bolso enquanto Jesse me olha de boca aberta com um pedido de desculpas entalado na garganta. Não dou mais tempo de ele dizer nada. Ele gagueja ao me ver indo na direção da porta e então eu já estou atravessando a rua quando ele finalmente fala: "Desculpa, eu me descontrolei, Cecília, que coisa horrível, eu... me perdoa, por favor!". Entro no carro com Jesse em meu encalço e ele me deixa fechar a porta sem resistência porque agora caiu em si. Acelero e começo a chorar assim que vejo Jesse pelo espelho, parado no meio da rua como se eu ainda pudesse mudar de ideia. Amanhã talvez ele pense que o episódio foi a desculpa perfeita para eu fugir, como sempre. Pode ser que ele tenha alguma razão.

Não sei exatamente para onde ir. Cogito os campings dos parques estaduais em Topanga e Malibu, mas é impossível conseguir uma vaga de última hora em um sábado à noite. Descarto a ideia de dormir em um hotel. Vou seguindo o fluxo intenso da freeway enquanto tento me concentrar na minha respiração, quatro segundos puxando o ar pelo nariz, quatro segundos soprando-o pela boca e então repetir, repetir, repetir. Bem diante de mim, vejo as luzes do Centro. Estou me aproximando delas. Lembro de como isso me impressionou quando cheguei neste país há dezesseis anos, o céu noturno e as torres de luz sempre lá, ainda que os escritórios estivessem todos fechados.

Pego uma saída da freeway para entrar no Centro. Chega a ser engraçado percorrer de forma automática esse caminho, ter criado uma rotina e ter gostado disso e agora estar morrendo de medo porque de novo parece um erro depositar tanto afeto em uma pessoa. Paro no estacionamento deserto da Norton. Fico um tempo com as mãos no volante, incapaz de me mexer. No canteiro central da avenida, há duas barracas de moradores de rua, e alguém revirou a lata de lixo que fica na frente da oficina do Al. *Compramos pneus usados.* Fiz uma previsão ruim. Achei que Jesse poderia entender o que nem eu entendo. Além disso, nem sequer tive tempo de falar que meu pai teve um AVC. Checo o celular. Nenhuma mensagem. Ele deve estar com vergonha, quer me dar espaço, está pensando em como não piorar as coisas entre nós. Por alguns instantes, considero ligar para Vinícius para contar de Kristen. Ele com certeza riria da coisa toda. Mas já passa da uma da manhã no Brasil e não faz muito tempo que ele finalmente aprendeu a dormir cedo. Melhor deixar para outro dia.

A lua está minguante e amarela, envolta em uma névoa fina como renda. Ainda consigo ver seu lado escuro. Jesse nunca foi violento comigo, e sempre é o primeiro a chorar nas brigas. Um homem sensível, eu acho, eu achava. Desço do carro sem vestir a jaqueta, sentindo o vento gelado nos braços. Então abro o porta--malas para pegar minha mochila e meu saco de dormir como se ainda vivesse em Sedona e fosse acampar sozinha na beira do riacho Oak. Desativo o alarme da porta dos fundos.

No chão da oficina, estendo o saco de dormir e me deito, mas é claro que não consigo pegar no sono. Olho o celular de novo: nada. Não sei se sinto mais pânico de mensagens ou da falta delas, mas, na dúvida, opto pela decisão radical de desligar o telefone. Acho que quero viver a fantasia de que não posso ser encontrada, como se meu sumiço fosse também uma espécie de vingança, o que, pensando bem, os sumiços quase sempre são.

Levanto e vou esquentar água na chaleira elétrica. *Saia imediatamente dessa cozinha se você não higienizou suas mãos direito*, diz o cartaz plastificado que Greg escreveu há anos, e tento rir fingindo que aquilo é uma piada nova. Abro uma gaveta, preparo um chá de camomila e saio soprando a xícara fumegante. Então caminho até a sala de relíquias e acendo as luzes fracas de museu. Até o ar parece antigo aqui: amadeirado, seco, solene. Protegidos por pesados expositores de carvalho, cerca de cinquenta animais empalhados estão dispostos sem nenhuma lógica geográfica ou taxonômica. Há raridades como um tigre-do-cáspio montado em 1952 — espécie considerada extinta em 2003 — e animais bastante comuns como doninhas e raposas. O panda-vermelho e o pangolim são os que mais despertam curiosidade. No centro da sala, em uma vitrine trabalhada que o avô de Andrew comprou de um velho museu sem dinheiro, estão expostos fósseis, conchas e centenas de borboletas, uma gama absurda de cores translúcidas presas a alfinetes. Há também vidros de todos os tamanhos que contêm iguanas, cobras-corais e cavalos-marinhos flutuando em formaldeído.

A sala foi montada com certa mentalidade vitoriana. Há uma ideia clara de síntese do mundo, e esse mundo é um mundo encantado pré-extinção e pré-apocalipse, anterior à compreensão do mal que o ser humano causa. Talvez seja isso o que me fascina tanto: aqui começa essencialmente a romantização da natureza, o momento em que o homem não mais teme os animais, mas passa a enxergá-los como uma fonte de prazer estético. É claro que essas vitrines celebram a diversidade e a beleza do mundo natural. Ao mesmo tempo, são uma prova incontestável de nostalgia. Carregam com elas a ideia de destruição. Objetos só vão parar em vitrines ou caixas quando sentimos que é urgente nos lembrarmos deles.

Então me vem à cabeça a coleção modesta que tive quando criança. O osso de zorrilho. O fragmento da carapaça de um tatu. Sementes de paineira, pinhas, conchas, flores secas, penas de perdiz, penas de pato, um louva-a-deus que matei no jarro da morte. A coleção crescia bem devagar, e quase não havia nela coisas inteiras; de modo geral, eu só conseguia encontrar pedaços. Tive aquela caixa de sapato por uns três anos. Um dia, voltei do colégio com um zangão morto dentro do estojo e a caixa não estava mais lá. Fui atrás da minha mãe em desespero. Por acaso ela sabia onde estava minha coleção de naturalista? Respondeu muito calma, mal tirando os olhos da TV, que tinha jogado tudo fora. *Tava um nojo aquilo, Cecília, fui obrigada a colocar no lixo.* Chorei sem parar durante toda a tarde. Aquilo aconteceu em 1990, apenas algumas semanas antes do julgamento do meu pai. A caixa era minha maneira de acessar um mundo que me parecia perfeito e distante.

Na sala das relíquias, fico parada diante dos animais até que me pareça impraticável suportar tanta beleza e tanta perda. Sinto os olhos de todos em cima de mim.

Escreveu um certo John Berger, escritor britânico: "Nenhuma outra espécie, além da humana, reconhece como familiar o olhar do animal. Os outros animais são dominados por esse olhar. O homem toma consciência de si ao devolver esse olhar".

Para Berger, no entanto, a aproximação quase não existe mais; os animais foram marginalizados no século XIX com o avanço do capitalismo, e a partir daí praticamente restritos ao espaço simbólico — da pintura romântica aos personagens da Disney — ou ao confinamento dos zoológicos.

Sobre os zoológicos, que John Berger muito frequentou com entusiasmo quando era pequeno (*uma das poucas lembranças felizes da minha infância*), o escritor é categórico: "Local para encontrar animais, observá-los, vê-los, o zoológico é, na verdade, um monumento à impossibilidade desses encontros".

O mesmo se pode dizer sobre os animais que eu refaço.

Acordo desorientada no chão da Norton. Abro o zíper do saco de dormir e me sento. Acendo a lanterna e a primeira coisa que ilumino é o manequim do leão que mal comecei a esculpir outro dia, a boca aberta, os olhos ainda buracos. Não faço ideia se já amanheceu, não há janelas aqui e, como continuo sem a mínima intenção de religar meu telefone, me arrasto até a cozinha para olhar o relógio do fogão: 07:11, um domingo, ninguém vai aparecer. Lavo o rosto no banheiro e examino minhas olheiras enquanto sou tomada por aquele sentimento matinal clássico. A vida recomeça, é preciso empilhar os blocos, reconstruir o dia anterior, lembrar em que ponto da história paramos.

Preparo ovos mexidos desidratados e faço um café solúvel. Até perto das nove horas, consigo me manter distraída trabalhando nas patas dianteiras do leão. Mas então começo a perder a concentração e a pata direita não parece estar ficando nada boa. Como se o leão estivesse machucado. Pego o celular. Me sinto boba e um pouco cruel por estar com o aparelho desligado. Jesse pode achar que aconteceu alguma coisa, hoje em dia as pessoas sempre pensam no pior quando não conseguem falar umas com as outras. Sinto, de repente, que não quero mais ir tão longe na minha vingança. Não quero desaparecer. Quero ficar exatamente aqui. Vou até a pia e tiro o gesso das mãos, esfregando os dedos com força um por um. Religo o telefone.

Chamadas perdidas e muitas mensagens (*Dá pra gente conversar? Onde você tá? Você sabe que eu nunca te machucaria. Te amo*). Minha mãe também tentou me ligar. Não falo com ela há muito tempo e ainda não sei o que dizer para Jesse. Ligo. Ela atende quando já estou quase desistindo.

"Oi, Cecília. Espera só um pouquinho. Só bate a porta, André! Manda um beijo pra Isa e vê se não toma todas nesse churrasco, hein!"

Carmen Bonacina com aquela felicidade histérica de sempre.

"Oi, filha."

"Quem é André?"

Ela suspira.

"Quantas vezes eu já te falei dele? Meu *personal* faz sete anos."

"Ah, sim, o que transformou tua amiga Ivone Linhares em Ivone Linhaça."

Ela ignora a piada.

"Tá sabendo do teu pai?"

"O que do meu pai?"

"Cecília, tu te comunica com teus irmãos de vez em quando? Porque comigo eu sei que não muito."

"O que houve, mãe?"

"Ah. O Marco conversou com o neuro, e parece que é muito difícil que ele volte a falar."

Não sei exatamente o que pensar disso.

"Mas ele entende o que tá acontecendo?"

"Entender, entende. Ele escreve num caderno."
Não digo nada.
"Tá tudo bem, minha filha? Onde é que tu tá?"
"Viajando", respondo.

É algo que sai sem querer. Na sequência, fico esperando que ela faça outras perguntas — onde, com quem, por quê —, talvez apenas para que eu tenha o prazer de não dizer mais nada, a satisfação de manter minha vida bem longe da dela mesmo quando ela tenta se aproximar. Mas ela não tenta. Quer me contar de alguém que conheceu há algumas semanas. Foi em um jantar de formatura lindo, o filho de uma amiga, nome-e--sobrenome, eu sei como são esses eventos (eu não sei), as pessoas com lugares marcados baseados em algum tipo de afinidade, e a seu lado direito estava sentado então esse homem muito elegante que logo começou a conversar com ela como se nunca tivesse se divertido tanto. Claro que era viúvo. Desde que ela tinha feito sessenta anos, eram sempre os viúvos.

"Ele é coronel da reserva, um homem muito romântico, me mandou um buquê de lírios depois do nosso primeiro jantar, acredita? Sabe desde quando eu não ganhava flores? Desde o Guillermo, Cecília! Teu pai nunca me deu flores. O cheiro que ficou nessa casa por uma semana inteira!"

"Um coronel?"
"Da reserva."
"Então tava na ativa na ditadura."
"Cecília, eu não fico fazendo conta."
"Bom, tu vai votar num capitão. Por que não namorar um coronel, né?"
"Impressionante como tu continua a mesma."
"São três patentes a mais."
"Sabe o que eu acho estranho, minha filha? Tu tá sempre procurando uma coisa ruim. Por que tu não fala das flores?"

"Por que eu não falo das flores?", repito, rindo. "Meu Deus, mãe."

Ouço os saltos no piso frio.

"Tu não entende esse país", ela diz depois de um tempo.

Então sou eu que demoro a responder. É verdade. Porque entender esse país é entender a tolerância ao horror. Entender esse país é entender que subir a pirâmide significa pisar em escombros. Entender esse país é entender minha mãe criança aplaudindo Getúlio, depois dançando para o general Castelo Branco, depois exultante com a redemocratização que elegeu meu pai, depois sacudindo a bandeira verde e amarela em apoio a um capitãozinho saído dos esgotos do Brasil.

"Mãe, eu tô com um monte de coisas na minha cabeça agora, tá bom? Tu podia me ajudar em vez de ficar defendendo fascista."

Ela bufa.

"Lembra da viagem que tu fez antes de dar teu depoimento pra polícia?", pergunto. É algo em que tenho pensado muito ultimamente.

Por um instante, tenho a impressão de que ela vai desligar o telefone na minha cara.

"Para que falar disso agora? Era outra vida. Eu renasci."

"A maioria das pessoas não tem esse poder."

"Tu já me fez tantas perguntas."

"O que tu lembra daquela viagem, mãe?"

"Não sei! Parece que tu quer me sentar de novo naquela cadeira do Palácio da Polícia. Eu fui até Rivera-Livramento, choveu muito, nem lembro onde eu fiquei. Acho que fiz compras. É, eu fiz. Encontrei aquele batom que eu gostava."

"Se chamava Hotel Ramona."

Ela ri.

"Como é que tu sabe disso?"

"Eu guardo essas coisas."

"Que desperdício."

"Naqueles três dias no tal Hotel Ramona, alguma vez te passou pela cabeça não voltar pra casa?"

"Não voltar?". Ela gargalha. "E como é que eu ia fazer isso, Cecília? Eu tinha três filhos pra criar!"

"Tudo bem, tu acha então que isso não era uma opção. Mas o que te fez decidir?"

"Decidir o quê?"

A primeira coisa que eu penso é "mentir para a polícia".

"Defender meu pai", acabo dizendo.

"Ciça. Tu tem que entender. Eu nunca soube de nada, minha filha. E depois já era tarde, o mal tava feito, não tava? Qual era o sentido de destruir nossa família também?"

"A gente merecia ser destruído, mãe."

Segunda semana depois do crime. Tia Silvana continuava me trazendo a matéria da escola e, depois de passar página a página para ir marcando com um asterisco gordo todas as ordens de tarefas — como se eu precisasse mesmo disso —, ela me olhava, erguia os arcos perfeitos que eram suas sobrancelhas e dizia duas vezes que tudo ia ficar bem. Eu acreditava nela. Era bom acreditar. Ela tinha um cheiro doce, como um chiclete guardado no bolso por tempo demais, e nunca perdia a paciência quando eu falava sobre os gibis da Luluzinha e as tantas coisas que eu já tinha aprendido em O *naturalista amador*. Naqueles dias, tia Silvana preenchia a grande lacuna de atenção deixada por meus pais, mas também se comportava como uma espécie de emissária que trazia informações cifradas sobre o caso Satti. Assim, certa tarde ela disse: "O segredo chegou na praça pública, Ciça". Em outra, pegou minha mão para declarar, quase chorando, que filhos eram algo sagrado e que Satti brincara justamente com isso, que não se podia jamais brincar com uma coisa daquelas. No dia 17 de junho, uma sexta-feira, tia Silvana me fez repetir uma série de trava-línguas, e eu ri à beça daquilo que nada tinha a ver com a matéria da quarta série, *três pratos de trigo para três tigres tristes, o pelo do peito do pé do Pedro é preto*. Com a distância dos anos, no entanto, eu viria a entender que todas aquelas frases engraçadinhas eram na verdade uma mera preparação para a mensagem enigmática do final: *quem com ferro fere, com ferro será ferido*.

Foi a primeira vez que ouvi isso. No momento, não me pareceu exatamente um trava-língua, ou decerto tinha sido pensado para crianças de um nível bem iniciante. Mas não dei bola. Eu só queria agradar. Pedi que ela dissesse a frase de novo e, mal parando para tomar ar, repeti as palavras três ou quatro vezes sem um mínimo deslize. Tia Silvana reagiu com palmas curtas e silenciosas. Terminou o café. Foi embora não muito depois disso.

Nesse mesmo dia, enquanto minha ex-professora tentava me ensinar por linhas tortas uma moral brutalizante, meu pai estava entrando no Palácio da Polícia. Era esperado por Apóstolo Viana e Wilson Meyer, os dois delegados que conduziam a investigação do homicídio de Satti. Tratava-se apenas de uma conversa informal, e tenho motivos para acreditar que meu pai estava confiante: Porto Alegre passara a semana inteira discutindo a homossexualidade de João Carlos Satti; nos jornais, Fred representava o personagem saído de um "submundo gay", algo que soava como a versão soturna e perigosa de uma Porto Alegre idílica que obviamente nunca havia existido; os presentes que minha mãe oferecera ao deputado e seu assédio diário na Assembleia tinham portanto se tornado notícias velhas, pilares de uma hipótese que parecia estar ruindo.

Foi nesse contexto que meu pai chegou ao Palácio da Polícia. A partir dos meus dezoito anos, imaginei-o muitas vezes em uma sala com uma única janela espessa de fuligem, por onde se podia ver, na avenida João Pessoa, um segmento triste de uma palmeira-da-califórnia. Na minha cabeça, ele olha para fora e pergunta se pode fumar. Então, diante do gesto positivo de um dos delegados — Raul era um parlamentar, afinal de contas —, tira vagarosamente do bolso da camisa sua carteira de Minister, branca com uma faixa superior azul (tenho uma dessas na minha coleção). Talvez tenha tido tempo para algumas tragadas tranquilas antes de cometer um de seus maiores erros.

As grades do Edifício Elizabeth.

As malditas grades, o perigo iminente, a cidade se fortificando.

Apenas alguns dias antes daquela conversa com meu pai, a polícia ouvira mais uma vez Glória Andrade, amiga de Satti, e Paulo Bittencourt, seu chefe de gabinete. Segundo ambos, o deputado Matzenbacher estivera na frente da casa do colega três noites antes do crime, isso de acordo com o que o próprio Satti teria lhes contado. O fato (*Tudo muito esquisito, Paulo!*) havia ocorrido depois de um jantar no qual os dois deputados estavam presentes, na Churrascaria Barranco. Ainda segundo o que contaram Glória e Paulo, ao se aproximar do seu edifício, caminhando desde a Garagem e Posto Estrela, Satti tinha reconhecido o Monza cinza de Matzenbacher parado diante do portão e, ato contínuo, viu que o próprio deputado estava dentro do carro (*Tudo muitíssimo esquisito, Glória!*). Assim que percebeu que Satti se aproximava para falar com ele, Matzenbacher teria acelerado e ido embora em alta velocidade. No dia seguinte, na Assembleia Legislativa, meu pai — de acordo com Satti, ainda segundo Glória e Paulo — negou que aquele episódio tivesse ocorrido.

Então o deputado e ex-jornalista apareceu na calçada três noites mais tarde cravejado de grãos de chumbo. Quem tinha feito aquilo? No depoimento informal de 17 de junho, meu pai deve ter sugerido aos delegados que Glória e Paulo queriam incriminá-lo, negando mais uma vez que tivesse estado naquela esquina recentemente (*Conheço o edifício, sim, mas não vou lá há bastante tempo, cinco, seis meses? Como é? Um edifício baixo de esquina, quatro andares eu acho, com grades verdes e pilotis).*

O problema era que as grades tinham sido instaladas apenas nove dias antes do crime.

Diante dessa inegável oferenda condenatória, imagino um dos delegados, possivelmente Wilson Meyer, sorrindo de forma constrangida, quase apologética: *As grades foram colocadas no dia 30 de maio, dr. Raul. O senhor não deveria saber sobre isso.*

E foi assim que meu pai deixou o Palácio da Polícia, carregando consigo os olhos do delegado Meyer, talvez o pigarro de Apóstolo Viana. Pagou um flanelinha com cheiro de cachaça e esquentou o carro e entrou na Ipiranga e olhou com asco para as águas opacas do arroio Dilúvio. O céu estava branco como alguma coisa que ainda não é ou alguma coisa que já terminou. As árvores decepadas em V para a passagem dos fios de luz se sucediam no para-brisa do Monza, e ele quase se esqueceu de dobrar em uma das pontes porque no fundo iria até Viamão em um piscar de olhos. Ou quem sabe mais longe. Mas não podia, era tarde demais. Precisava voltar para casa. Quando chegou, foi direto ao escritório ligar para Souza Andrade. Também pensei muito nesse telefonema: *Andrade, fiz uma bobagem.* Ou talvez, tentando mascarar o desespero: *Foi tudo bem lá, só tem uma coisinha que eu preciso comentar contigo para ver como a gente pode consertar.*

No início daquela noite, eu estava no meu quarto fazendo as tarefas que tia Silvana havia deixado. Ainda era uma boa aluna. Não tinha ouvido meu pai chegar em casa, muito menos o telefonema para Souza Andrade ou para qualquer outra pessoa. O único ruído da casa era o da televisão. De repente, ouvi a voz alterada do meu pai. Estava discutindo com o Vini. Me levantei sem fazer barulho, andei em câmera lenta pelo corredor e colei o ouvido na porta do quarto do meu irmão. Parece que Vini queria sair. Meu pai dizia que "não" era "não". Vini daí respondeu que ele podia ligar para a mãe do Luciano se quisesse, mas meu pai não queria nem saber. "Tu não vai sair dessa casa hoje, Vinícius", ele falou, mais alto do que já vinha falando e, no mesmo instante, abriu a porta com violência. Fiz de conta que estava a caminho do banheiro.

Vini ficou emburrado pelas horas seguintes, ouvindo alto um disco do The Cure que pegara emprestado do Luciano, mas, pela primeira vez, meu pai não pediu que ele abaixasse o volume. Por volta das nove, um carro que eu nunca tinha visto na vida parou na frente de nossa casa. Era difícil enxergar o rosto do motorista, mas parecia o de uma pessoa bem jovem. Antes que eu pudesse perguntar qualquer coisa, meu pai vestiu o casaco e disse: "Tô saindo". Eu estava vendo televisão com o Marco. Não foi muito depois disso que o Vini desligou o toca-discos, como se as dezessete faixas daquele álbum duplo não fizessem tanto sentido se nosso pai não estivesse mais ali para ouvi-las. Vini apareceu na sala.

"Há quanto tempo a mãe tá no quarto?", perguntou.

"Tempo demais", disse Marco.

"Vocês tão com fome?"

Depois de terminarmos o saco de bisnaguinha e todo o salame da geladeira, Vini subiu em um banco e alcançou uma lata de leite condensado que eu nem sabia que estava lá, no fundo da prateleira mais alta do armário. Fez um furo na tampa com uma faca pontuda. Um de nós segurava a lata enquanto o outro ficava com a boca aberta por todo o tempo que conseguia.

Um ou dois dias depois, Vini me contou sobre a grande ave-do-paraíso.

"Vou te contar a história de um pássaro, tu vai gostar", disse.

Havia um sabiá gordo sobre o nosso muro, e eu estava olhando para ele. Vini se sentou do meu lado, no chão. Arrancou uma folha de grama. O sabiá voou.

"Foi bem antigamente, no século XVI, em uma ilha, acho que é ilha, chamada Nova Guiné. Os europeus apareceram por lá pra buscar, sei lá, cravo e canela, esses troços que eles chamavam de especiarias e que valiam muito dinheiro. E aí ficaram encantados com um pássaro. Nunca tinham visto nada parecido."

"Como ele era?"

"Tinha umas penas bem louconas no rabo, amarelas, compridas, uma onda. O resto do corpo era meio castanho. E talvez mais uma cor embaixo do bico. Verde."

"Tu viu uma foto?"

"Não tinha foto no século XVI, Ciça."

"Um desenho?"

"Não, só me contaram a história. Ó, presta atenção, porque agora vem a parte que interessa."

Jogou fora o pedaço de grama e arrancou outro, que foi então rasgando em tiras com toda a calma.

"Como os europeus tavam tão fissurados pelas penas, os nativos começaram a matar os pássaros pra vender."

"Não era mais legal ter o bicho vivo?"

"Eles não sobreviviam às viagens de navio. E acho que o clima da Europa também não dava pra eles. Então os nativos iam lá, matavam, cortavam as patas e vendiam os pássaros."

"Por que sem as patas?"

"As pessoas só tavam interessadas nas penas. As patas eram patas de pássaro, só. De qualquer pássaro. E eles pesavam menos sem elas."

Vini parou de falar. Ficou olhando para o céu. Parecia que não queria mais contar a história.

"Continua", eu disse.

Ele suspirou.

"Como quase ninguém da Europa tinha visto esse pássaro vivo e com patas, logo surgiu uma lenda. Achavam que era um animal sem patas. Chamavam ele de *grande ave-do-paraíso*. As pessoas acreditavam que ele nunca pousava, que passava a vida inteira voando, sem nenhum descanso."

"Uau!", eu disse. "Quem te contou isso?"

Então percebi que Vini estava com os olhos inchados.

Ele se levantou. Sacudiu o jeans para tirar os pedacinhos de grama.

"Meu professor de história."

"Tu tá chorando? Esse pássaro ainda existe?"

"Isso ele não teve tempo de contar."

No dia 21 de junho, minha mãe subiu em um ônibus leito da Viação Ouro e Prata cujo destino era Santana do Livramento, na fronteira com o Uruguai. Pediu ajuda de alguém para colocar a mala no compartimento superior e se acomodou em uma poltrona na janela, recostada no travesseiro enorme que tinha trazido e que depois mandaria Marli desinfetar com um frasco inteiro de creolina. As luzes da rodoviária a ofuscavam, explodindo no vidro embaçado como estrelas de quatro pontas, mas o motor do ônibus era um ronronar narcotizante, uma máquina de sono. Dez minutos antes, ela tinha tomado um Equilid no balcão de uma lanchonete enquanto mordiscava com temor um bolo de batata e carne moída envolto em um guardanapo translúcido. Era meu pai que assinava as receitas azuis de Valium e Equilid, e ia continuar fazendo isso até que minha mãe saísse de casa, no verão de 1995.

O ônibus começou a dar ré. Ainda antes da ponte do Guaíba, no corredor opressivo da avenida Castelo Branco, Carmen já tinha pegado no sono, tendo recém-visto, envolto na nuvem química dos calmantes, o rosto do homem de meia-idade que se sentara na poltrona ao lado. Mas não havia percebido seu colarinho clerical.

Continuou dormindo durante toda a noite. Então o sol já entrava pelo vidro traseiro quando o ônibus diminuiu e o freio guinchou e o motorista, de pé e encarando os passageiros ainda idiotas de sono, ajeitou as calças na cintura e disse: "Quinze minutos!". Desceram as cinquenta e tantas pessoas nesse lugar chamado Paradouro da Fronteira para tomar um café, comer uma torrada, lavar o rosto com água fria. Estavam bem perto de Rosário do Sul, quase chegando ao destino final. Carmen Matzenbacher entrou no banheiro e pagou uma moeda a uma indígena por um quadrado rosa de papel higiênico, depois retocou a maquiagem em um espelho que deformava o rosto como nos parques de diversões. Ao se sentar para pedir um café, viu que o homem do ônibus estava no banco ao lado comendo um croquete, e agora sim percebeu seu colarinho clerical. "Bom dia, padre", ela disse, um pouco nervosa, e ele respondeu apenas com o sorriso típico dos que vestem a batina: compreensivo, abissal, infinito.

Como não achar que um padre em uma lanchonete significa alguma coisa? Como não achar que ir até a fronteira oeste ao lado de um padre quando se está na iminência de fazer uma escolha tão definitiva pode não querer dizer que Deus está apontando para um dos lados?

Mas qual dos lados?

Se o sinal é divino, a interpretação é sempre humana.

No quarto do Hotel Ramona, colocou a camisola e se cobriu até o queixo e isso não era muito diferente de estar na sua própria casa, exceto que ali ela podia chorar à vontade sem assustar os filhos. Acabou dormindo mais. Depois do meio-dia, usando óculos escuros em uma tarde de nuvens que pareciam moldadas em cimento, saiu para dar uma volta no Centro. Alguns poucos quarteirões e já estava no Uruguai. Eram as mesmas pessoas de um lado e de outro, falando uma mistura de castelhano e português diante das mesmas lojinhas e bares e padarias. Talvez tenha passado por sua cabeça — um lampejo desagradável logo jogado fora — que ter saído do Brasil, que estar agora nas ruas de Rivera examinando manequins com casacos de inverno configurava-se tecnicamente como crime. Ela tinha recebido, afinal, uma convocação da Polícia Civil para depor na manhã de 23 de junho, ou seja, o dia seguinte. Mas ia ficar em Livramento. Era uma decisão que tomara sozinha, e não sem resistência. Tinha ouvido o marido gritar enquanto ele arrancava as roupas dela da mala e as jogava no chão e a chamava de louca; tinha ouvido Souza Andrade dizer que ela causaria um dano irreversível à defesa de Raul caso não comparecesse ao depoimento. Mas colocou calmamente as roupas de volta na mala, pegou um táxi, desceu na rodoviária, comprou a passagem.

Antes de depor, precisava de um tempo para pensar. A solidão era uma liberdade na vida dos homens, mas Carmen ainda não tinha certeza de como funcionava para ela. Parou na frente de uma loja chamada Siñeriz. O sistema de free shops era uma novidade em Rivera, aberto em 1987. Na vitrine iluminada como um portal para outra dimensão, ela se deparou com coisas que nunca vira serem vendidas no Brasil. Perfumes franceses. Panelas elétricas. Carrinhos de controle remoto. Entrou na loja.

Enquanto isso, em Porto Alegre, o desaparecimento de minha mãe era apenas um dos fatos novos que estavam movimentando o caso Satti.

Depois de meu pai descrever o Edifício Elizabeth com suas grades recém-instaladas para, logo em seguida, declarar que não passava naquela esquina havia pelo menos cinco meses, os delegados Viana e Meyer decidiram deslocar imediatamente um policial à paisana até a praça Horizonte. Não demorou para que ele visse algo suspeito. Aconteceu na mesma noite do depoimento informal, às 21h15: o deputado Matzenbacher saiu de casa sem nada nas mãos e embarcou em um Chevette branco. Rapidamente, o policial se pôs a segui-los em outro Chevette. Dirigiram por um trecho da Casemiro de Abreu, onde então pararam no Posto Figueroa, mas não abasteceram o carro nem desceram para comprar nada na loja de conveniências. Oito minutos mais tarde, retomaram o caminho até a Goethe, pegaram o viaduto da Silva Só, depois dobraram na Ipiranga em direção à Viamão para daí tomarem a Salvador França, a Nilo Peçanha, a Pedro Ivo, embrenhando-se em seguida por ruazinhas do Mont Serrat que não levam a lugar algum. Ali, estacionaram diante de um terreno baldio. O policial estava perplexo. Não parecia fazer o menor sentido deslocar-se por metade da cidade para no fim chegar a um lote vazio que ficava a menos de um quilômetro do ponto de partida.

Durante o tempo que ficaram parados, nem Matzenbacher nem o motorista desceram do carro. Então, depois de cinco minutos, deixaram o terreno para trás, dirigindo até a 24 de Outubro e seguindo de lá rumo ao Centro. Nesse ponto, já se contavam no relógio cinquenta minutos de um deslocamento inútil, geograficamente injustificável. Terminaram o passeio junto ao meio-fio da praça Horizonte, onde Raul desceu do Chevette branco como quem desce de um táxi.

Dois dias mais tarde, em seu depoimento oficial, Raul Matzenbacher contaria em detalhes o que fizera na noite do crime — comprou cigarros, dirigiu para espairecer, visitou um terreno de sua propriedade —, e todos os passos descritos nos mínimos detalhes espaciais e temporais eram exatamente os mesmos que dera a bordo do misterioso Chevette branco.

Para a polícia, ficara claro que Souza Andrade havia arquitetado aquele passeio noturno para então cronometrá-lo e encaixá-lo à chegada de Raul em casa na noite de 7 de junho, onde, para sua sorte, tinha se deparado com a inesperada visita de Alberto e Estela Sartori.

O Chevette estava registrado no nome de certo Hugo Morelli. O filho de Hugo, Maurício, trabalhava como office boy no escritório de Souza Andrade.

Felipe Silveira, funcionário do Posto Figueroa, ao examinar novamente as fotografias de Raul dispostas na mesa de interrogatório, continuava declarando que não se lembrava de ter visto aquele homem comprar cigarros Minister, uma marca bastante incomum, na noite de 7 de junho. Felipe passara a noite inteira no caixa. Para Souza Andrade, na falta de pessoas que pudessem confirmar os supostos movimentos de seu cliente, restava agarrar-se ao depoimento de Alberto — *Eram 22h15 quando Raul chegou, delegado* — e dar um jeito de mostrar que Satti fora sem dúvida morto após esse horário.

Mas o teste do álibi, às vésperas do depoimento de Raul, acabou fazendo um estrago grande.

No mesmo dia em que os delegados conduziam essa nova rodada de depoimentos, peritos do Instituto de Criminalística trabalhavam em uma fita microcassete apreendida no apartamento da Quintino Bocaiuva. Na fita, que havia sido encontrada dentro de um pequeno gravador, podiam-se ouvir pedaços de uma conversa entre Satti e três homens no que parecia um encontro regado a doses de conhaque e insinuações sexuais. *Quer transar? Eu não vou transar contigo hoje!*, escutava-se a voz de Satti dizer a certa altura, mas a resposta de um dos homens era primeiro mastigada por um chiado, depois varrida pelo silêncio total. A conversa voltava após alguns minutos, mas já em outro ponto, e na verdade todo o microcassete era composto de sucessivas passagens mal gravadas e longos retalhos de vazio, como se alguém não muito versado em tecnologia tivesse tentado usar a fita para outra coisa ou simplesmente apertado o botão errado.

A questão principal, de qualquer maneira, era por que Satti havia gravado uma conversa tão banal quanto comprometedora. Era difícil até mesmo especular sobre isso. Trechos da fita indicavam que ao menos dois dos três homens eram soldados da Brigada Militar (*Lá no batalhão tu não pode fazer essas coisas*), e alguns investigadores levantaram a hipótese de que Satti poderia estar sendo chantageado por eles. Ninguém, no entanto, teve coragem de arregaçar as mangas e enfiar os braços na lama, de modo que o tal microcassete acabou figurando no inquérito apenas como uma peça inconclusiva que apontava um caminho nunca seguido.

Em Rivera, ainda na tarde de 21 de junho, Carmen Matzenbacher se afastou das luzes intensas da Siñeriz e das amostras de perfume e das promoções de Ballantine's, caminhando de volta ao Brasil sem pressa com duas sacolas de compras. Tinha se dado presentes, comprado coisas para os filhos, um barbeador e uma escova elétrica para o marido. O marido. Olhou para as nuvens imensas estacionadas sobre a cidade e viu a chuva fina que começava a cair sem ruído, mas nem por isso apertou o passo. Eu sempre a imaginava em seguida no quarto de hotel, de pé diante da janela e no entanto sem ver muita coisa, com o cabelo úmido e as roupas geladas. Era como eu enxergava a tomada de grandes decisões: certa paralisia do corpo enquanto a mente atava e desatava ideias em busca de algum sentido. Ela deve ter pensado de novo no padre do ônibus. Pode ter feito perguntas a Deus. O certo é que saiu do quarto um pouco depois de o sol se pôr e entrou no restaurante do hotel e jantou cercada de casais e algumas crianças ao som de um piano. Quando voltou a Porto Alegre dois dias mais tarde, já tinha certeza de que, se fosse preciso, mentiria à polícia e à imprensa para salvar meu pai. Sua família precisava estar acima de tudo. Cortar um bife sozinha em um piano-bar, além disso, era a coisa mais triste que Carmen já tinha feito.

Depois de conferir o relógio mais uma vez e ter certeza de que Carmen Matzenbacher não compareceria ao depoimento, o delegado Apóstolo Viana — segundo o escrivão presente na sala, que contaria o fato por anos a fio como uma anedota do seu tempo na polícia — se ausentou por um instante e reapareceu segurando uma colher de sopa e um vidro de Olina Essência de Vida. Despejou na colher o líquido denso e escuro até que visse o membranoso fenômeno da tensão superficial, depois engoliu a dose de Olina, mordendo os lábios em seguida como se não fosse admissível perder uma única gota daquele digestivo fitoterápico. Em um canto da sala, o delegado Wilson Meyer olhava o colega com curiosidade. "Já tomou?", teria dito Apóstolo Viana. O outro balançou a cabeça, incrédulo. "Isso aqui é o que me deixa vivo", sentenciou Viana. Naquele preciso instante, o escrivão soube — ou ao menos assim contaria — que Apóstolo Viana ia acabar sendo traído por Wilson Meyer.

"Se ela foi num enterro, quero o atestado de óbito", disse Apóstolo Viana enquanto andava pela sala. "Se viajou pra visitar um familiar doente, quero o registro da internação. É um absurdo, um desrespeito uma coisa dessas!"

E no entanto, no dia seguinte, Souza Andrade já havia conseguido amaciar os dois delegados com a promessa de que Carmen iria ao Palácio da Polícia assim que colocasse os pés em Porto Alegre. Era preciso entender que a mulher estava em choque, disse, tendo perdido um grande amigo e vendo agora o marido e pai de seus filhos como suspeito de um crime tão bárbaro. Meyer balançava a cabeça, concordando. Viana olhava para longe, a mão às vezes pousada no baixo-ventre. E porque eles eram homens da lógica, prosseguiu o advogado, talvez fosse difícil de aceitar, mas o fato era que a maioria das pessoas agia muito menos com o cérebro e muito mais com o coração, especialmente quando se tratava de uma mulher.

Dois dias depois, Souza Andrade cumpriu a palavra e deixou Carmen diante do Palácio, scarpin, minissaia, blusa de gola rulê, blazer de tweed. Ela cumprimentou os delegados e o escrivão e se sentou com as pernas cruzadas e apoiou sobre a mesa as mãos de unhas feitas com esmalte incolor. Aceitou um copo de água com um sorriso. Os gestos precisos, a coreografia da resiliência e da tranquilidade, em nada lembravam a mulher que, duas semanas antes, havia recebido a polícia em casa em um estado físico e mental lastimável. Naquela ocasião, mal coberta por um roupão cor-de-rosa, tinha balbuciado frases sem pé nem cabeça (*O importante é viver, ver o verde, uma árvore, botar fora o relógio*), caminhado entre os móveis da sala com imensa dificuldade, batendo-se em quinas em pelo menos dois momentos, e finalmente conduzido os policiais a um quartinho repleto de velharias nos fundos da casa, onde apontara um estojo de couro que continha uma espingarda .12 da marca Beretta (a perícia não encontraria resíduos de pólvora na arma em questão). Agora, em frente aos delegados, naquele que era seu primeiro depoimento oficial, Carmen estava calma e articulada.

"Na noite de 7 de junho, a senhora recebeu uma visita do casal Sartori."

"Sim. O concerto que eles assistiriam na Ospa tinha sido cancelado."

"A que horas eles chegaram na sua residência?"

"Por volta das 21h15."

"Como sabe que eram 21h15?"

"Porque eu tinha recém-colocado minha filha na cama. É a hora que eu faço isso."

"Seu marido estava em casa?"

"Não, tinha saído."

"E disse aonde ia?"

"Raul sente muita falta do campo, ele é de São Gabriel. A cidade é claustrofóbica para ele. Além disso, com todas as pressões da vida de parlamentar…"

"Dona Carmen, vou pedir que a senhora divague menos", disse o delegado Viana. "Por favor, responda de forma objetiva. Seu marido disse aonde ia quando saiu de casa na noite de 7 de junho?"

"Desculpa, delegado." Ela sorriu e rearranjou as pernas. "Falou que ia comprar cigarros e aproveitaria para dar uma volta de carro."

"Era a noite mais fria do ano", comentou Viana em um impulso, e Wilson Meyer rapidamente o fuzilou com os olhos.

"O Raul não tem problema com frio. Adora."

"A senhora lembra a que horas ele voltou para casa?"

"Eram 22h15. Vi no relógio da sala assim que escutei o carro chegando."

O escrivão martelava as palavras na máquina de escrever. Tentava não olhar para a mulher, mas sentia o perfume.

"Vamos falar um pouco de João Carlos Satti. Como a senhora definiria sua relação com ele?"

"Amizade. Ele era um amigo muito querido."

Wilson Meyer limpou a garganta.

"Dona Carmen, é sabido que circulavam alguns boatos na Assembleia de que a senhora estaria, digamos, apaixonada pela vítima."

"Sabe o que é, delegado Meyer? As pessoas às vezes confundem amor, no sentido romântico, com outra coisa, um sentimento também muito bonito, de pura e simples admiração."

"Então a senhora admirava Satti?"

"Ah, sim, muito. Sempre admirei."

Bem orientada por Souza Andrade, Carmen passaria todo o depoimento negando as fofocas nascidas nos corredores e gabinetes da Assembleia Legislativa; não, ela nunca havia escrito cartas de amor ao "Deputado Ozônio"; não, ao contrário do que alegava Paulo Bittencourt, Raul jamais demonstrara o mínimo ciúme em relação a Satti; sim, ela tinha oferecido alguns presentes ao deputado, duas, três coisinhas, mas isso lhe parecia um gesto normal entre amigos. Além disso, ela precisava confessar, a decoração daquele apartamento, se é que se podia chamar assim, precisava desesperadamente de uma mão feminina. Ela só queria, em resumo, levar um pouco mais de calor, de alma, àquela vida tão desregrada de homem solteiro.

"Me dói dizer isso, pelo carinho que eu sinto e sempre vou sentir pelo Satti, mas…"

O delegado Viana a encarava sem sequer piscar.

"A senhora deve dizer tudo o que é necessário dizer."

Ela descruzou e recruzou as pernas, depois se inclinou para a frente.

"Nem sempre nós concordamos com tudo o que alguém

que a gente gosta faz. O Satti tinha essa outra vida, uma vida secreta."

"Isso era algo do qual a senhora tinha conhecimento antes de ele ser assassinado?"

"Não, ele nunca me falou nada, digo, nada sobre isso. Mas agora me parece óbvio. Olhando para trás. A própria relação com o Fred, nós chegamos a ir juntos pra praia, os quatro. Ele enganou todo mundo."

Parou de falar e olhou para o teto. O barulho da máquina de escrever cessou.

"Prossiga, dona Carmen."

"Os senhores devem concordar que alimentar essas mentiras era conveniente para ele. Esses boatos todos de que eu estava apaixonada. Não estou dizendo que o Satti era uma má pessoa, jamais diria isso. Ele só queria se proteger."

"Se proteger do quê?"

"Esconder dos outros o homossexualismo. Numa situação assim, quem faria diferente?"

"O Satti podia ser um homem muito galanteador", me disse Glória Andrade em 2001, na tarde em que finalmente aceitou me encontrar. Ainda morava na mesma casa onde ele a deixara minutos antes de ser assassinado. Eu era uma garota de vinte e três anos, alta, com ombros de nadadora e recém-formada em biologia, minhas unhas estavam sempre sujas e meus únicos sapatos eram um par de botas de caminhada. Glória era uma mulher de cinquenta e dois anos, cabelos nos ombros, olhos caninos, blusa azul-marinho com um padrão delicado de flores, em uma casa que me parecia patologicamente limpa e organizada. Por ironia, trabalhava desde 1998 como diretora do Museu da Comunicação Hipólito da Costa, uma instituição estadual cujo acervo incluía toda a cobertura impressa, televisiva e radiofônica do caso Satti.

Mastiguei a última garfada da torta que ela tinha me oferecido. Glória não havia sequer tocado na fatia dela. Depois de um começo travado e constrangedor — "Nunca imaginei que ia ter alguém da tua família na minha sala" —, ela parecia agora bastante à vontade, com a disposição de sempre em falar sobre o caso, justamente do jeito que me fora descrita, alguém que precisava repetir e repetir a história nos mais variados contextos sociais, talvez para que a cidade nunca se esquecesse do que acontecera.

(Mas a cidade se esqueceria.)

"É claro que a tua mãe tava apaixonada. O Satti não inventou nada disso, a gente podia ver no olhar, no jeito que ela falava com ele. Tinha uma coisa intensa. Brilhava, tu me entende? Às vezes isso até constrangia quem tava em volta. Eu lembro inclusive de um dia ver teu pai incomodado, um jantar, alguma coisa oficial, eu tava lá como imprensa e vi, porque tua mãe nunca foi uma pessoa discreta, né. Teu pai, sim, sempre com uma cara de quem queria cavar um buraco e se enfiar lá dentro, a não ser quando tava de jaleco ou então no gabinete ou na tribuna. Aí o poder dava alguma confiança. Já o Satti não podia ser mais diferente disso, o reizinho da festa, a confiança tava dentro dele, não fora, tu me entende? É engraçado, Cecília, mas eu sempre tive medo de que o Satti fosse morrer jovem. Quando eu dizia isso pra ele, ele gargalhava. Ele já mexia em muito vespeiro quando era jornalista, às vezes eu tinha que segurar ele, 'Satti, não vamos falar disso ainda, o homem tem as costas quentes'. Como deputado, é claro que ele só ficou pior. Era vespeiro atrás de vespeiro. Não foi só a lei dos clorofluorcarbonetos, imagina esse negócio, um homem muito à frente do seu tempo, querendo discutir meio ambiente nos anos oitenta!, mas teve também o projeto de unificar a Polícia Militar e a Polícia Civil, que acabou engavetado.

Enfim, tanta vida de gente picareta que ele conseguiu atrapalhar ao menos um pouco. Mas é triste, viu? Esse país. Tem umas pessoas que entram na política achando que vão poder fazer alguma coisa, ele foi um desses, mas aí veem que o buraco é mais embaixo. Esse poço não tem fundo, guria."

"Mas foi algo mais simples que matou ele, tu não acha?"
"Quê?"
"Não foi nenhuma dessas grandes tramas."
"Grandes tramas, é… como tu chamaria o que aconteceu?"
"Uma questão de honra."

Glória sorriu, aérea, e então repetiu a palavra *honra*. Em seguida, pegou seu prato de torta e enfiou o garfo nas camadas de pão de ló e ovos moles. Mastigou como se mastigasse papel. Tinha se acostumado rápido à minha presença, mas agora parecia se lembrar de quem eu era.

"Quer mais torta?", perguntou.
"Não, brigada. Tava ótima."

Ela deu mais uma garfada automática.

"Vocês eram muito amigos, tu e o Satti."
"Muito."
"Ele nunca te disse que era gay?"

Ela desviou os olhos e deu um meio-sorriso. Uma ideia passou voando pela minha cabeça: Glória também havia se apaixonado por João Carlos Satti.

"Olha, nem existia essa palavra na época, *gay*, tu sabe. Não, ele nunca comentou nada comigo, mas eu prefiro sinceramente não entrar nesse assunto. Se ele nunca quis falar, não vou ser eu agora que vou fazer isso, né?"

"Claro, eu entendo. Desculpa."
"Não, tudo bem. Quer ver uma coisa?"

Ela saiu da sala. Na peça ao lado, ouvi um armário sendo aberto. A casa de Glória Andrade, pensei. Ela já devia estar cansada de rememorar aqueles acontecimentos em eventos sociais, jantares íntimos, artigos para a imprensa, homenagens de caráter oficial, a cada vez tendo de erguer um novo pedestal para João Carlos Satti, um trabalho de Sísifo da memória cuja função era tanto lidar com o trauma como manter seu amigo vivo. Glória, em nenhuma dessas ocasiões, escondia sua certeza de que meu pai havia matado Satti. E sem dúvida só aceitara me encontrar naquela tarde porque eu tinha me apressado em dizer ao telefone: "Eu sei que foi ele, Glória". Talvez tenha passado pela cabeça dela, sobretudo depois de eu dizer essa frase, que meu objetivo com aquele encontro era lhe revelar algo bombástico. Uma confissão do meu pai, por exemplo. Em 2001, ainda havia tempo para isso; faltavam sete anos para o assassinato de Satti prescrever, quando então ninguém mais poderia ser preso por aquele crime, fossem quais fossem as circunstâncias.

Glória voltou para a sala carregando uma pilha de coisas: três fichários, algo que parecia um quadro, uma peça de roupa dobrada e, por cima de tudo, um chapéu. Então ela também tinha construído seu inventário. Dei um sorriso cúmplice.

Ela se sentou ao meu lado, colocou a pilha à sua esquerda e começou a mostrar os objetos um a um. O chapéu campeiro marrom era na verdade um presente que Satti dera a Fred (perguntei se ela sabia do paradeiro dele e ela disse que não). A camiseta do time amador de futebol estampava o número 11 e o patrocínio da Ughini (*A dona Maria de Lurdes me deixou ficar com ela, eu sempre ia ver ele jogar*). Em seguida, Glória me mostrou uma fotografia emoldurada de uma comemoração do fim do ano de 1984 na Churrascaria Zequinha. Era uma mesa comprida com funcionários da Rádio Gaúcha, e provavelmente fora tirada por um desses fotógrafos que rodavam a noite de Porto Alegre e entravam nos restaurantes e bares e se aproximavam das mesas e diziam *Com licença, vocês gostariam de eternizar esse momento*? Era fácil reconhecer o rosto de Glória, envolvido na época em cabelos armados e fofos. Satti, no centro da mesa, parecia mais magro do que nas minhas lembranças.

Glória então me mostrou a foto de um cavalo. Era um animal castanho com o rosto quase todo branco, como se alguém tivesse esquecido de pintar um pedaço. Estava de perfil, troteando dentro da moldura clara. Aquela imagem me parecia estranhamente familiar.

"Acho que eu já vi esse cavalo", eu disse.

"Deve ter visto, porque era um quadro que ficava lá no gabinete dele. Tu ia na Assembleia de vez em quando, não?"

"Às vezes minha mãe me levava quando não tinha com quem me deixar."

"É, eu te vi uma vez que eu tava lá fazendo uma entrevista, tão bonitinha. Com teus irmãos, o Vinícius e o…"

"Marco."

"Cecília."

Glória de repente pegou minha mão e a envolveu nas dela. Estava chorando.

"Tu me disse no telefone que tinha certeza. Teu pai confessou, falou alguma coisa pra ti durante todos esses anos?"

Eu me sentia péssima por ter criado aquela situação.

"Eu só sei por causa dos fatos", respondi. Queria sair dali, ficar sozinha. As mãos suadas de Glória deslizaram pela minha e finalmente a soltaram.

"A hora que ele chegou em casa naquela noite não foi a hora que ele disse que chegou", eu disse, oferecendo a ela um prêmio de consolação. "Eu tinha nove anos, mas sabia olhar um relógio digital."

Glória estava visivelmente decepcionada. Esfregou as lágrimas com um lenço de papel que surgiu na sua mão em um passe de mágica, e então pegou um dos fichários cuja etiqueta dizia Caso Satti — *Correio do Povo*. Começou a folheá-lo como uma guia dormente de um museu do interior.

Na manhã de 28 de junho, Apóstolo Viana saía de casa para mais um dia de trabalho quando encontrou um bilhete anônimo na caixa de correio. Fora escrito a lápis em metade de uma folha de caderno, caligrafia pontuda, uma considerável pressão sobre o papel, largo espaço entre as palavras.

Delegado, esse é um alerta de um amigo. Encontros estão acontecendo sem o seu conhecimento! Abra bem os olhos! Querem inocentar Matzenbacher! São eles: deputado Ferrari, secretário Galvani, dr. Orlando e seu colega Wilson Meyer. Toda as quintas-feiras na avenida Caçapava 191/302, às 20h. Delegado Apóstolo, não permita esse complô! A justiça deve ser feita. Confiamos no senhor para defender os princípios da corporação.

Segurando a meia folha de caderno sob o sol, Apóstolo Viana sentiu uma leve tontura e recostou-se no banco do edifício. Decidiu, vendo as nuvens rodarem lá no alto, que precisava urgentemente agir. Já estava fazendo seu melhor como titular da Delegacia de Homicídios, mas agora percebia com mais clareza que era preciso também combater as forças internas que temiam a verdade e as consequências do caso Satti. Sim, pela justiça. Sim, pela memória do jornalista e deputado. Sim, pela imagem da Polícia Civil perante a sociedade gaúcha. De maneira que Viana trabalhou naquele dia e no outro e no outro sem contar a ninguém sobre o bilhete anônimo, apenas ficou mais atento à conduta de Wilson Meyer, que, como ele já sabia havia muito tempo, estava longe de ser exemplar: o delegado tinha atos ilícitos nas costas, notadamente relacionados ao escândalo de um ex-juiz que depositara em uma conta bancária pessoal o dinheiro apreendido de um notório traficante do estado. Além disso, Viana desconfiava que Meyer estivesse vazando informações do caso Satti para a imprensa com o objetivo de tumultuar as investigações e desacreditar o inquérito, que logo seria remetido ao Ministério Público.

Na quinta-feira à noite, portanto, ele dirigiu até a avenida Caçapava. Tudo isso está descrito no livro que lançou quatro anos depois, A *verdade definitiva sobre o caso Satti*, sua maneira de se defender das críticas que sofreu. Um livro confuso e mal editado que pouco circulou, com oitenta por cento da pequena tiragem soterrada em um conjunto comercial da Osvaldo Aranha. Na página 20, Apóstolo Viana estaciona na avenida Caçapava (*Aceitei o desafio de contrariar algumas das forças mais poderosas do Rio Grande do Sul*). O número 191 é um edifício de três andares e tijolos aparentes, e o tal dr. Orlando Dutra, advogado do PMDB, mora na cobertura. Na página seguinte do livro, Viana reconhece o secretário de Segurança, José Eduardo Galvani, descendo de um carro preto. Apressa-se em tirar uma fotografia, fazendo o mesmo quando vê chegar o deputado Ferrari e, finalmente, Wilson Meyer. Fica ali por algumas horas, olhando as luzes acesas da cobertura enquanto relembra certas atitudes suspeitas de Meyer: para ele, o relatório do passeio de Raul, que coincidia com o trajeto que ele alegaria ter feito na noite do crime, era "um documento imprestável e sem nenhum valor probatório"; Fred ainda figurava na lista de suspeitos porque assim quis Meyer, embora seu álibi já tivesse sido confirmado por mais de dez pessoas (*As bichas podem estar tudo mentindo, eu não me surpreenderia em nada!*); além disso, o secretário Galvani, quando falara com Apóstolo Viana na semana anterior, demonstrara saber de detalhes da investigação que, em teoria, eram estritamente confidenciais.

Aquele encontro noturno durou cerca de uma hora e meia.

Na página 22, já de posse das fotografias reveladas, que saem subexpostas mas ainda assim aproveitáveis, o delegado marca uma audiência com o governador. Conta tudo o que sabe e vai tirando as fotos de um envelope, que o governador rejeita com um gesto porque diz não ter dúvidas de que o delegado está falando a verdade. O governador olha o relógio e assegura a Apóstolo Viana que só o que lhe interessa é descobrir quem matou Satti, doa a quem doer, e então promete ligar imediatamente ao chefe de polícia, a autoridade máxima da corporação, para, se necessário for, investigar a conduta de Wilson Meyer. O governador não diz nada a respeito do deputado Ferrari, do secretário de Segurança ou do advogado do seu partido.

Meyer jamais seria afastado do caso.

Em 5 de julho, passado quase um mês da noite do crime, surge uma nova reviravolta nas investigações: uma moradora da rua Marquês do Herval procura a polícia. Chama-se Eulália da Silva. Diz ter visto o assassino de Satti enquanto passeava com seu cãozinho.

Eulália é surda-muda.

Não aprendeu a ler ou escrever.

Mal sabe a linguagem de sinais.

Um intérprete é designado para acompanhar seu depoimento.

Eulália conta — ou o intérprete assim entende — que, na noite de 7 de junho, saiu para passear às 21h30 com o cachorrinho, como era seu hábito. Ao subir a Quintino, viu um Monza cinza com aerofólio estacionado diante do Edifício Elizabeth, logo percebendo que havia um homem dentro do carro, branco, careca, vestindo roupas escuras. Fez a volta na quadra e, quando retornou à esquina da Quintino com a Marquês, parou porque o cachorro queria fazer xixi. Enquanto esperava, Eulália viu seu vizinho, João Carlos Satti, atravessar a rua na direção do edifício dele. Nesse momento, o homem do Monza, agora usando uma boina, desceu do carro. Tirou do casaco uma arma grande, que teve de segurar com as duas mãos para efetuar os tiros, deixando Satti estatelado no chão. Voltou ao carro e saiu em disparada.

"Uma testemunha claramente plantada pela acusação", declara Souza Andrade à *Zero Hora* no dia seguinte, em uma edição que vende como água com a manchete "Surda-muda viu o assassino de Satti". Naquela mesma semana, descobre-se que Eulália tinha aparecido no SBT, quatro dias depois do crime: na filmagem, ela passeia com o cãozinho diante do edifício de Satti, e então para e cumprimenta Fred.

Em *A verdade definitiva sobre o caso Satti*, Viana sem dúvida sente que precisa explicar por que Eulália só apareceu no caso às vésperas de o crime completar um mês, na reta finalíssima do inquérito policial. Dedica um capítulo inteiro a isso, descrevendo-a com a minúcia de um Balzac confuso: Eulália da Silva, a costureira de quarenta e seis anos cuja mãe tragicamente contraíra rubéola durante a gravidez, nascendo incapaz de ouvir, mas que, apesar disso, *acabou tendo uma vida digna e se tornou uma das peças-chave do crime mais intrigante que esse estado já viu.*

No plenário do Tribunal de Justiça, Eulália se senta. Terá três intérpretes à disposição. Há uma plateia atenta e curiosa, e dez homens calvos fazem deliberadamente parte dela; Eulália em breve deverá ser convocada a reconhecer a pessoa que viu na noite de 7 de junho. Membros da acusação, da defesa, assim como o principal suspeito do crime, estão na área designada aos magistrados. Um dos intérpretes faz a pergunta a Eulália. Quem era o homem com a espingarda? Ela se levanta, percorre a plateia e observa as pessoas presentes, se detendo por alguns segundos diante de todos os carecas. Então o relator a convida para examinar também a outra ala do plenário. Ao se aproximar, Eulália, quase sem deter o olhar sobre ninguém, aponta para o homem na extremidade esquerda da mesa. A fotografia desse instante se tornará célebre. Souza Andrade sorri. Meu pai: olhando para longe, finge ignorar o gesto de Eulália.

Quatro dias mais tarde, Marli colocou suas roupas e as poucas coisinhas que enfeitavam a casa-garagem dentro de uma mala rasgada que tinha sido da minha mãe. Primeiro não queria dizer nada, depois, com a insistência, evitando encarar uma tia Eliane perplexa, admitiu quase aos sussurros que ia se separar de Adelino. Uma futura mulher desquitada. Fez o sinal da cruz, se ergueu do mochinho — na casa-garagem ainda mais triste sem as flores de plástico e o calendário de paisagem — e sentenciou que, além disso, o lugar dela era perto dos filhos. Tia Eliane engoliu em seco, incapaz de retrucar, decerto ainda pensando no bebê de outra mulher que ela tinha imaginado por meses como seu.

Marli foi arrastando a mala pela alça de couro no calçamento irregular da Bela Vista e desviou de uma raiz exposta e tocou a campainha da nossa casa. Essas despedidas aconteciam enquanto Adelino fazia um serviço no escritório do meu tio, mas ninguém nunca soube se ele foi pego de surpresa pela partida da mulher ou se simplesmente preferiu ignorar o que estava acontecendo. Na sala, Marli deu um abraço meio arisco na minha mãe — o que eu ia entender algum dia —, depois se ajoelhou para me beijar e me abraçar, quase me tirando o ar de tanto que me apertava. Logo em seguida, Vinícius e Marco desceram para dizer tchau. Foi a última vez que a vi.

Marli aceitou que minha mãe chamasse um táxi (*É o mínimo, deixa de ser boba!*) para levá-la até a rodoviária, onde então ia tomar o ônibus para São Gabriel e ficar com os dois meninos e os pais na casa meio torta que uma vez ela tinha me apontado da janela do carro. Procuraria um novo emprego (Não, dona Carmen, não quero voltar pra estância, imagina). Ia se ajeitar na vida, se Deus quisesse e a Nossa Senhora permitisse. Entrou no táxi e, no entanto, não foi direto para a rodoviária. Com um peso no peito e a voz teimando em falhar, disse para o taxista outra coisa. "O senhor sabe onde fica o Palácio da Polícia?"

Pararam na frente do prédio pesado e ela deu o dinheiro da dona Carmen para ele, que tirou a mala do porta-malas, disse "boa tarde" e foi embora. As quatro colunas altíssimas, duas de cada lado da porta principal, lembravam as grades de uma prisão. Arrastou a mala pela meia dúzia de degraus que precisava vencer antes de entrar, a mala tombou de lado, um homem veio dar uma ajudinha, tentou olhar para os peitos dela e logo depois desapareceu no saguão.

Era amplo. Dois homens algemados iam sendo conduzidos na direção de uma das muitas portas. Viu uma mulher atrás de uma mesa falando ao telefone. Esperou que desligasse e anunciou: "Queria falar com o delegado, é sobre o caso Satti. Tenho informações".

Recebiam muitos telefonemas anônimos, muitas pistas falsas, até de gente que estava presa e dizia que conhecia o matador e inventava histórias mirabolantes para ter a pena reduzida. Mas raramente alguém ia até ali. Por sorte, foi o delegado Viana que a recebeu. Pôs um copo de água e um cafezinho adoçado diante dela e falou que era todo ouvidos. *Sempre tive uma boa intuição*, escreveria depois no livro que provavelmente imaginou como fenômeno editorial, *e por isso logo soube que aquela mulher teria coisas de extrema importância a contar.*

Marli começou do início, e o início era ela com dezesseis anos já trabalhando na estância dos Matzenbacher, "isso antes do seu Walter falecer por causa do acidente de carro lá na serra". Quem era esse? O pai do doutor Raul e do seu Werner. Não precisava ir tanto para trás na história, mas queria deixar muito claro que tinha dedicado a vida àquela família. E o que sobrava de dedicação era do Adelino e dos filhos. Adelino, o marido. Agora essas duas pontas se uniam no abalo. Sentia as pernas bambas mesmo sentada.

Os dois moram sem os filhos, moravam, na garagem do seu Werner, de onde ela tinha acabado de sair de mala e cuia, como o delegado bem podia ver. Ela era empregada nas duas casas, de Raul e de Werner. Adelino começou como jardineiro, mas foi fazendo de tudo um pouco. Sempre muito dedicado. No dia depois de matarem o seu Satti, disse, ela tinha achado estranho o seu Werner chamar Adelino para ir a São Gabriel. Uma coisa assim podia acontecer, mas era sempre planejada. Não naquele dia. E pareceu esquisito que não fosse, ainda mais porque Adelino não deu jeito de explicar o que diabos tinha para fazer na estância. Mas tudo bem. Ela deixou pra lá. Ficou o dia todo lavando roupa e chorando pelo seu Satti, de quem sempre gostara muito. Passaram poucos dias, e todo mundo começou a dizer que seu Raul podia ter feito aquilo. Achou uma bobagem. Eles eram amigos! Aí logo surgiu a sem-vergonhice toda do seu Satti, e essa foi mais uma coisa que ela teve dificuldade em acreditar. Mas matar um homem era o maior dos pecados, tinha certeza, e era por isso que ela estava ali.

Apóstolo Viana esperava pacientemente pelo desenrolar da história.

Anteontem, continuou Marli, estavam vendo TV. Ela e Adelino. Isso depois do jantar e depois de ele ter bebido uma cachacinha. Ela não sabia quantas doses, mas com certeza várias. Adelino nunca tinha sido homem de beber, e ela podia jurar por Nossa Senhora que aquilo tinha começado depois da morte do seu Satti. Deus que me perdoe e perdoe o pai dos meus filhos. Na TV, era o telejornal. Apareceu, com música dramática e letras vermelhas: caso Satti. E aí começaram a falar de coisas que Marli já tinha ouvido no rádio ou visto ali mesmo na televisão, só que, quando surgiu na tela o tal Paulo Bittencourt, que era o chefe do gabinete do seu Satti, Adelino ficou muito agitado. Mostraram a cara dele bem de perto, os microfones quase raspando na boca, e ele dizendo: *O Deputado Matzenbacher, dias antes do crime, esteve na frente do prédio de Satti.* Então Adelino teve um ataque de fúria. Começou a gritar. "E o que gritou foram essas palavras, delegado: *Já matamos um veado, podemos matar outro!*"

Viana se ajeitou na cadeira.

"Dona Marli, vou chamar o escrivão para registrar o que a senhora está me contando, tudo bem? É muito importante isso, Dona Marli. Muito importante, muito corajoso, a senhora ter vindo até aqui."

"Eu tô deixando meu marido, doutor."

"Eu sei."

"A polícia vai proteger eu e meus filhos lá em São Gabriel?"

"Claro que vai, todos vão ficar bem. A senhora fique tranquila com isso."

Três dias depois, a Polícia Civil submeteria o inquérito de mais de mil páginas ao Ministério Público, sugerindo que meu pai fosse indiciado pelo crime.

Entro de novo na sala das relíquias. Vou para perto de duas raposas, um urso-pardo, um órix-da-arábia, e me deito na postura do cadáver, *shavásana*. O odor amadeirado da vitrine antiga e o toque macio do carpete na palma das minhas mãos me relaxam. Apoio o celular sobre a barriga. Logo em seguida, sinto as vibrações de várias mensagens, mas não olho imediatamente. Primeiro preciso tirar minha mãe de dentro de mim. Começo a pensar em paisagens, uma floresta de coníferas com bolsões de neblina, uma praia rochosa, um deserto e, embora isso pareça ingênuo, já comprovei muitas vezes que funciona. Sempre que posso, esse é meu pequeno ritual depois de falar com minha mãe ao telefone. Jesse às vezes me vê assim na sala de casa e começa a rir. Galhos balançam, um corvo sai voando, os seixos no leito de um rio sussurram para ninguém.

Ainda deitada, sinto o telefone vibrar mais uma vez. Me levanto e olho para a tela. Está tomada de mensagens dele. A última diz: "Sei que te enlouqueci com esse papo de filhos". Escrevo: "Vem me encontrar na Norton?".

Ele responde em segundos.

"Tô indo!"

Deve levar uma meia hora para chegar aqui.

Eu gosto da minha vida, digo a mim mesma. Apago a luz da sala vitoriana e caminho de volta para a oficina. Foi tão difícil achar uma coisa que eu realmente gostasse de fazer. Quando dirigi dez anos atrás até Kooskia, Idaho, ainda não tinha muita clareza sobre o que estava fazendo. Uma semana antes, enviara um cheque de cinco mil dólares para um cara chamado Troy Rogers. Era praticamente todo o dinheiro que eu conseguira guardar nos últimos três anos. Atravessei Nevada com a sensação de que aquela era uma aposta alta demais. Parei para olhar as dunas de areia em Winnemucca. O que eu sabia afinal sobre taxidermia? Os filmes adoravam mostrar animais empalhados para deixar claro que certo personagem era um louco perigoso. Cabanas com troféus de caça apareciam como cenários de crimes lentamente arquitetados. Alguém da cidade de repente se via em um lugar selvagem e despovoado e todos nós sabíamos que aquela pessoa ia se dar mal. Mas eu não era uma louca perigosa, tampouco achava que as únicas reações possíveis diante de um animal daqueles era sentir calafrios, ficar aterrorizada ou temer pela própria vida. Na época, eu estava trabalhando em uma loja que lembrava um antigo gabinete de curiosidades. Nós vendíamos alguns animais empalhados de pequeno porte. Eu gostava deles. Eles me deixavam intrigada. Eram animais e eram também objetos. Além disso, e acima de tudo, eu guardava lembranças muito nítidas das minhas visitas ao museu de história natural de Nova York. Nada era mais incrível que os dioramas. Eu tinha passado muitas horas diante deles, a poucos centímetros do vidro, completamente abismada pelos habitats refeitos nos mínimos detalhes. Queria entender como aquilo tudo fora construído.

Parecia uma combinação fascinante de ciência e teatro. Comecei a ler vários livros sobre o tema.

Cheguei a Kooskia às dez da noite, os faróis da minha van estropiada lutando para iluminar as estradinhas rurais. Por muito pouco não atropelei um coelho. Saiu apavorado, pulando na direção do rio que eu não conseguia enxergar. Troy ouviu o motor do carro e veio me receber. Ele era alto e um pouco menos rosado do que na fotografia do site, um cara de cinquenta e poucos anos, cem por cento anglo-saxão e que levava muito a sério a manutenção do seu cavanhaque. Eu tinha feito quinze horas de estrada e me sentia moída, mas queria dar a Troy a ideia de que eu era suficientemente durona a ponto de não achar nada de mais encarar o caminho todo em um único dia. Eu disse que nem tinha visto o tempo passar. Fomos até minha cabana — pequena e honesta — e ele me mostrou o armário onde eu poderia colocar minhas roupas, os cobertores extras de que talvez eu precisasse, toalhas, o controle da televisão, o aquecimento.

Na porta, Troy me desejou boa-noite, depois se virou para mim de novo e disse que meu esquilo, meu faisão e meu cervo já estavam no freezer. Agradeci. Por um tempo, ouvi suas botas pisando o cascalho. Elas logo foram levadas pelo vento.

Meu esquilo, meu faisão e meu cervo.

As janelas não mostravam o que havia do lado de fora, mas sim o reflexo da própria cabana.

Conheci os outros alunos na manhã seguinte. Daniel trouxe a cabeça de um cervo dentro de um cooler. Era só a pele, como uma máscara de Halloween com espaço para os olhos, e Troy o elogiou pelas incisões perfeitas que fizera para descolá-la das galhadas. John era um senhor aposentado que estava em seu segundo curso. Queria agora aprender a montar aves mais complexas. Robert e Carrie tinham se dado aquelas duas semanas como presente de quinze anos de casamento (*Que romântico!*, os outros disseram, e Carrie riu e fez um carinho no dorso da mão de Robert). A turma se completava com Alexander, um veterano do Afeganistão e caçador entusiasmado que se revelaria o menos habilidoso dentre nós.

A princípio, me senti um pouco intimidada em saber que alguns dos meus colegas não eram iniciantes. Mas o que me incomodou mesmo foi o fato de eu achá-los tão diferentes de mim e tão parecidos uns com os outros. Eles haviam crescido próximos aos animais que queriam montar, moravam em lugares rurais, eram republicanos, e todos, com exceção de John, caçavam. Para os cinco, aquilo ia ser uma espécie de artesanato que por acaso envolvia pele, carne e ossos, enquanto para mim a taxidermia era também muitas outras coisas: história, narrativa, alegoria, espetáculo, a fusão entre vida e morte, entre civilização e mundo natural. Sim, eu me sentia um pouco superior aos meus colegas. Ao mesmo tempo, tinha certeza de que era eu quem estava na Escola Artística de Taxidermia pelos motivos errados.

Perdi cinco mil dólares, pensei. Agi por impulso, fiz uma besteira monstruosa. Estou no interior de Idaho.

Então Troy me pôs diante do esquilo morto. Todas as reflexões e teorias, todas as coisas que eu tinha lido desapareceram assim que segurei o bisturi. Cortei o esquilo desde a base da cabeça até dois centímetros antes do rabo. Fui soltando com delicadeza a pele da carne, e às vezes precisava usar um pouco de bórax para me ajudar com isso. Removi os testículos internos. Os dedos eram a parte mais complicada. Depois veio a cabeça. Desuni as pálpebras dos olhos. Segurei as orelhas com a pontinha dos dedos. Com a pele toda separada da carcaça — tão frágil, como o casaquinho de uma boneca bebê —, fui tirando com a lâmina os restos de carne, gordura e tecido conjuntivo, aplicando a pressão certa para não causar nenhum dano à pele. Troy disse que eu era habilidosa e muito detalhista. Eu nem olhei para ele.

Penduramos a pele do esquilo em um varal como uma roupa recém-lavada.

No outro dia, fiz a montagem. Ele me deu um manequim de espuma pré-moldado e eu o esculpi de acordo com as medidas do meu esquilo. Coloquei um pouco de argila ao redor do buraco que ia receber os olhinhos de vidro e uma haste de chenile cujo propósito era manter o rabo levantado. Costurei a pele sobre o manequim e reconstruí o rosto do esquilo usando um palito de dente e seis alfinetes. Quando olhei para o que eu tinha feito, fui tomada por uma sensação avassaladora de realização. Era um sentimento brutal e primitivo, como as recompensas químicas de uma corrida.

"Você tem um talento natural", disse Troy.

Todos os outros sorriram para mim.

Jesse me envia uma mensagem para dizer que chegou ao estacionamento. Vou até a recepção me sentindo meio apreensiva com a perspectiva da nossa conversa e o vejo através da porta de vidro: um homem bonito e triste recortado pelo sol de Los Angeles, uma espécie de ídolo venerado em um mundo paralelo, mãos nos bolsos da jaqueta jeans, cabelos soltos ondulando como fogo. Vem caminhando no ritmo imposto pelas botas de caubói, lento e seguro, o rosto contraído pelo excesso de luz e, naquele instante, eu sei que não quero nunca me separar dele.

Destranco a porta.

"Oi", ele é o primeiro a dizer.

"Oi."

Nossas reconciliações costumam ser lentas. Às vezes dependem de um sexo agressivo em algum lugar que não seja nossa cama, como se, para nos reencontrarmos, precisássemos antes fingir ser pessoas diferentes. Outras vezes, as coisas só se resolvem depois que Jesse fala e fala e fala e então finalmente me vence no cansaço e eu acabo falando também. Tranco a porta atrás dele e começo a caminhar de volta à oficina pensando que aquela será uma reconciliação baseada em conversa. Jesse vem atrás de mim. Ainda preciso de um pouco de distância, então me sento em uma cadeira de escritório. Ele fica de pé, andando de um lado para o outro.

"Eu vou dizer mais uma vez: desculpa, Cecília. Sei que eu fiz uma coisa horrível. Mas eu..."

"Mas? Até quando você vai ficar relativizando?"

"Eu só ia dizer que não queria te machucar."

"Você jogou o chaveiro exatamente na minha direção."

"Eu sei, eu sei, é imperdoável. Quer dizer", ele faz uma pausa. "Espero que não seja imperdoável. Eu não sou só isso, sabe. Você não pode me julgar por um único gesto."

Prefiro não dizer nada. Jesse funga. Talvez esteja chorando. Seu olhar percorre a oficina e então parece se fixar em um urso-pardo ereto em processo de secagem.

"Será que a gente não pode conversar lá fora? Acho que eu tô em desvantagem aqui."

Ficamos de pé no estacionamento. Há uma brisa fresca. Um cara com uma caixa de som portátil passa na calçada ouvindo hip-hop em espanhol. Jesse se encosta no carro e cruza os braços.

"Você gostou da menina?"

De repente ele me parece tão vulnerável. Sinto que eu poderia quebrá-lo em mil pedaços.

"Essa não é a questão", digo.

"A questão é por que você transou com outra pessoa."

"Por que será que eu tenho certeza de que você acha que foi autossabotagem?"

Ele ri.

"E não foi?"

Um flash rápido de Kristen separando minhas coxas com as mãos, o sorrisinho sacana antes de enfiar a língua em mim.

"As pessoas só dizem isso pra se proteger", respondo.

Jesse parece confuso, então eu continuo.

"Alguém faz uma coisa estúpida, mas você não quer aceitar porque gosta da pessoa. 'Pera aí, como ela pôde fazer uma coisa tão imbecil dessas?' Então…" Faço um gesto como se destacasse uma palavra escrita no ar. "Autossabotagem."

"Bom, isso continua sem explicar você."

"Sei lá, Jesse. Vaidade. Desejo. As coisas humanas de sempre."

Ele se desencosta do carro, não consegue ficar parado.

"Eu sei que a culpa é minha também. Eu tive uma família decente. Eu não sei o que é ser você. Meus pais eram tão apaixonados um pelo outro que, quando eu tinha uns dez anos, comecei a sentir vergonha daquele amor tão explícito. 'Parem de se tocar!', sabe? Eles tiveram o momento deles de 'viver da terra', 'brigar com as instituições', mas depois correram para fazer filhos e garantir empregos estáveis."

"Parece meio triste."

"Bom, eles nunca enxergaram assim. Não sentiam nenhuma nostalgia. Não gostaram só da juventude, gostaram do caminho inteiro. Parece que ainda gostam, todos os dias."

"Não sei aonde você quer chegar com isso."

"Aonde eu quero chegar? Que é perigoso ficar presa ao passado, não aceitar o fluxo contínuo da vida. O tempo passa e ele vai destruir o seu barquinho se você não começar a remar."

"Jesse, olha só. O que é isso, um TED Talk? Em primeiro lugar, *o fluxo contínuo da vida* não precisa incluir um filho."

"Não é o que a biologia diz."

"Foda-se a biologia. Em segundo lugar, tô chocada que você venha fazer esse seu discurso sobre aceitar mudanças. Tipo, olha pra você. Que mudança você acha que tá aceitando?"

Ele realmente chega mais perto do carro e se olha no reflexo da janela.

"Não consigo ver nada. Esse é o jeito que *você* me vê."

A discussão morre por alguns instantes. Durante esse tempo, tudo me parece patético, revestido de uma falta de sentido acachapante: das barracas dos moradores de rua multiplicando-se em um dos lugares mais ricos do mundo às nossas crenças individuais já tão cristalizadas aos quarenta anos.

"Eu te amo", Jesse diz de repente. "Quero ficar com você."

"Eu também te amo."

"Eu não preciso de um filho."

"É bom saber disso. Sério mesmo."

Nós nos beijamos e eu sinto meu corpo todo se aquecendo e o típico alívio explosivo de um fim de briga. Ficamos abraçados ali no estacionamento vazio, exibindo para desconhecidos nossa coreografia de reconciliação.

"Preciso te contar uma coisa. Meu pai teve um AVC."

Ele me solta.

"O quê? Quando?"

"Faz umas duas semanas."

"Por que você não me contou? Como ele tá?"

"Ele tá bem. Quer dizer. Não vai mais conseguir falar. Eu queria ter contado antes, mas, sei lá, você não tava aqui, e as coisas entre a gente andavam superestranhas. Eu não consegui, desculpa."

"E você não pensou em ir pra lá?"

"Só pensei como algo que eu não ia fazer de jeito nenhum."

"Cecília."

"Você sabe disso."

"É diferente agora."

"Não é diferente, nada é diferente."

"O que o Vini acha?"

"O que ele acha? Ah, ele ficou insistindo, ele correu pra lá, o que eu não consigo entender, depois de..."

"Amor, escuta. Você tem que ir. Esquece seu pai, tudo bem, e vá pelo seu irmão. Por favor, você precisa. Pelo seu irmão, só isso."

ANJO AZUL

Eram os anos oitenta. Hiperinflação, estagnação econômica, as últimas braçadas da ditadura. No fim do veraneio de 1986, em Atlântida, um menino de dezesseis anos chamado Alex Thomas foi espancado com golpes de caratê por filhinhos de papai integrantes da Gangue da Matriz. Uma voadora esmagou seu coração. Alex Thomas morreu no local. Dois dias depois, o presidente José Sarney — com aquele bigode de taturana — anunciou aos brasileiros e brasileiras o complicado e audacioso Plano Cruzado, que trocava a moeda, cortava zeros e congelava o preço das mercadorias.

A partir de amanhã, um quilo de café só poderá custar noventa e nove cruzados.

Todos precisavam estar vigilantes. As maquininhas remarcadoras tinham passado a ser o inimigo número um do país. Então as donas de casa entenderam o plano e iam aos mercados com a tabela de preços e flagravam abusos e chamavam os fiscais da Sunab, a Superintendência Nacional do Abastacimento. Eram sempre insuficientes diante da demanda, os fiscais da

Sunab, rodando pelas cidades em Brasílias velhas e surgindo como heróis na porta dos supermercados Musamar, Nova Olinda, Real, Oceano, Jumbo, Pegue e Leve, Manda Brasa. No Rio de Janeiro, uma multidão invadiu uma lanchonete Bob's ao verem um funcionário alterando o painel de preços. Quebraram as máquinas de sorvete e foram embora comendo hambúrguer no meio da destruição. Em um supermercado de Curitiba, um cidadão tentou ele próprio fechar o estabelecimento abusivo (*Em nome do nosso presidente, em nome do povo e da Nova República!*). Erguia bem alto aos olhos de todos dois vidros de maionese como prova incontestável das remarcações. Em São Paulo, Porto Alegre, Salvador, Vitória, consumidores que aguardavam a polícia e os fiscais nos corredores das lojas traidoras do país cantavam o Hino Nacional a plenos pulmões, sentindo-se finalmente embriagados de poder.

Mas, em apenas oito meses, o Plano Cruzado se revelaria um fracasso. Faltavam produtos nas prateleiras, nascia por todos os lados um mercado paralelo. A inflação voltaria a níveis piores do que antes, e os planos econômicos seguintes seriam igualmente desastrosos até a criação do real.

Em 1986, Vinícius Matzenbacher tinha catorze anos. As efígies amassadas de Rui Barbosa e Oswaldo Cruz no bolso das suas calças ganharam carimbos do Banco Central — *dez cruzados, cinquenta cruzados* —, e o cachorro-quente prensado da escola ficou incríveis duas semanas sendo vendido pelo mesmo preço (cachorro-quente prensado não era um item na tabela da Sunab). Poucas coisas além dessas mudaram em seu mundo de adolescente. O Brasil instável era tudo o que ele conhecia, afinal de contas, e a família Matzenbacher ia navegando muito bem na inflação de dois dígitos ao mês.

Em março daquele ano, Vinícius queria ir para Capão da Canoa. Até ali, os pais tinham-no levado ao litoral pouquíssimas vezes na vida. Parecia trabalhoso demais. Ele se lembrava de entrar com boias de braço na água cor de Nescau, do gosto de sal da primeira onda e do buraco na areia onde enterraram Marco até o peito (*Tu lembra disso, Ciça?*). Não tinha, no entanto, nenhuma memória sobre o pai de saco cheio de ter que ir até o mar com as crianças e da mãe com areia nos dentes porque ventava demais e ela só queria que pelo amor de deus os três filhos calassem a boca. De qualquer maneira, daquela vez, Carmen não teria incômodo algum: Vinícius ficaria instalado na casa modesta, porém confortável, da família de um colega, Ricardo Pereira, com pais, irmãos e um filhote de Rottweiler. Talvez a empregada deles fosse junto.

Mas Carmen teve taquicardia só de ouvir o filho mencionar a praia. Havia semanas que o tal Alex Thomas não saía da sua cabeça. Uma violência tão aleatória, o guri estava só andando na rua com dois amigos! E a brutalidade do episódio fora chocante. Ela pensava nos golpes com cabo de vassoura, na voadora fatal, naquela família agora esfacelada por rapazes que queriam aplicar na rua o que aprendiam nas academias de artes marciais (falava-se na imprensa em proibição, ou no mínimo em um controle rigoroso dos alunos pelas autoridades, e ela concordava desde que tinha ouvido um tenente da brigada falar sobre isso no rádio). Então disse ao filho que não o deixaria ir. A praia andava perigosa demais. Ele chiou, pediu que ela ligasse para a mãe de Ricardo. Ela disse não. Vinícius começou a chorar. Era um choro esganiçado, incompatível com a idade que tinha agora seu filho mais velho. Ficou assustada. "Teu pai teria um troço se te visse nesse estado", disse, talvez com um nó no peito, talvez com um medo latente do futuro. Então sugeriu na voz trêmula das mães pasmas que Vinícius convidasse o Rica para ir um dia até São Gabriel com eles. E o mandou lavar o rosto antes que Raul chegasse em casa.

A verdade era que Vinícius — e isso ele não contou a ninguém por muitos anos — sentia uma vergonha imensa da estância. Caçava perdizes e marrecos apenas porque não havia escolha, o vô caçador, o pai caçador, o filho precisava também atirar. Tomava mate na frente da casa e comia ovelha recém-carneada que empapava a farofa de sangue e tinha que vestir aquela bombacha que fora presente dos tios. Não era apenas constrangedor, mas a fonte de um incômodo constante. Toda essa vida campeira parecia a Vinícius desajeitada e feia.

Por isso nunca levara a São Gabriel nenhum dos poucos amigos que tinha, e não ia fazer diferente daquela vez. Além de tudo, a amizade com Ricardo Pereira não durou muito mais; Rica foi se afastando como outros haviam feito antes, de maneira que Vinícius agora durante o recreio caminhava sozinho, durante o recreio, até as partes mais distantes da escola, o almoxarifado, a igreja, a sede do grupo escoteiro. Às vésperas do Plano Cruzado II, ele tinha ganhado um walkman. E acontecia, quando estava com o walkman, uma espécie de mágica: ele se sentia bem. Incrivelmente bem. Podia transformar o entorno em qualquer coisa que quisesse.

E assim conheceu o famoso Luciano Bretas em 1987. Estavam na fila da lanchonete da escola. "In between days" vazava dos fones de ouvido de Vinícius.

"Tá ouvindo The Cure?"

"É."

"Afudê."

Luciano era repetente do terceiro ano. Tinha cheiro de cigarro e perto de um metro e oitenta e andava com roupas e coisas que só podiam ser compradas fora do Brasil. Isso não chegava a ser visto, no entanto, como motivo de admiração ou inveja, uma vez que Luciano parecia para quase todos um guri esquisito demais para despertar qualquer reação positiva. Um mau elemento. Um degenerado. Corriam boatos de que torturava gatos de rua em rituais satânicos e que tinha destruído o carro do pai dirigindo bêbado para os lados do Lami, onde possivelmente fora comprar um bode. Durante uma discussão, quebrara o braço da própria irmã. Treinava apneia na piscina do clube e chegou a ser ressuscitado uma vez por muito pouco. Alguém da sétima série o tinha visto desenhar um pentagrama no campinho de futebol. Nada dessas coisas era verdade — talvez só o pentagrama —, mas, de qualquer jeito, Vinícius gostava de ouvir sobre elas. A fama de mau sempre lhe parecera uma forte razão para se aproximar de Luciano, não um motivo para temê-lo. Faltava apenas uma chance.

Começaram a ser vistos juntos, os dois punks da escola, que não eram punks coisa nenhuma, mas pareciam estranhos o suficiente para serem *alguma coisa* com um nome. Para Vinícius, além de Luciano ser sem dúvida a pessoa mais interessante entre toda aquela gente sem graça, seu novo amigo ainda tinha o mérito de ter — e isso era verdade — uma incrível coleção de discos, fitas e revistas gringas de música, presentes que o pai trazia de viagens a trabalho ao exterior a despeito do vergonhoso desempenho escolar do filho (*Tu não acha que tá mimando demais esse menino, Cláudio?*). Naqueles primeiros meses de amizade, Vinícius ampliou seu gosto para além do que ouvia na Rádio Ipanema. A trilha sonora da sua vida era agora uma espécie de névoa densa de guitarras sobrepostas e sintetizadores etéreos.

Em dezembro, Luciano se formou aos trancos, confirmando a tese de que ninguém era mesmo reprovado no último ano da escola. Não passou no vestibular para engenharia civil. Mesmo não tendo cumprido nenhuma expectativa familiar até aquele ponto, Luciano era dono de um Voyage desde que tinha feito dezoito anos, um pouco antes da formatura. Tratava-se de um carro usado, malcuidado e barulhento, a única "punição" que o pai tivera coragem de aplicar ao filho.

Dentro daquele carro, Vinícius conheceu, pela primeira vez, a cidade.

A cidade que era o verso da cidade de seus pais.

Dirigiam bem devagar pela avenida Osvaldo Aranha. Às vezes desciam e ficavam um tempo na frente do Bar João vendo os punks de verdade estirados na calçada cheirando cola e os metaleiros em um círculo com um garrafão de vinho no meio. Atravessavam a rua e se misturavam àquela gente de pé no Escaler e conversavam com um ou outro ou assistiam ao pedaço de um show mal equalizado. Mas Vinícius sempre precisava voltar para casa antes de a noite se tornar realmente interessante, tendo o cuidado de soterrar o bafo do único copo de cachaça com cachorro-quente e Halls preto, uma vez que, para todos os efeitos, tinha passado a noite na casa dos Bretas ouvindo discos de rock.

E havia também as vezes em que os dois iam até a Zona Sul e paravam na praia do Cachimbo. Desligavam o motor. De lá podiam ver, na outra margem do Guaíba, as fumaças intensas da fábrica de celulose que, pouco mais de uma década atrás, costumava empestar Porto Alegre inteira com cheiro de repolho azedo. Ficavam fechados no carro escutando música. Descer seria ter que lidar com o silêncio. Tratava-se de uma rua sem saída, com apenas uma casa, o resto todo era mato crescido. Era comum que houvesse outros carros ali, não mais do que dois ou três, quase sempre ocupados por casais que depois de um tempo acabavam pulando para o banco traseiro. Isso era estranho para eles. Ou parecia estranho, de qualquer maneira, a Vinícius.

Ficava nervoso se pensava muito nisso.

Uma comichão no pau.

Ele tinha dezesseis anos e só uma vez havia dado um beijo em uma menina durante um baile de Carnaval.

Maio de 1988. Luciano tinha brigado com a mãe e precisava *desopilar*. Havia algumas semanas que aprendera essa palavra com alguém ou em algum lugar. Agora precisava sempre *desopilar*. Dirigiram até a praia do Cachimbo. O sol tinha acabado de se pôr quando chegaram lá e o horizonte estava cheio de manchas avermelhadas e púrpura como um machucado velho. No som do Voyage, tocava The Cure. Havia uma meia dúzia de carros estacionados obliquamente à mureta de pedra e, sobre o capô de um deles, um guri e uma guria estavam sentados compartilhando um cigarro como se imitassem a cena de um filme que todo mundo queria ver.

"Essa aí é do caralho", Luciano disse.

Mas Vinícius nem estava prestando atenção na música.

Naquela época, naquela idade, mesmo quando tinham acesso a um disco ou a uma fita cassete, os jovens ouviam realmente duas ou três canções de um mesmo álbum, as que faziam sucesso porque contavam com um refrão irresistível, uma melodia que os carregava sem que precisassem fazer muito esforço. Mas Luciano era diferente. Ele gostava do que ninguém conhecia, do que era estranho e soturno demais para tocar no rádio, gostava das ranhuras esquecidas dos discos.

Agora Vinícius estava ouvindo. Foi ficando hipnotizado pela bateria. A mesma batida sempre. Pareciam pequenos empurrões que o conduziam a um estado letárgico, mas reconfortante. A fábrica de celulose cuspia uma fumaça branca que ia subindo meio de lado no céu já azul-cinzento e, quando o único poste da rua se acendeu, os outros carros começaram a manobrar para ir embora. Luciano balançava a cabeça de olhos fechados. O cabelo castanho-claro cortado com gilete caía sobre o rosto cheio de espinhas. De repente, começou a cantar junto com a música, imitando as ênfases doloridas de Robert Smith.

You never talk

Era um inglês que aprendia nas revistas importadas e nos encartes dos vinis.

We never smile

Vinícius sabia muito menos do que ele.

I scream

Jogou a cabeça para trás e gritou para o teto.

You're nothing

I don't need you anymore

Mas esses versos eram fáceis e Vinícius entendia.

You're nothing

Luciano então parou de cantar. Abriu os olhos e Vinícius não estava rindo porque sentia uma coisa estranha. A música logo chegou ao fim, primeiro as batidas sincopadas, depois a voz de Smith. Parecia que tinha engolido pedras. Tentou mudar o clima.

"Quanto é que tu tomou de conhaque?"

"Eu? Cara, não tomei nem uma gota!"

Vinícius se virou para trás e olhou para a garrafa de Dreher deitada no banco. O líquido caramelo mal cobria a metade do vidro. Agora sim, felizmente, os dois riram.

"Foi meu pai que tomou isso aí, eu só trouxe pra gente dar uns goles."

"E depois a gente enche com água do Guaíba."

De novo Luciano caiu na risada mole da adolescência. Vinícius relaxou o corpo. Tirou uma fita do bolso da jaqueta jeans e disse: "Coloca essa daqui".

Era Depeche Mode. A banda já tinha sido motivo de longas discussões entre eles, com Luciano dizendo que os caras se esforçavam demais para tentar ser um New Order ruim — apenas *Black celebration* era um disco aceitável — e Vinícius exaltando a maturidade sombria e comercial de *Music for the masses*.

"Aí tu tá de sacanagem!", protestou Luciano, mas pegou a

fita mesmo assim e olhou a letra arredondada de Vinícius. *Music for the masses*". Óbvio. Enfiou a fita no deck.

"Só tem música maneira."

"Ah, para. Preciso de conhaque."

Ficaram passando a garrafa um para o outro e logo Vinícius já achava difícil estimar quanto de álcool havia ingerido; certamente mais do que o humilde copinho de cachaça que às vezes Luciano comprava para ele no Bar João — *Vou pegar a de escorpião pra mim e a de tijolo pra ti!* — ou os vários goles de vinho que uma vez aceitara de uns metaleiros. Mas tinha certeza absoluta, isso sim, de que não seria mais possível recolocar a garrafa de Dreher no bar do pai de Luciano fingindo que ela nunca saíra do lugar. Precisariam comprar uma nova. Quantos cruzados custava um conhaque hoje? Quantos cruzados custaria amanhã? Um outro carro continuava ali, apenas um, mas ele não conseguia enxergar as pessoas lá dentro. Ouviu Luciano dizer "Tu gosta dessa mais do que das outras, fala pra mim", e então se virou para ele e parecia que não era possível mexer a cabeça e, ao mesmo tempo, ouvir a música. Tentou se concentrar. "Strangelove." Como podiam estar ainda na terceira faixa do disco se o conhaque era só um fundinho acobreado e a noite tinha caído daquele jeito sobre tudo? Que horas mesmo o pai mandara ele voltar para casa? "E daí que eu gosto", ele respondeu, mas de repente escutar a si mesmo era como escutar uma terceira pessoa falando. Luciano riu. "Tá tudo bem, meu." E ele ia se lembrar dessa frase e dessa noite toda vez que ouvisse "Strangelove" nas pistas de dança, nos táxis de madrugada, nos corredores do supermercado — o rosto de Luciano perdendo a nitidez com os anos até que não conseguisse mais descrevê-lo a si mesmo —, porque foi afinal a partir dali que entendeu que eles eram sim *alguma coisa* com um nome. Pelo menos ele com certeza era.

Mas qual seria a palavra então para Luciano, que agora abria o botão da calça jeans e puxava o fecho e mostrava o pau em um processo avançado de endurecimento. Se acariciou um pouco com os olhos fechados, e ele — Vinícius — nunca tinha se masturbado na frente dos amigos nem feito competição de quem esporrava mais longe, não comparava tamanho de pau com os outros e nem sequer tirava a roupa se não fosse a portas fechadas, mas claro que sabia que aquilo que estava acontecendo era uma coisa bem diferente. Luciano parou. O pau havia ficado totalmente duro. Olhou muito sério para Vinícius. Era um rosto de gente mais velha, o rosto de quem já tinha caído e se levantado e talvez caído de novo. E Vinícius pensou: *É tarde, puta merda, é tarde.* Pegou a garrafa de conhaque e sentiu o queimão do maior gole da sua vida expandindo a garganta enquanto chegava mais perto para tocar Luciano. A palma da mão suada deslizou fácil. Luciano gemia de forma quase imperceptível, a cabeça para trás, apoiada no encosto do banco. E ele ia estar mentindo se dissesse que já tinha pensado naquela cena ou em algo parecido com ela, se dissesse que tinha gozado no chuveiro inúmeras vezes imaginando o pau enorme de Luciano e aqueles olhos fechados. Isso foi depois, quando já não se falavam mais, quando Luciano mandava a mãe dizer no telefone que estava estudando e as fitas então se tornaram, ao menos por um tempo, uma triste lembrança que Vinícius preferia evitar.

"Sacred." Era essa a música que tocava no Voyage. O vaivém ficou mais rápido. *Sacred. Holy. I'm a missionary.* Luciano se contraiu em um espasmo e bateu a nuca no encosto do banco e parecia quase a ponto de gozar. E ele, ele também, mas como, os outros no seu lugar sentiriam alguma coisa, qualquer coisa que fosse? Aquela descarga elétrica que começava na ponta dos dedos e ia até a cabeça do pau? Olhou para fora, pela primeira vez desde que tudo ali dentro do carro tinha se tornado tão, tão grande e incontornável, e essa distração foi um erro grotesco. Ia pagar por isso. Viu a garota. Estava no carro ao lado, no banco do motorista, em cima de alguém que Vinícius não conseguia enxergar porque o encosto estava deitado demais. Não foi a garota em si que arruinou tudo, não foi o movimento da garota para-cima-e-para-baixo e os cabelos no rosto e o peito pequeno que saía para fora do sutiã. Foi porque a garota também virou para o lado e olhou diretamente para ele. E viu. E entendeu. *Alguma coisa com um nome.*

Então Vinícius não quis ver mais nada e deu um pulo para trás e alcançou a maçaneta e de repente o silêncio pareceu entrar no carro, não o contrário. Completamente tonto, saiu na rua e desceu a escada até a praia e tropeçou no último degrau. Ficou de quatro no chão, respirando pesado, as mãos raspando na areia úmida. E Luciano não vinha. Um céu opressivo, branco. Luciano não vinha. Sentiu o vômito subindo. Acertou o primeiro jato em uma oferenda para Oxum.

Ele entrou no Anjo Azul pela primeira vez alguns dias depois. Ficava em uma ruazinha tranquila transversal à Osvaldo, no térreo de um sobrado velho. O letreiro era discreto e mal iluminado, como se fosse melhor que ninguém soubesse que existia. Ao lado da porta, alguém havia pichado *Gothan City* e, abaixo das duas janelas, outra pessoa escrevera *Futuro é lixo*.

Ele sabia que tipo de bar era aquele.

Não tinha, naquela época, a intenção de encontrar alguém. Isso ficaria para muito mais tarde. A noite com Luciano na praia do Cachimbo ia alimentar suas fantasias por algum tempo e, de qualquer maneira, não podia apressar as coisas; precisava antes viver um processo solitário e doloroso que estava infelizmente recém-começando (*Ciça, naqueles meses eu me olhava no espelho e dizia: "Eu sou bicha". Essa era a parte mais difícil do meu dia.*

Meu coração acelerava, eu queria me machucar, sentia a culpa entalada na garganta quase me tirando todo o ar. As bichas que já nasceram orgulhosas uma geração depois não entendem como a gente podia sentir essa coisa que às vezes era, sim, ódio de si mesmo. É que não tinha arco-íris, minha filha, era só porrada. Porrada e o pânico de morrer de aids).

Então Vinícius tinha entrado no Anjo Azul pela primeira vez só para ver como era. O salão, não muito amplo, estava mergulhado em uma meia-luz cálida, o que parecia diferente de todos os outros lugares que ele conhecera com Luciano (*Naquele tempo, os bares tinham luzes demais, um jeitão de açougue mesmo*). Cindy Lauper tocava baixinho em duas caixas de som, uma em cada ponta do balcão. Ele se lembra bem de, por um momento, gostar de estar ali, chegando a acreditar que pediria uma garrafa de cerveja, se sentaria a uma mesa, ficaria olhando o movimento, e que isso seria então uma coisa boa, uma coisa que talvez acalmasse a tormenta que se formava em sua cabeça adolescente.

Olhou ao redor, ainda parado próximo à porta. Algumas mesas estavam ocupadas por homens sozinhos. Pelo menos dois deles poderiam ser pais dos seus colegas de escola, envelopados em casacos grossos, o rosto triste, exausto de tanto descortinar o ambiente. Um jovem de regata puxou uma cadeira e se sentou perto de um velho, que sorriu e bateu palmas quase sem desgrudar as mãos. Naquela altura, a sensação de estar à vontade já tinha se dissipado. Vinícius, mesmo assim, se aproximou do bar.

"E pra ti, amor? Não vai me dizer que tu é maior, né, lindinho?"

Era uma drag. Às vezes se apresentava em um palco improvisado, às vezes ficava atrás do balcão (Uma diva maravilhosa que um filho da puta ia esfaquear na Redenção em 1991). Vinícius saiu correndo sem olhar para trás.

* * *

Quando meu irmão me contou sobre a praia do Cachimbo e sobre sua primeira e segunda ida ao Anjo Azul, eu tinha dezoito anos. Eu sabia, desde os nove, que meu pai havia mentido sobre o horário que chegara em casa na noite de 7 de junho, mas isso nunca fora razão suficiente para eu acreditar que ele era um assassino. Nos anos seguintes, também ficou claro para mim que minha mãe havia se apaixonado por Satti; minha própria maturidade me fez entender o que era aquele jeito com que ela falava dele, aquele atordoamento de estar perto. No entanto, de novo, isso não podia ser motivo para rasgar em pedaços minha figura paterna. Por isso, diante de Vinícius naquela noite, ouvindo a versão completa da história, fiquei paralisada.

"Tu podia ter me contado antes", foi tudo o que consegui dizer na hora.

Começaria a montar minha coleção sobre o caso Satti algumas semanas depois. Eu ainda morava com meu pai. Vinícius alugava um quarto e sala barulhento na Salgado Filho. Tinha acabado de sair de uma internação de seis semanas em uma clínica na serra. Não era a primeira vez e não seria a última. Agora estava frequentando rigorosamente as reuniões dos Narcóticos Anônimos.

"Até que eu podia. Mas eu queria proteger minha irmã caçula, né. Isso tudo é muito…"

Fez uma arminha com a mão, levou-a até a têmpora direita, puxou o gatilho.

"Enfim, eu ia amar continuar nesse papel de irmão mais velho protetor. Só que vamos combinar que eu não tenho mais a menor condição de fazer isso."

Riu, mas queria chorar.

"Tu vai ficar bem, Vini. Eu sei que tu vai."

Estávamos sentados em um sofá de dois lugares, o único móvel da sala. Ouvíamos os guinchos dos ônibus parando um atrás do outro para recolher as filas de trabalhadores exaustos. Vinícius foi até a geladeira e encheu de novo o copo de coca-cola. Deu um gole, colocou o copo no parquê. Coca-cola e chiclete eram seus novos vícios.

O rosto parecia inchado, talvez dos remédios. Não dormia bem. Às vezes me ligava de madrugada e pedia para eu contar uma história (*Alguma coisa bonita que tu aprendeu sobre animais ou plantas, uma coisa de longe da gente*). Eu não me sentia no direito de sofrer mais que meu irmão.

"O Marco sabe? A mãe?", perguntei.

"Sabem o quê?"

"Sobre o Anjo Azul."

"O Marco soube por agora, eu contei um dia que ele foi me visitar na clínica. O NA deixa a gente assim, a gente quer contar tudo!"

"O que ele disse?"

"Que preferia que eu não tivesse dito nada."

Ele segurou minha mão, o gesto que eu não tinha conseguido fazer até ali.

"A mãe soube na época mesmo."

"Antes daquela viagem pra fronteira?"

"Aham. Coitada da nossa mãe."

Ele entrou no Anjo Azul pela segunda vez no fim de maio. O que ele sabia sobre gays até então: os cabeleireiros eram. O tal Rui, dono da galeria de arte que sua mãe frequentava, era. Um guri da quarta série, delicadinho e pálido e que pulava corda com as meninas, sem dúvida viria a ser (*Com quem será que o Bruno vai casar? Loiro, moreno/ careca, cabeludo/ Rei, ladrão/ Polícia, capitão*). Ele sabia sobre aids, o "câncer gay" — falavam assim na TV, no início —, uma doença horrorosa que deixava a pele manchada e ia secando as pessoas até matá-las. Ele tinha visto a mesma fotografia que o jornal usava toda vez que queria falar sobre o vírus: um homem deitado de bruços em uma maca no saguão de um hospital, sendo ignorado por pessoas de pé que tinham outros motivos para estar lá. Ele não sabia nada sobre os outros meninos cujo coração acelerava quando viam um guri bonito na rua ou os galãs de *Armação ilimitada*, aquela confusão inocente que Vinícius também sentia entre a vontade de ser e a vontade de ter. Não sabia sobre os homens casados que alegavam compromissos de trabalho, pegavam um michê da José Bonifácio e iam ser felizes por duas horas em um quarto de motel.

Estava bêbado. Tinha arriscado a sorte dizendo à mãe que ia no Luciano, mas saiu a pé de casa sem que ela visse e caminhou meia hora até o Bom Fim. No Escaler, venderam cerveja para ele sem pedir a carteira de identidade, depois ele tirou proveito da simpatia de uma menina que tampouco parecia ter dezoito anos, secando seu copo de cachaça e coca-cola enquanto ela dizia: *Calma, qualé teu nome mesmo?* Muito bêbado. Agora era só segurar o estômago.

Daquela vez, a porta do Anjo Azul estava encostada, essas portas pesadas de casas velhas cujas fachadas se esfarelam a cada dia — frontões otimistas guerreando com grafites desesperados —, mas ele se sentia estranhamente confiante. Empurrou a porta e entrou no salão à meia-luz. Era uma sexta-feira, o que explicava o fato de o lugar estar tão diferente se comparado àquela outra noite: quase não se viam as mesas porque havia gente demais de pé. Homens, todos eles. Gargalhadas se sobrepunham à música, mantida em um volume discreto, como se aquilo ainda não fosse a festa de verdade.

Pediu uma coca no balcão para um cara musculoso que

parecia um professor de educação física que ele ainda poderia ter na escola. Depois imitou outros homens sozinhos e ficou encostado na parede, aéreo ainda do álcool, às vezes passando a mão no cabelo, meio presa, meio caçador.

Então achou que tinha algo de errado com ele (*Deu um curto no cérebro, pegou fogo no circuito*) porque, entre toda aquela gente estranha do bar, focou um rosto que conhecia muito bem. E nenhum rosto já familiar poderia estar ali dentro do Anjo Azul (*Eu ainda era ingênuo a esse ponto, Ciça*). Estava olhando para ele também. De repente, começou a se aproximar, pasmo, mas simpático. Era João Carlos Satti.

"Vinícius. Tu tá brincando."

Ele corou, olhou para baixo. Um chão escuro coberto de bitucas, úmido.

"Coca-cola, é?"

"Bebi antes."

Satti riu.

"Vem comigo pegar uma cerveja, então."

Não podia acreditar. Talvez o amigo do seu pai tivesse entrado sem saber que tipo de lugar era aquele. Só queria beber uma cerveja. Era sexta-feira. Trabalhava demais. Foram essas as primeiras coisas que pensou.

O cara musculoso conhecia Satti. Deixou os outros clientes esperando.

"Fazia tempo que tu não vinha", disse o cara.

"Se o Fred vem, eu não venho."

"Olha, nunca mais vi o Fred. Achei até que tinha ido embora."

"E pra onde é que ele podia ir?"

Os dois riram.

"Te devolveu o carro pelo menos?"

Satti fechou a cara.

"Tu sabe que eu não sou desse tipo."

O outro não se constrangeu. Era bonito, um sorriso de Ken, os dentes como se fossem uma única placa brilhante.

"E esse guri aí?", perguntou, apontando Vinícius com o queixo.

Naquele momento ele ia dizer alguma coisa, finalmente se integrar na conversa, estava se sentindo mais deslocado do que nunca, mas Satti olhou para ele com reprovação.

"Melhor não dizer teu nome aqui."

E, virando-se para o garçom, respondeu:

"É um amigo meu."

Quando uma mesa ficou vaga, foram se sentar. Vinícius não sabia como agir. Não fazia sentido falar sobre nada corriqueiro, ao mesmo tempo, não tinha coragem de perguntar as coisas que estavam em sua cabeça. O Fred então não era filho dele? Para onde tinha ido? Tentou se distrair com a música, George Michael, aquela que tocava toda hora nas rádios mais comerciais, Luciano riria disso, ia erguer a voz, o dedo, fazer um discurso vibrante sobre o mau gosto para quem quisesse ouvir.

"Até que eu fiquei surpreso", Satti começou a falar, "porque tu é muito novo pra tá aqui. Mas faz sentido. Não vou agora dizer que eu nunca desconfiei."

Ele se sentiu exposto, envergonhado.

"Eu só queria ver como era."

"É o que todo mundo quer."

Ficou com raiva.

"Tu não tem medo de ser visto?"

Satti deu um meio-sorriso e olhou ao redor.

"Ninguém se vê aqui."

Então talvez Vinícius tenha feito cara de quem não entendia.

"Se alguém me vir, vai ter que contar que tava aqui também. O segredo é de mão dupla, é ou não é?"

Beberam aquela cerveja até o fim. Ele foi se soltando, como se estivesse diante de uma pessoa que acabara de conhecer, e de certa forma era isso mesmo, um estranho do Bom Fim que agora escutava sua ladainha sobre a rigidez do pai, a indiferença da mãe, os colegas da escola com os quais não conseguia se conectar. E quase no fim da garrafa contou sobre Luciano, tateando as palavras, porque, mesmo se sentindo progressivamente mais confortável, o calendário dizia 1988; havia um jeito de falar as coisas sem falar naquela época, e ele não podia escapar disso (*A vontade era dizer "Eu penso nesse guri toda hora, acho que tô apaixonado, me ajuda", mas, pensando bem, eu mal conseguia confessar essas coisas pra mim mesmo*).

Satti não comentou nada sobre a própria vida. Mas estava ali.

Perto das dez, Vinícius se levantou para ir embora. A música tinha ficado mais alta, e algumas pessoas haviam afastado as mesas e cadeiras para dançar. Ele não podia voltar muito tarde para casa. Tonteou.

"Tu vai chegar assim? E o teu pai?"

"Vou dar um jeito."

"Tu pode ir pra minha casa. Faço um café preto pra ti."

"Não precisa."

"Tu toma um banho frio lá."

"Eu tenho que ir mesmo."

"Tá bom, tu que sabe. Aonde é que tu disse pra eles que tu ia?"

"Na casa do Luciano."

"Ah, o Luciano."

"Ele tem carro, sempre me deixava em casa depois."

Satti se levantou.

"Eu te levo então e te deixo na esquina."

Os pneus do avião beliscam o solo. *Welcome to Panama, Bienvenidos a Panamá.* Essa terra estreita da América Central sobre a qual eu não sei rigorosamente nada acaba de se tornar o meio caminho entre meu presente e meu passado. Estou seguindo o conselho de Jesse — *vá ao menos pelo seu irmão, Cecília* —, mas não deixei que ele viesse comigo porque essa é uma das tantas coisas que preciso fazer sozinha. Tiro os olhos do meu livro, olho pela janela. Nuvens gordas, tropicais, sempre a um instante de explodirem. Conheço bem essas nuvens. Estou tão perto da linha do Equador agora que consigo sentir a ansiedade como se fosse algo rastejando dentro do meu corpo.

Enquanto o avião taxeia rumo ao terminal, agindo enfim com a lentidão correspondente ao seu peso — voar é que me parece a surpresa nessa história —, releio o último trecho que sublinhei no livro. É ainda a biografia do naturalista Alexander von Humboldt, que viajou pela América do Sul entre 1799 e 1804; finalmente estou avançando na leitura. "*A natureza é o domínio da liberdade*", *disse Humboldt, porque seu equilíbrio foi criado pela diversidade, que, por sua vez, poderia ser entendida como um modelo para a verdade política e moral.* A verdade política e moral. Gostei mesmo disso. Pego a caneta e adiciono uma estrela na margem, depois guardo a garrafa de água e o livro na mochila.

No corredor do avião, as pessoas começaram a entalar. Acertam os tornozelos dos outros com as malas, não pedem desculpas, as crianças gritam porque já vislumbram a saída. Ponho a mochila nas costas e encontro meu espacinho também. Depois de alguns longos minutos, finalmente a porta é aberta e toda a energia reprimida durante quase sete horas de voo começa a ser escoada. Vou andando devagar entre uma menina sonolenta e um senhor bronzeado que fala em espanhol. Por um instante, chego a imaginar que ele é Guillermo, o homem por quem minha mãe se apaixonara durante um cruzeiro no Caribe e que depois desapareceu sem deixar rastro. Sinto uma atração estranha pelos sumiços (Guillermo, mas principalmente Marli e Fred).

Quando passamos pelas poucas fileiras da classe executiva, o sujeito que poderia ser Guillermo olha para os lados com uma expressão que me parece de rancor ou repulsa, como se estivesse pensando: será que essas pessoas precisavam mesmo de pantufas descartáveis? Será que precisavam de tanto mais espaço do que nós? Sobre uma das poltronas, o homem vê um fone de ouvido com cancelamento de ruído, certifica-se de que a aeromoça não está olhando e então surpreendentemente o agarra. Sai com o fone pendurado na mala.

Eu o perco de vista na ponte de desembarque, quando o fato de que estou me aproximando do lugar onde cresci me acerta com mais força. Isso porque sinto o cheiro inconfundível do calor úmido. Mas não dura muito. Dentro do terminal, o ar-condicionado se esforça para deixar o Panamá do lado de fora. Algum erro de engenharia ou defeito mecânico, no entanto, está fazendo com que se criem bolsões de frio alternados com bolsões de calor.

Estou com fome. Escolho uma lanchonete em uma zona fria e peço um sanduíche bonito no cardápio que leva dez minutos para chegar feíssimo, com o recheio translúcido e seco.

Quando decidi que iria ao Brasil, entrei na sala de Andrew e disse que precisava de uma semana de folga porque tinha uma emergência familiar. Ele era uma boa pessoa. Seu rosto foi tomado por complacência e bondade. "Meu pai teve um AVC", expliquei. "Sim, você tem que ir", ele disse, muito enfático e sem perguntar mais nada, praticamente me enxotando da sala como se eu fosse partir já naquele momento. Então se lembrou do leão que eu estava montando e pediu que eu passasse o trabalho a Greg, pois o cliente — um músico famoso, pelo que eu havia apurado — tinha alguma pressa, algo a ver com uma festa que daria no final do mês. Fiquei até o fim do expediente e tive que explicar sobre a viagem também a Greg, que me olhou atônito, como se eu ainda ter um pai vivo fosse a maior das novidades. "Quando você terminar o leão", eu lhe disse antes de sair, "liga pra esse número e avisa, tá?" Greg deu uma espiada no papel. "Quem é Juan?" "O cara que teve que atirar nele."

Tenho quase quatro horas de espera até o voo para Porto Alegre, por isso, depois do sanduíche, eu me sento diante de um portão qualquer e fico olhando uns pássaros negros que brincam do outro lado do vidro. Dei as costas às pessoas de propósito. O excesso de rostos sempre me deixa atordoada.

Uma semana atrás, eu disse a Vinícius em uma chamada de vídeo:

"Eu não tô indo pelo pai."

Ele riu. Havia anos que estava mais leve.

"Eu sei. Tô feliz que tu vem. Quanto tempo faz?"

Não precisei fazer as contas.

"Dezesseis anos."

Por um tempo, ficamos lembrando de quando eu fui embora: levei minha mãe em uma dessas agências de intercâmbio e a fiz pagar minha matrícula em um curso de inglês em Miami. Eu não sabia exatamente que não voltaria, mas o fato é que passei cinco anos guardando dinheiro para a possibilidade de que, sim, aquele Curso de Inglês Intensivo Nível Intermediário se transformasse em outra coisa: eu tinha trabalhado em uma videolocadora, depois em uma floricultura, todo esse tempo ainda morando com meu pai — cada um no seu quarto, o contato reduzido ao mínimo dos mínimos — para pelo menos não ver meu dinheiro sumir em um aluguel.

"Faz então dezesseis anos que tu tá fugindo da despedida", Vini disse.

"Como assim?"

"Era um curso de seis meses, Ciça."

Não respondi.

"Oi, travou aí? Essa imagem tá ruim demais."

"Tô te ouvindo."

Passamos então aos detalhes práticos. Vini também ia comprar uma passagem para Porto Alegre. Por causa do trabalho, chegaria um dia depois de mim. Eu ia dormir em um hotel, tinha afastado completamente do horizonte a possibilidade de ficar na nossa velha casa. Meu pai ainda estava morando lá. Três cuidadoras se alternavam em plantões de quarenta e oito horas.

"Tu sabe que ele não tá falando, né."

"Eu sei."

"E parece que ele não vai voltar a falar."

"Alguém te disse isso?"

"O médico e a fonoaudióloga. Ela nem tá indo mais. Ah, sei lá. Eu perdoei ele, então isso aí tudo só me dá muita pena, sabe?"

"Tu perdoou por causa do NA."

Vinícius riu.

"Tu acha cafona, né?"

"Se funciona pra ti, eu acho ótimo. Sério mesmo."
No aeroporto, aviso Jesse que estou no Panamá. Ele responde em menos de um minuto dizendo que já sabe. Ficou acompanhando meu voo inteiro pelo mapa.

Tentei muitas vezes explicar meu pai a mim mesma. Ele se tornara deputado quase sem querer em um momento histórico de muitas incertezas, mas também de alguma esperança. A esperança é insistente no Brasil.
Raul Matzenbacher foi um parlamentar medíocre. Era mais um desses homenzinhos de ideias pequenininhas e ambiçõezinhas rasteiras que vão fazendo um país. Encontrou um arquirrival no próprio partido. Esse outro homem tinha mais carisma, gana, inteligência e também um revólver na cintura e toda a história gaúcha viril campeira que valia a pena contar. Esse homem era veado. Chupava o pau de brigadianos. Comia um ex-boxeador fodido. Fingiu que o amante para quem dava mesada e havia oferecido uma Parati zero quilômetro era fruto de um antigo relacionamento. Esse homem não era apenas uma ameaça a um país volátil que só podia contar mesmo com a suposta retidão de seus valores; para Raul Matzenbacher, ele começou também a se tornar um grande problema de ordem íntima: primeiro deixou sua esposa encantada, depois chegou perto demais de seu filho esquisito. Precisava morrer. Tenho certeza de que meu pai nunca se arrependeu de ter emboscado o inimigo.
Em todas as vezes que tentei explicá-lo para mim mesma, acabei só sentindo mais raiva. Colocava os recortes de jornal e as fotografias diante de mim e cada vez enxergava menos o indivíduo e mais uma espécie de marionete que respondeu aos estímulos do tempo. Com os anos, fui percebendo que não era exatamente meu olhar que enfatizava uma coisa ou outra: era meu

próprio pai quem tinha feito isso ao decidir puxar o gatilho. Meu próprio pai que não tinha sido indivíduo o suficiente para resistir à barbárie.

Outra coisa que fui entendendo aos poucos: Vinícius só o perdoou porque também precisava ser perdoado.

Depois daquele encontro por acaso no Anjo Azul, meu irmão não pensou muito em Satti. Naqueles dias, sua cabeça estava ocupada por Luciano. Tentou ligar para ele mais algumas vezes, mas o outro nunca pegou o telefone. Certa tarde, foi caminhando até a casa dele. Não tinha um plano (*A adolescência não tem planos, né, ou pelo menos nada muito executável*). O Voyage bordô estava embicado diante da garagem. Por razões óbvias, Vinícius se afeiçoara àquele carro (*Todo estropiado, cheio de adesivos tortos, tinha uma puta personalidade, era totalmente Luciano*). Ele chegou mais perto para olhar. Havia uma batida nova perto do farol esquerdo, teve certeza disso. Certeza absoluta. Em um impulso muito bobo, deslizou a mão pela lataria afundada. A sensação era boa. Começou então a descascar com a unha o pedaço de pintura que já estava querendo sair. Ficou nesse descascar lento e meticuloso enquanto fantasiava que ele tinha algo a ver com aquela batida, que nas últimas semanas Luciano tampouco conseguira dormir e se concentrar e comer e fazer qualquer coisa direito até que isso tudo certa noite veio acabar em um poste.

Era romântico acertar um poste e não morrer.

Ouviu uma voz de criança na casa. Saiu correndo.

Então havia isso, que já parecia muito na época, e havia também, no fundo, a intenção de não pensar em Satti. Isso porque o fato de o colega do nosso pai ser gay não funcionou exatamente para meu irmão como um exemplo libertador. Aquela informação não brilhou como um sinal verde, não mostrou a ele um outro mundo possível; pelo contrário, a vida de Satti parecia indicar que sua própria vida seria difícil, que o mundo que existia era esse mundo mesmo (*Enxerguei o futuro todinho, Ciça, o cenário já tava montado, eu ia ter um emprego de terno e gravata, ia ser um cara discreto, quer dizer, que faz piada de tudo, tipo a alegria do escritório, mas que nunca revela absolutamente nada sobre si mesmo. O máximo da minha liberdade seria não ter uma esposa. Meus colegas no início iam sentir a maior inveja disso, um cara sem amarras, que podia fazer o que quisesse, imagina! Mas, com o tempo, todos começariam a me achar um esquisitão. Eu ia envelhecer sozinho. Teria que pagar por sexo, morrendo de medo de pegar doença. Sentiria vontade de ser amado, primeiro só uma vontadezinha, como se fosse um privilégio que eu ainda não tinha tido a chance de agarrar ou uma coisa que eu até poderia passar sem, mas depois essa vontade cresceria e bagunçaria minha vida inteira. Talvez em algum momento eu achasse um Fred pra mim, um guri bonito precisando de dinheiro, com sonhos que obviamente não me incluiriam*).

Vinícius guardou todas as fitas de Luciano em uma gaveta. Naquelas semanas, matou aula atrás do prédio dos escoteiros e ouviu no walkman apenas as bandas que conhecera sozinho. Deitava a cabeça na mochila, via as nuvens se arrastando. Um dia, falsificou a assinatura do pai em um aviso que dizia que o aluno Vinícius Matzenbacher havia faltado a dois períodos de química e três de matemática. Ele vinha treinando essa assinatura, não apenas para salvar sua pele, mas porque gostava da sensação de poder que isso lhe dava.

A Angêla do SOE não caiu.

Conhecia Raul, um pai rígido, tradicional. Com certeza não o tipo de homem que ia assinar um papel e pronto. Tinham conversado pessoalmente em duas ou três ocasiões, sempre sobre o comportamento inadequado de Vinícius. Ângela decidiu ligar para o gabinete do deputado.

Era 3 de junho de 1988.

Vinícius chegou em casa pelas cinco da tarde.

"E tu tava onde?"

Adaptou os olhos ao breu da sala e viu o pai sentado na poltrona. Terno e gravata. Sapatos pretos no carpete, perfeitamente alinhados.

"Eu tinha um trabalho em grupo. Avisei a mãe."

Mentira. Passara a tarde caminhando a esmo até criar bolhas nos dedos dos pés e então havia parado em uma lanchonete, onde gastou em batata frita e sorvete todo o dinheiro que tinha na carteira. Uma coisa idiota. Ficou olhando o movimento da rua enquanto comia as batatas carnudas por dentro e gordurosas por fora. Lembrou-se de quando, aos dez anos, ganhara um cheque dos tios e o trocara com uma moça por ovos de Páscoa só por causa do celofane colorido que brilhava no sol. A memória o fez gargalhar. Mentira número 2: não tinha falado para a mãe sobre nenhum trabalho em grupo.

"Chegou mais cedo da Assembleia hoje?"

Não era como se ele quisesse conversar, mas, por algum motivo, ainda não se sentia autorizado a deixar a sala. A casa estava silenciosa. Havia algo de diferente, até o cheiro parecia outro (*Ele tinha fechado todas as cortinas*).

"A Ângela andou me telefonando."

"Que Ângela?"

"A Ângela do SOE."

"E o que foi que ela disse?"

Ele riu com os dentes colados.

"Tu sabe o que ela disse, Vinícius, pra que se fazer de imbecil?"

Quis ir pro quarto, ficar sozinho.

"Senta aí um pouco."

Teve que se sentar no lugar para onde o pai apontou com um gesto, bem de frente para ele. Achou que não aguentaria muito tempo sendo olhado daquele jeito.

"Por que tu não te senta direito?"

Quando olhou para si mesmo, a posição se desfez, mas ele sabia: estava com as pernas coladas uma na outra, as mãos sobre os joelhos.

"Vou te levar no Inácio no sábado."

"Eu não quero cortar o cabelo."

"Ué, e eu perguntei se tu quer? Não sei de onde é que tu tira que tu tem que querer alguma coisa. Tu vai ter um cabelo direito que nem o do teu irmão, por que é que tem que ser diferente, hein?"

"Quer dizer que a Ângela te ligou pra falar do meu cabelo?"

Ele se levantou. Pegou a carteira de Minister e o isqueiro no aparador, rindo consigo mesmo.

"Tu te acha muito esperto, né?" Acendeu o cigarro. "Eu sei porque tu não quer ir na aula, e é claro que a Ângela sabe também."

Vinícius ficou confuso.

"E por que eu não quero?"

"Porque teus colegas falam de ti pelas costas."

"Meus colegas? Não, não é isso, tu tá totalmente errado. Ninguém fala de mim! Eu é que acho todo mundo idiota, todo mundo é mangolão naquela escola! Prefiro mil vezes ficar sozinho."

O pai agora tinha chegado mais perto dele.

"Mas gosta mesmo é de ficar com o Luciano."

Vinícius se levantou. Sabia que os olhos entregavam tudo e não conseguiu escondê-los a tempo. A boca tremeu vergonhosamente. Tentou dar as costas, mas foi puxado pelo ombro.

"Escuta o que eu vou te dizer, Vinícius: eu não vou ter um filho bicha."

Ficou chocado. Mal havia descoberto o que era. Repetia todos os dias no espelho, era uma coisa assim ainda tão íntima, não queria de jeito nenhum conceder ao pai o direito de classificá-lo. Claro que não pensou no que estava fazendo.

"Qual é o problema? Tu tem até amigo bicha!"

"Quê?"

"Tu foi pra praia com teu amigo veado e o namoradinho dele!"

Perdera a cabeça. Nunca respondera assim e nunca tinha tomado um tapa daquele jeito. Era quente. A pele latejou. Mexeu o maxilar para os lados, sentiu dois estalos secos, depois tocou o lábio inferior e viu o sangue na ponta do dedo.

"Reage, porra. Tu já tem tamanho pra reagir."

A vontade de chorar havia passado de repente. O pai estava a menos de um metro dele, erguendo o queixo, os punhos fechados em posição de ataque. Vinícius sempre narraria essa cena nas salinhas tristes dos Narcóticos Anônimos como se ela fosse a epítome da violência a que fora submetido pelo pai — o nascimento do previsível trauma que explicava sua dependência química etc. —, mas a verdade era que ele a achava completamente patética, risível.

Ficou parado. Em uma nova tentativa desesperada de provocar uma reação, o pai o empurrou com força. Vinícius caiu sentado no sofá, mas só o que conseguiu e teve vontade de fazer em seguida foi proteger o rosto com o braço magro. Pôde ouvir o desprezo. Sentiu o calor da respiração do pai e depois a nuvem de nicotina expelida quase em cima dele. O cigarro havia sumido, agora reaparecia.

Segundos depois, a porta bateu. Ele tirou o braço da frente

do rosto, abriu os olhos, viu a sala vazia. Qualquer embate precisa de dois. O pai tinha ido atrás de Satti.

A verdade é que ninguém poderia provar o suposto encontro entre os dois deputados na noite de 3 de junho. Nenhum flanelinha reparou no Monza cinza estacionado na rua, nenhum vizinho ouviu vozes exaltadas dentro do apartamento 302. Os acontecimentos desse dia nem sequer foram investigados, uma vez que, desde os primeiríssimos depoimentos informais até a conclusão do inquérito, a polícia — e digo isso pensando sobretudo na figura bizarra do delegado Apóstolo — parecia empenhada apenas em perseguir cegamente a tese do triângulo amoroso.

Para mim e para meu irmão, no entanto, oito anos e muitos estragos depois, foi ficando cada vez mais claro que assim tinha acontecido: após a discussão com Vini, meu pai entrou no carro sabendo exatamente aonde ia. Não estava armado, não houvera tempo para isso. Dirigiu com a raiva na ponta dos dedos e socou o volante algumas vezes no caminho enquanto se formava nele a certeza de que Satti e seu filho haviam conversado. Não sabia onde, quando nem por quê. Não podia sequer imaginar. Estava com a boina de feltro que usaria dali a quatro noites, embora aquela não estivesse especialmente fria (era uma questão de esconder a careca, eu diria a Vinícius, não parecer vulnerável, apresentar a versão completa da masculinidade). O primeiro semáforo abriu. Ele pisou no acelerador durante dois quarteirões residenciais no lusco-fusco e tirou o filho mais velho da cabeça porque era mais fácil desse jeito. Então buscou as memórias que tinha de Satti e Fred juntos enquanto se aproximava rapidamente da Quintino Bocaiuva. Foi recriando as cenas: praia, restaurante, terraço do hotel, um passeio pelas Guaritas. Procurou gestos. Alguma coisa nas conversas. Reviu Satti falando sobre cavalos e

Fred entendiado, bocejando. Um gurizão. Não, ele não tinha visto nada em Torres. Carmen não tinha visto nada (antes tivesse, para desfazer de uma vez por todas sua idolatria imbecil). Ainda assim, ele sabia o que algumas pessoas diziam sobre João Carlos Satti, e agora se perguntava o que ele deveria ter feito. Um covarde, pensou, ultrapassando um carro cheio de gente jovem, que respondeu à manobra com gestos obscenos. Aceitara participar daquele espetáculo grotesco, repulsivo. E pior ainda: tinha exposto a própria família a ele.

Teve vontade de vomitar. Girou a manivela e abriu o vidro até a metade. Sentiu as lufadas de ar golpeando o rosto por um quarteirão e então estava ali, na frente do edifício. Desligou o carro. Não era certo que Satti havia chegado em casa. Podia ter saído da Assembleia e ido direto a algum lugar, a casa da mãe ou uma churrascaria ou quem sabe um bar cheio de aidéticos infelizes pele e osso dançando a marcha fúnebre. Desceu e tocou o interfone.

Por sorte, estava em casa. Passou o portão de ferro — novo —, a porta de vidro, depois subiu o lance de escada porque não era homem de ficar parado esperando elevador. Corredor escuro, a porta do 302 meio aberta, emitindo uma luz amarela e o andamento alegre de uma canção. A petulância do sujeito! Veado de bosta. Entrou. No meio da sala, Satti sorria para ele, camisa dobrada até acima dos cotovelos, manchas de suor nas axilas. O apartamento estava um forno (se olhasse ao redor, veria os presentes de Carmen: um prato de parede, um cálice, dois burrinhos de barro). Satti fez um gesto largo de abraçá-lo, a bicha do caralho, pobrezinha, não fazia a menor ideia do que estava acontecendo. Ele respondeu dando um passo para trás e levantou a mão em um sinal de pare. Então vieram as ofensas em um jorro confuso. Era a primeira vez que falavam às claras sobre a vida secreta de Satti, e talvez ele tenha levado algum tempo para reagir, mas é claro que reagiria, tinha um temperamento explosivo, as pessoas da rádio se lembram muito bem (*Chegava ao estúdio de manhã, tirava o .38 do coldre e deixava a arma em cima da mesa*).

Naquela noite, o que de fato pôs fogo na discussão foi a menção a Vinícius. Um dedo na cara, cheiro azedo de animal: "Fica longe do meu filho, senão eu te mato". Mas Satti não ia aceitar uma coisa daquelas, e ainda mais dentro da própria casa. A raiva se apossou dele como se apossa de alguém uma entidade muito antiga que precisa mandar um recado: "Melhor tu ficar mais atento ao teu filho e menos aos outros porque olha só por onde é que ele anda".

Ouviu as palavras: "Anjo Azul".

Aidéticos infelizes pele e osso dançando a marcha fúnebre.

Sentia uma dor insuportável atrás do olho direito. Mas não podia ir mais longe. Estava dentro do apartamento de outra pessoa e desarmado. Tudo o que fez foi jogar ameaças para o ar e ir embora batendo a porta com força. Desceu todo o lance de escadas escorado no corrimão.

Durante aqueles dias, não teve outra conversa séria com Vinícius — parecia na verdade estar evitando qualquer contato com o filho —, apenas o proibiu completamente de sair de casa. Comunicou a Carmen a nova regra sem dar maiores explicações. Na noite de 4 de junho, foi obrigado a ir a um jantar na Churrascaria Barranco. Antes de sair, entrou no quartinho dos fundos sem que ninguém o visse e colocou a Rossi no banco de trás do carro.

Era um encontro mensal entre políticos, jornalistas, empresários. Chegou um pouco atrasado. Satti estava em uma ponta da mesa, Raul se sentou na ponta oposta. Ignoraram um ao outro durante toda a noite. E não iam faltar testemunhas para, dias depois, declararem à polícia que Matzenbacher tinha lhes parecido sim um pouco estranho. Os adjetivos mais usados seriam: quieto, distante, nervoso, preocupado.

Deixou o prato quase cheio e foi telefonar.

Carmen atendeu. Ele deve ter dito que ainda demoraria. Talvez quisesse também se certificar de que Vinícius estava em casa. Aos amigos no Barranco, voltou à mesa dizendo que precisava ir pois um dos filhos andava meio doente.

Então ficou de tocaia diante do Edifício Elizabeth.

A Rossi estava no banco do carona. O vidro aberto. Ia apoiar a arma na janela e apertar o gatilho, mas isso só depois que Satti o olhasse bem nos olhos.

Por algum motivo, não atirou naquela noite. Voltou três dias depois.

Li isso recentemente: "Os ursos não suportam olhar nos olhos dos humanos, porque veem neles o reflexo de sua própria alma. Um urso que cruza o olhar de um homem buscará sempre apagar aquilo que vê ali. É por isso que, se vê seus olhos, ele inevitavelmente ataca. Você olhou nos olhos dele, não foi?".

Ela tentou umas três chaves. O corredor tinha cheiro da comida de outras pessoas, e a luz que vinha das janelas basculantes pintava a poeira de azul. Eu estava bem ao lado dela, com uma mochila quase maior do que eu, ouvindo seus suspiros crescentes. Até com coisas muito pequenas minha tia ficava nervosa. Vi os dedos agitados escolherem outra chave, talvez a última tentativa antes de ter que procurar um orelhão no centrinho de Capão da Canoa e ligar para sua amiga explicando o que estava acontecendo (*Tem certeza que é esse chaveiro, Dulce? Redondo, de metal?*). Aquela chave, felizmente, deslizou até o fundo da fechadura e se deixou girar duas vezes. Então a porta branca se abriu com um rangido lento e agudo.

"Olha que casa mais bonita!", tia Eliane disse, a mão pesada no entusiasmo como se estivesse falando com uma criança muito mais nova.

Eu, Vinícius e Marco olhamos ao redor, indiferentes. Era uma sala grande que emanava a tristeza das casas de praia: móveis rejeitados de outros lugares, mas ainda sólidos e úteis o suficiente para quebrar um galho em uma casa onde ninguém morava. Uma camada de desuso cobria todas as superfícies, como pelos esbranquiçados ou patas minúsculas.

"Será que ainda dá pra pegar praia hoje?"

Tia Eliane abriu a pesada porta-janela da sacada — o mesmo céu cinza pálido de cinco minutos atrás — enquanto nós disparávamos para ver o resto do apartamento, mais por desespero do que por entusiasmo. Havia um quarto com uma cama de casal, onde Vinícius entrou para olhar como se tivesse alguma chance, e outro um pouco menor com dois beliches. Os beliches eram de madeira clara com nós muito escuros, uma onça-pintada do mundo vegetal. Me sentei sobre um dos colchões sem lençol. Tinha uma grande mancha amarela.

"Tu é lá em cima", disse Vini.

Marco abriu o armário e encontrou os lençóis e uma pilha de cobertores Parahyba.

"Não quero. Vamos tirar discordar então", eu disse, posicionando os dedos atrás das costas.

"Jura", respondeu Marco. "Tu não conhece a regra do beliche?"

Ouvimos tio Werner chegando com as malas.

Aquelas seriam nossas férias de inverno, mas a própria ideia de ter férias naquele ano me parecia esquisita demais. Tínhamos passado exatamente um mês sem ir à aula e até as visitas da tia Silvana foram rareando, a ponto de eu nem saber mais o que meus colegas estavam aprendendo. Eu lia e relia O *naturalista amador* e A *ilha do tesouro* e desenhava insetos que encontrava no jardim e grandes mamíferos que eu nunca tinha visto. Um mês inteiro sem ir para a escola, e de repente um dia a mãe nos sacudiu dizendo "Hora de levantar, hoje tem colégio!", assim, naturalmente, como se aquele ritual nunca tivesse sido interrompido. Eu estava nervosa no primeiro período, já tinha me acostumado a ficar em casa, mas no fim das contas ninguém escreveu *assassino* no quadro ou perguntou se eu sabia onde meu pai tinha guardado a espingarda. Voltamos na manhã seguinte e na próxima. A escola parecia diferente, ou era eu que não cabia mais nela. Talvez já soubesse que aqueles dias eram só um tchau muito longo, a chance de reter na memória os detalhes porque em breve tudo terminaria: suco de uva e pão massinha no lanche, chicletes grudados embaixo das classes, vento encanado entre os pavilhões nos dias frios, o musgo que crescia na sala da quarta série C. No meio daquela semana, meus pais anunciaram que mudaríamos de colégio logo depois das férias de inverno.

Só pessoas com sérios problemas trocavam de escola na metade do ano.

"Gente, vamos se arrumar pra praia, que tal?"

Achamos em um quartinho esteiras ainda cheias de areia e brinquedos de outras crianças. Caminhamos dois quarteirões com prédios baixos e casas hermeticamente fechadas. Um balneário no mês errado. Diante da sorveteria que só ia abrir em novembro, um homem estava em cima de uma escada pintando uma casquinha no letreiro. Bolas de chocolate e morango, meio derretidas. Era um desenho bem ruim, eu faria melhor. Vi o mar e o horizonte logo depois disso, aquela linha que sempre me impressionou na infância, a única linha reta feita pela natureza. Esticamos nossas esteiras na areia dura. As ondas cor de nescau-com-leite faziam um estrondo de trovão e recuavam deixando pontos na areia, que meu tio me mostrou se abaixando: "Olha aqui as tatuíras, Ciça. Tão com as anteninhas pra fora". Pegamos areia molhada com um balde e peneiramos a areia e meu tio pôs duas tatuíras na palma da minha mão. Eram crustáceos pequenos que lembravam tatus-bolas. Fiquei um tempo sentindo cócegas, depois as coloquei de volta no lugar.

Vinícius estava deitado na esteira como se estivesse tomando sol e Marco ia cavando um buraco fundo com uma pá pequena demais. Tia Eliane e tio Werner, nessa hora, caminhavam junto ao mar, olhando para longe, dizendo um para o outro coisas que nenhum de nós três podia ouvir.

"Tu sabe por que a gente tá aqui?", me perguntou Vinícius.

Marco parou de cavar.

"Cala a boca, meu!", e deu um empurrão no ombro do Vini, que continuou imóvel, olhando para o céu. A camiseta ficou salpicada de areia.

"Vão acusar o pai a qualquer momento."

"Cala essa tua boca."

"Um juiz, sei lá, tá lendo a investigação da polícia. Mais de mil páginas."

"Ela não quer saber!"

"Quero sim", eu disse.

Os dois ficaram quietos. Perto do mar, meus tios mudaram de direção, o que já tinham feito algumas vezes, indo e vindo e pisoteando o território das mesmíssimas tatuíras. Não queriam nos perder de vista.

"Ele vai pra cadeia?", perguntei.

"Ele não fez nada", Marco falou. "É absurdo, isso!"

"Ninguém sabe", Vinícius disse, mas não ficou claro se ele estava respondendo a mim ou ao Marco.

"A gente vai ficar em Capão da Canoa pra sempre? A tia Eliane e o tio Werner vão virar nossos pais?"

"A gente vai voltar pra casa", disse Marco, enfático.

Mas eu demorava a pegar no sono na cama de cima do beliche porque o teto era tão perto e o cobertor Parahyba cheirava a lugar fechado e eu tinha que criar histórias muito complexas de mosqueteiros e piratas e exploradores da selva para não pensar no meu pai. Eu acordava todas as manhãs imaginando que aquele seria o dia em que o tio Werner ia receber um telefonema e então nós entenderíamos tudo só de ver a cara dele. Mas na verdade o apartamento nem sequer tinha um telefone. Era a década de oitenta. Havia listas de espera de anos para conseguir um número, e as linhas eram passadas como herança, tão preciosas quanto carros e casas. Então meu tio ia todos os dias até a central da CRT no centrinho de Capão para ligar para Porto Alegre. Era assim que ele saberia, sem testemunhas, tendo uma caminhada de uns quinze minutos até o apartamento para se recuperar do choque, amenizar as notícias, tentar sorrir quando chegasse. Poderia pegar o caminho mais longo, pela beira da praia, e parar para olhar uma coisa tão pequena quanto um menino empinando uma pipa ou tão imensa quanto o oceano Atlântico.

Enquanto meu tio estava fora, tia Eliane fazia torradas para nós. Eu dava mordidas bem pequenas em silêncio e ia tomando o Nescau. Sentada sem comer nada, ela tentava puxar assunto conosco. Às vezes perguntava da escola nova sem saber que aquele era um assunto delicado. Era uma escola salesiana, disse. Tinha até um bosque, disse. Não ia ser legal ter amigos novos? Quando eu ouvia a chave na porta, parava de comer. Meu tio entrava e perguntava se tinha café passado e se sentava à mesa com uma revista de palavras cruzadas. Tudo parecia exatamente igual ao dia anterior.

Mas a questão era que só precisava ser diferente uma única vez.

Esse dia acabou chegando.

Tio Werner entrou com a cabeça baixa. Andou até perto da mesa, olhou bem para tia Eliane, mas não perguntou sobre o café. Fiquei esperando. Ele não tinha trazido nenhuma revista de palavras cruzadas. Os meninos também perceberam que havia algo diferente. Dava para ouvir as pessoas da sala engolindo. Os copos de Nescau batendo nos dentes. Um afiador de facas apitou em uma rua distante.

"Gurizada", meu tio enfim disse. "Vamos conversar um pouco?"

Depois daquela conversa, Vini quis dar uma volta sozinho. Meus tios disseram que tudo bem, desde que ele estivesse em casa em no máximo uma hora e meia. Tio Werner tirou o relógio Casio do pulso e o estendeu a Vinícius, que ajustou a pulseira de metal e encarou os números a um palmo do rosto como se não estivesse entendendo nada. Eu e minha tia ficamos na sacada até ele dobrar a esquina. Ela chorou e secou os olhos com uma toalha de praia.

Vinícius voltou no horário determinado. Mais tarde, quando estávamos só os três no quarto — cheiro de banho e Caladryl nas picadas de mosquito e um silêncio de uma tonelada —, ele disse em voz baixa que tinha uma coisa para nos mostrar. Tirou do bolso. Era uma página de jornal dobrada em quatro.

Matzenbacher é denunciado.

As letras grandes, uma foto do meu pai que acabava na metade da gravata. Na fotografia, umas manchas de luz davam a impressão de que havia uma mão pousada em seu ombro esquerdo. Quatro dedinhos ossudos.

"Alcides Marcondes", disse Vinícius, como se fosse importante reter essa informação. Era o nome que aparecia logo abaixo do nome do meu pai, o tal promotor de Justiça que havia lido as mais de mil páginas.

"O tio falou a verdade", continuou. "O julgamento mesmo ainda vai demorar."

"Shhh, deixa eu ler", disse Marco.

"E o Souza Andrade é o melhor advogado do estado."

"Para um pouquinho, Vini, tô lendo."

Eu também li.

No terceiro parágrafo, o promotor Marcondes descrevia meu pai como *um homem rejeitado*, que amava minha mãe, mas que certamente não atravessava a melhor das fases em seu casamento. "Carmen estava apaixonada por Satti", declarava agora o sujeito a todo o Rio Grande do Sul, "o brilhante deputado que conquistara fama nacional com a lei dos CFCs. Esse ambiente levou sem dúvida Matzenbacher ao crime."

Mais adiante, em uma parte com o título *Empregado fica livre de envolvimento*, o tal Alcides Marcondes dizia que tinha descartado a hipótese de Adelino da Silva ter relação com o crime, isso apesar da frase que sua agora ex-mulher escutara em certa ocasião (*Já matamos um veado, podemos matar outro*).

"O Adelino disse isso daqui?", perguntei, apontando a frase.

"Parece que sim", respondeu Vini.

Continuei a leitura. A questão era que Adelino não sabia dirigir, dizia o promotor. E era verdade mesmo, eu me lembrava disso, uma vez o vira envergonhado falando pro meu pai que ele só andava mesmo era no lombo de um bom crioulo ou de um quarto de milha. Em seguida, o promotor se referia a Adelino como um empregado com uma fidelidade canina. O texto terminava contando que, dois dias depois do crime, uma coisa curiosa tinha acontecido: Adelino havia feito um depósito de dez mil cruzados na caderneta de poupança do filho mais velho.

Para ser sincera, não acredito que, naquela noite em Capão, a imagem de Adelino em silêncio dentro do carro do meu tio tenha me voltado à cabeça. Eu ainda não tinha idade para entender que podia ter visto no jardim, algumas semanas antes, a pontinha de um fato muito maior. As antenas das tatuíras. Um iceberg. Naquela ocasião, tio Werner havia dito que os dois iriam a São Gabriel porque precisavam resolver algumas coisas e, além disso, o Faísca não andava bem. Anos depois, seria muito fácil dar um sentido àquilo: foi o dia em que levaram a Rossi para a estância. Eu não tinha dúvida nenhuma. Limparam a arma com todo o cuidado do mundo e guardaram dentro de um saco de aniagem. Então a deixaram em um armário que não era o armário das armas de caça. Eu nunca ia entender por que precisaram de duas pessoas para executar essa tarefa. Talvez fosse apenas natural que Adelino limpasse a sujeira da família.

Quando voltamos de Capão da Canoa, todo o material para a nova escola estava sobre nossas respectivas camas. Eu tinha ganhado um monte de livros e o maior estojo de lápis de cor já visto — trinta e seis cores em uma caixa de dois andares —, mas aquilo me deixou contente por menos tempo do que eu imaginava. Começaram as aulas e nenhum incidente aconteceu. As crianças não foram más, ou talvez nem soubessem direito. Marco fez amigos que passaram um sábado inteiro em nossa casa.

Enquanto isso, o caso Satti continuava em evidência. Minha coleção mostra tudo o que não vi na época. O promotor Marcondes defendia que meu pai fosse julgado por um júri popular. As discussões sobre o assunto, no entanto, se arrastaram por semanas. Houve recursos jurídicos, opiniões de especialistas, discussões na Assembleia Legislativa. Enfim, Souza Andrade venceu, e ficou decidido que levariam meu pai ao Tribunal do Pleno. Isso queria dizer que ele seria julgado não por pessoas comuns, mas por um grupo de vinte e um desembargadores.

No início de agosto, o delegado Wilson Meyer deu uma entrevista à rádio. Nela, afirmou que certas pessoas da Polícia Civil haviam se apressado no inquérito porque não resistiram às pressões da imprensa. Os homicídios de pessoas desconhecidas, segundo Meyer, eram investigados durante meses, então por que se correra tanto até a suposta solução do caso Satti, se não para agradar a uns poucos setores da sociedade gaúcha? Nessa mesma entrevista, sempre com um tom de quem sabia mais do que estava de fato contando, pronunciou uma frase emblemática: "O Satti, todos nós sabemos, não morreu porque era deputado, não morreu porque era um cidadão. Morreu porque era homossexual".

Durante todo esse tempo, meu pai continuou com seu mandato de deputado estadual. No mês de novembro, seus colegas não viram problema algum em levá-lo à presidência de uma certa Comissão Temática chamada Defesa dos Cidadãos, Saúde e Meio Ambiente.

Foi um ano-limbo, 1989. Passou inteiro sem que marcassem o julgamento do meu pai. Ainda no início do ano, minha mãe pediu para ser afastada do gabinete do deputado Ferrari, transformando-se em pouco tempo em uma caricatura psicótica de dona de casa. Todos os dias no mesmo horário, ela se maquiava para então ficar sentada na frente da televisão. Isso durava a tarde toda e grande parte da noite. Às vezes eu ia me sentar ao lado dela, mas detestava quando de repente sentia sua mão cheia de ouro e pedras e unhas afiadas apertar a minha com força. Eu não sabia exatamente o que significava aquele gesto, mas tinha certeza de que não se parecia em nada com amor.

Mais de uma vez, durante a vinheta de abertura de algum programa de TV, eu a flagrara de longe em um comportamento estranho. Estava se esforçando para deixar as costas muito retas e as mãos sobre o colo, uma bem em cima da outra. Então abria levemente a boca vermelha em um sorriso calculado. Era como se, em um passe de mágica, o tubo de imagem fosse começar a operar ao contrário e minha mãe precisasse cuidadosamente se preparar para entrar em cena. Todas as vezes que vi isso acontecer, percebi também que o encantamento durava só alguns segundos, a novela começando a se desenrolar na TV de vinte polegadas enquanto minha mãe de repente ficava mais relaxada, tendo retomado a privacidade confortável da sala à meia-luz.

Para seu alívio, estava bem longe dos jornalistas, dos policiais, das más-línguas da Assembleia.

Aqueles primeiros lampejos de despersonalização — era assim que eu chamaria mais tarde — me deixaram impressionada e me afastaram ainda mais dela.

Também no início de 1989, minha mãe contratou uma nova empregada. Era tão senhorinha a ponto de ser chamada por todos nós de *dona*. Dona Eva. Tratava-se de uma mulher muito pequena que usava saias abaixo do joelho e mantinha no topo da cabeça um coque bem apertado que dizia ser o cabelo de Deus. Devia chegar até os calcanhares, se um dia o desenrolasse. Dona Eva executava seu trabalho em um silêncio servil milenar, o que, depois da traição de Marli, parecia ser exatamente o que minha família precisava. Além disso, meus pais gostavam da comida dela, sempre farta e com toda a carne que ela não podia comprar em sua própria casa. No fim da tarde, pegava duas conduções carregando um saco plástico cheio de gordura, pelancas e ossos. Dizia que guardava para os cachorros, mas Vinícius tinha certeza de que nossos restos alimentavam sua família.

Se dona Eva ajudava a criar uma quietude de claustro em nossa casa, certamente não era a única responsável por isso: meus pais mal falavam um com o outro. Mesmo assim, nós cinco almoçávamos juntos todos os dias — veja esse homem inocente que na pausa do trabalho volta correndo para o seio da família! —, uma encenação melancólica e asquerosa que hoje eu gostaria de poder rasgar todinha com as mãos. Durante esses almoços, Marco começou a desempenhar um papel importante. Empolgado com a nova escola, chegava em casa transbordando de anedotas sobre colegas e professores, o que ajudava a dar um senso de normalidade àquele nosso ritual cotidiano. Todos o ouviam e todos tentavam rir. Às vezes os risos eram sinceros. Aquela nova configuração agradava especialmente ao meu pai. E Marco, durante tanto tempo no segundo plano de nosso diorama familiar, parecia agora deslumbrado com seu protagonismo meteórico.

Enquanto isso, reforçando esse movimento, Vinícius caía.

Achava que o pai havia matado Satti. Era o único de nós três com razões suficientes para acreditar nessa hipótese. Às vezes tentava se convencer do contrário — *Eu não queria, aos dezesseis anos, ser metade monstro, Ciça!* —, mas na maior parte do tempo conseguia ver aquele rosto tão familiar obscurecido pela boina e mirando o alvo. Um tiro fácil daqueles. Ele se lembra de ter pensado isso deitado na cama alguns dias depois do crime e então sentir fortes espasmos de culpa. Quando se volta no tempo, não se pode mais parar. Vinícius voltou muitas vezes. E se, no calor daquela discussão, não tivesse dado a entender que sabia que Satti era gay? E se tivesse batido quando o pai disse para ele bater? E se nunca tivesse entrado no Anjo Azul? E se o Anjo Azul nem sequer existisse e o sobrado fosse demolido e as bichas se retraíssem e o vírus desaparecesse e os homens casados fossem felizes e ele gostasse de beijar a Camila Gonzaga da turma B? E se ele tivesse aprendido a se sentar sempre de perna aberta como todos os guris da sua idade se sentavam? Se não tivesse falado com Luciano na fila da lanchonete. Se naquela manhã não houvesse uma fita cassete do The Cure no walkman. Se ele nunca na vida chegasse a sequer conhecer The Cure e se um dia visse por acaso Robert Smith na TV e só sentisse nojo de um homem daqueles que usava lápis de olho e batom. Se gostasse da estância. Se não tivesse pena das perdizes. Se mastigasse um pedaço de carne com um pouco de chumbo e tirasse o grão da boca rindo e o mostrasse aos outros.

Em 1989, Vinícius tinha se tornado mais quieto. Passou a evitar qualquer conflito, especialmente com o pai. Era tanto medo quanto perplexidade. Nosso pai também vinha mantendo certa distância em relação a ele, ignorando sucessivamente suas notas ruins ou o fato de ele estar comendo pouco ou mesmo o volume da música que saía de seu quarto. Por um lado, parecia estranho que ele relaxasse seu controle justo depois de ter cometido o ato mais bárbaro e mais radical que podia cometer. Por outro, a tática até fazia sentido: o assassinato havia freado por completo o processo de autoconhecimento de Vinícius. Além disso, o segredo que ele precisava guardar sobre o pai — e a culpa que vinha de arrasto — ocupava agora todo o espaço da sua cabeça já confusa. Meu irmão, em outras palavras, estava destruído demais para ser gay.

Em uma tarde de setembro, entrei no quarto dele sem bater. Queria mostrar um desenho que estava fazendo. Era um tal de pato-mandarim cuja foto eu encontrara em uma revista, e nem minha nova caixa de lápis de cor tinha tons suficientes para aquele animal. Vinícius estava ajoelhado perto da escrivaninha. Mexia em um dos bolsos da mochila. Levou um susto e acelerou o movimento, mas eu ainda tive tempo de ver os dois pequenos retângulos metálicos reluzindo.

"Que é isso?", eu disse.
"Pra que entrar assim no quarto?"
"Eu queria te mostrar um desenho."
Ele se levantou.
"Me mostra."
"O que tu guardou na mochila?"
"Olha só, não é bom ser tão curiosa."
"É remédio, né?"
Ele suspirou.
"Tu pode não fazer tanta pergunta?"
"Tu nunca precisou de remédio. Que eu saiba."
"Bom, talvez tu não saiba de tudo. Mostra o desenho, vai."
Abri o caderno e mostrei o pato. Disse que a parte mais difícil era aquela espécie de barba cor de cobre que começava logo

abaixo do olho porque, além de ser impossível achar aquele tom tão específico entre os meus lápis, eu queria que ela parecesse supermacia, mas, ao contrário, tinha a impressão de estar olhando para um monte de espinhos afiados meio alienígenas e isso não era nada fiel ao pato-mandarim da National Geographic.

"O pato tá ótimo, Ciça. Olha essa asa!"
"Tu acha?"
"Ele tem tantas cores mesmo?"
"Aham, é tudo verdade."
Vinícius riu.
"E tu nunca pensou em desenhar pessoas?"
"Não."

Foi só quando eu já era adolescente que descobri que, durante aquele ano-limbo, Vinícius às vezes entrava no quarto dos meus pais enquanto minha mãe via TV no andar de baixo. Abria a gaveta da mesa de cabeceira e pegava algumas cartelas dos psicofármacos dela. Equilid. Dormonid. Valium. Ela nunca desconfiou dos roubos porque sempre perdia a conta do quanto tomava. Então ele separava uns comprimidos e, com a desculpa de que ia estudar para o vestibular na casa de um colega, ia caminhando até o Bom Fim. Vendia as cartelas de remédio para um traficante da Osvaldo que agora ele conhecia muito bem, depois ia até a Toca do Disco e comprava um vinil. Uma quadra depois, tirava a película de plástico, jogava a sacola no lixo. "Meu colega me emprestou", era o que dizia ao chegar em casa. Fechava a porta do quarto, tomava uns comprimidos e colocava o disco para tocar.

Todos na mesa da cozinha tomando o café da manhã e eu disse que ia ao banheiro. Andei até a sala. Estava organizada, com cara de vida nova, os três cinzeiros limpos, a manta esticadíssima no sofá. A madeira da mesa e das cadeiras e das estantes brilhava de óleo de peroba. Eu queria chorar. A televisão. O controle remoto encaixado no lugar. Capturada nas dobras da cortina branca, a luz da manhã me chamava. Era inverno de novo. Hesitei um pouco — barulho de xícaras e pratos, Marco perguntando "A tia vem que horas?" —, depois finalmente me aproximei da janela. Coloquei a mão na cortina. Abri um mínimo espaço para encaixar meu olho direito.

Eram sete da manhã do dia 20 de julho de 1990. Os jornalistas haviam cercado nossa casa. Seguravam gravadores, câmeras, blocos de notas. Um deles, um homem de barba e cabelo crespo, estava fumando e rindo e batendo as cinzas no nosso canteiro das coroas-de-cristo. Outro tinha as costas apoiadas na caixa do correio. Uma mulher fez uma concha com as mãos e ficou assoprando nelas. Eu queria abrir o vidro e gritar bem alto que todos fossem embora, não só porque estavam se metendo onde não tinham sido chamados, mas também porque eu odiava ver suas ações pequenininhas e banais. Doía que fosse um dia tão normal para aquelas pessoas. Ou melhor, um dia até empolgante, considerando a fileira de curiosos que se formara na praça, dispostos a esperar meia hora ou mais para talvez ver de relance a cara do réu. Reconheci um dos nossos vizinhos. Era um homem sem filhos que sempre me deixava brincar com o cachorro dele. Nunca mais eu ia querer tocar naquele Collie. Senti uma mão nas minhas costas e fechei a cortina em um pulo.

Era meu pai. Ele sorriu e fez um carinho rápido na minha cabeça.

"Não fica olhando."

"Tá."

"Os outros não podem te abalar. Um dia tu vai aprender."

Não falei nada. Ele sorriu de novo e me encarou durante

algum tempo como se tentasse enxergar meu futuro. O que eu ia e o que eu não ia aprender.

Uns dez minutos mais tarde, tia Eliane embicou o carro na nossa garagem. O grupo de jornalistas então se moveu com o instinto de um enxame enquanto o portão de ferro corria devagar (sim, eu fui espiar de novo). Mas tia Eliane ficou firme olhando apenas para a frente. No pátio, dirigiu sobre a grama — esmigalhando uma pá de plástico — e estacionou perto da churrasqueira, onde ninguém mais além de nós podia ver coisa alguma. Quando desceu do carro, abriu a porta de trás e pegou de cima do banco duas grandes sacolas plásticas.

"Eu trouxe presentes!", ela disse, com uma estranha entonação musical.

Meus pais tentaram se despedir de nós de uma maneira que não fosse dramática, como se só estivessem muito arrumados porque precisassem ir a um jantar. Meu pai parecia calmo e distraído, minha mãe era o palco da luta entre o surto mental e a serenidade química. Eu e meus irmãos acabamos chorando.

Enquanto o Monza cruzava o portão e era obviamente envolvido pelos jornalistas — eu teria alguma dessas imagens na minha coleção futura —, tia Eliane procurou nos manter longe das janelas. Ouvimos vários carros arrancando em seguida. Levaram embora todo o burburinho. Na sala, aquele silêncio caiu como uma pedra, fazendo com que nossa tia se apressasse a pôr em prática seu plano de Natal antecipado. Era um plano ruim. Naquela altura, só conseguíamos pensar mesmo no julgamento, o primeiro em todo o Rio Grande do Sul a ser transmitido ao vivo pela TV e que definiria o destino da nossa família; por isso, enquanto abríamos os embrulhos, não parávamos de lançar olhares furtivos para a tela preta, mesmo com os patins e os jogos e os dois abrigos de tactel agora diante de nós. Tia Eliane não se ofendeu com nossa falta de entusiasmo pelos presentes. Estava, isso sim, atônita e confusa. Se não conseguira distrair seus sobrinhos nem por cinco minutos, provavelmente nada ia sair conforme havia planejado; não nos divertiríamos com o *Cara a Cara*, fazendo perguntas uns aos outros sobre tipos de boca e cabelo e óculos até chegar a um rosto específico, um tipo de investigação que, por ironia, parecia demais com descobrir o autor de um crime. Os meninos não armariam o tabuleiro de *Combate* na mesa do pátio enquanto, ali perto, eu tentaria me equilibrar nos meus novos patins. Mas como ela poderia ter imaginado que ia ser diferente?

Vinícius vestiu a parte de cima do abrigo só para agradar. Andou até o espelho do cabideiro e ficou na ponta dos pés porque o espelho era alto demais. Então, como se jogasse um comentário casual no ar, disse a tia Eliane que nós gostaríamos de assistir ao julgamento. Ela se levantou em um susto e começou a recolher os pedaços rasgados de papel de presente. "Vini, eu acho que não é uma boa ideia", disse, mas sua escancarada falta de firmeza deixou claro que nós venceríamos.

Fomos proibidos de ver o advogado de acusação falar. Passamos aquele tempo no meu quarto em partidas intermináveis de *Cara a Cara*. Só interrompíamos o jogo para que um consolasse o outro, ou toda vez que Marco queria expor alguma de suas teorias sobre o caso Satti: o Barão dos Mata-Mosquitos — era assim que ele dizia — contratara um assassino de aluguel, ou Satti estava chantageando alguém da Brigada Militar, ou Fred tinha o plano de matá-lo por dinheiro havia muito tempo e agora estava escondido em um sítio no Uruguai.

Enquanto isso, tia Eliane acompanhava o julgamento na TV da sala com o volume baixíssimo. Finalmente entrou no meu quarto depois de uma hora e meia dizendo que Souza Andrade começaria a explanação da defesa.

Assisti às velhas fitas VHS tantas vezes que é difícil separar as lembranças. O que sei com certeza é que, naquela sala, em 1990, a performance de Souza Andrade me deixou fascinada. As crianças guardam mais gestos do que palavras. As memórias dessa época da vida são menos lógicas e muito mais sensoriais. Eu me lembro do corpo massivo de Souza Andrade com a toga preta, e de como ele era enérgico, indignado, uma panela de pressão que não para de apitar. Lembro dos gritos, do dedo em riste. Mais tarde, já adulta, o que mais me impressionou foi sua aposta certeira na tese de que Satti inventara o assédio da minha mãe. Ele conseguiu demonstrar de maneira magistral que não havia prova alguma de tal assédio, e que todo o boato partira dos comentários que o próprio Satti fizera ao chefe de seu gabinete, a Glória e a um punhado de amigos próximos. A suposta perseguição do indiciado, segundo ele, tampouco foi testemunhada por alguém; tratava-se de algo que de novo Satti havia reportado a terceiros, toda essa ficção tendo sido portanto engendrada pela vítima para assim conseguir esconder sua homossexualidade. Com essa tese, Souza Andrade conseguiu desmantelar o alegado motivo do crime. E, sem motivo, não havia razão para meu pai estar no banco dos réus.

Os três primeiros votos, no entanto, foram condenatórios (*Sentindo o peso do provérbio bíblico de que aquele que absolve o réu e o que condena o justo, ambos são abomináveis diante de Deus, proponho a condenação do réu por homicídio simples*). As justificativas dos magistrados seriam tão longas que aquele julgamento se estenderia por três dias inteiros. Ao longo desse tempo, a impressão geral de que Raul Matzenbacher seria condenado foi se diluindo em uma sucessão de discursos preconceituosos (*Um parlamentar, pessoa de elevado nível cultural e social, reunir-se a soldados em jantares é evidência de convívio promíscuo*). Em conjunto, aquelas falas pareciam afirmar que João Carlos Satti tivera exatamente o fim que merecia (*Aliás, Satti, por sua vida dúplice, não era pessoa infensa a atentados*).

Naqueles dois anos entre o crime e o julgamento, um boato de que Satti havia assediado meu irmão se espalhara em alguns círculos sociais. Boatos são como esporos: instalam-se, crescem, não se sabe de onde vêm. É muito provável que os desembargadores tenham ouvido falar naquilo. É possível que tenham votado pensando que julgavam um crime de honra. Meu pai acabou absolvido por catorze votos a sete.

Estou em Porto Alegre, no banco de trás de um táxi. O vento que cheira a tijolo e ferrugem brinca com meu cabelo. São quase duas da manhã. Passamos por letreiros escuros, cortinas de aço pichadas, edifícios dormentes. Um homem sem camisa empunhando algo que lembra uma lança revira o lixo atrás de qualquer coisa que valha centavos. É o único ser humano que vejo em quilômetros. Já não tenho mais nenhuma dúvida de que fiz de propósito, penso, segurando um riso nervoso para não parecer louca: escolhi os voos cujos horários me levariam a reencontrar a cidade vazia. Essa malha urbana — misteriosa, melancólica, úmida — se ajusta perfeitamente às minhas lembranças como a pele de um bicho se ajusta a um manequim. Agora sim dou risada sem querer.

O motorista continua em silêncio. É um senhor que dirige com a mão esquerda sobre a coxa. Vai avançando os sinais vermelhos em uma espécie de jogo pela sobrevivência, rápidos cálculos de risco sendo feitos a cada esquina. Eu não fico com medo, conheço esses cálculos todos. Saímos da via arterial que liga o norte ao sul da cidade. Agora as árvores aparecem, sombreando as ruas dos bairros nobres com seus galhos cabeludos de erva-de-passarinho amputados de qualquer jeito pela Secretaria do Meio Ambiente. Entre prédios residenciais, sobrevivem ainda umas poucas casas. Têm jardins largos, um aspecto de família desmontada, talvez piscinas de azulejo nos fundos.

Tudo igual e tudo tão diferente.

Nessas ruas da Bela Vista, posso imaginar Satti e Vinícius dentro do Escort XR3, o carro bambeando no paralelepípedo escorregadio em busca da esquina certa. Estão bêbados, recém-saíram do Anjo Azul. Recostado no banco do carona, meu irmão fecha os olhos e sente um entorpecimento gostoso. A vida é imprevisível, vai conhecer outros Lucianos, vai conseguir ir até o fim, vai gostar de si mesmo um dia. Tem só dezesseis anos. Acha que está pronto para ouvir as fitas de novo, fazer com que sejam só suas. Talvez sumir com a letra dele, escrever do próprio punho. O que importa é a música. Olha para o lado e vê Satti rindo para si mesmo. Pergunta o que foi, também rindo, o carro chacoalha, estão agora quase na esquina da praça. "Tu é corajoso, hein, guri." Satti sorri, mas não diz mais nada. Então param junto ao meio-fio — a praça escura, a caixa-d'água que agora lembra uma torre de vigilância — e meu irmão já tateia a porta à procura da maçaneta. Não é que tenha pressa de sair dali, é mais uma questão de se sentir impelido por uma euforia que ele não sabe quanto tempo vai durar (*Se ao menos eu imaginasse que aquilo era só uma explosão de nada*). A mão erra, Satti ri dele. "Tem certeza que tu tá bem?" Vini coloca um pé na calçada, impulsiona o corpo, e aí sente tudo girar ao redor. Bate as costas no carro com força. Não dói. Quando vê, Satti está diante dele ajudando-o a se sentar de novo. A praça fica pequena no espelho retrovisor.

"Vai pagar como, quer a maquininha?"

Estamos parados diante do hotel. Enquanto o motorista me

olha como se eu pudesse sair correndo, começo a vasculhar minha mochila. Encontro a carteira, enfio o cartão na máquina, digito a senha. Desço do carro. Ele tira minha bagagem do porta-malas com as expirações de um enfisemático. Entrar no lobby me ofusca. É um prédio sem miolo, os dez ou mais andares muito brancos terminando vertiginosamente em uma espécie de claraboia de vidro fumê. Alguém já pode ter se atirado lá de cima. Pego a chave na recepção e então arrasto a mala até o elevador pensando no que por muitos anos repeti a mim mesma: só volto com meu pai morto.

Não consigo pegar no sono.

Meu pai ainda vive.

Me sento na cama, ligo o abajur. Mastigo uma barra de proteína sem vontade, só para acalmar o estômago.

Naquela noite, Satti levou Vinícius para a casa dele. Edifício Elizabeth, apartamento 302, a família só ia conseguir vendê-lo quando a cidade começasse a esquecer. Deixou meu irmão no sofá e disse que ia fazer um café forte, mas serviu alguma coisa licorosa no bar e só depois é que foi para a cozinha levando o copo com ele. Um corte na cena e então Vinícius lembra de estar vomitando na pia do banheiro. A garganta arranhada e junto uma clareza instantânea que o fez tentar limpar a louça cor de carne e procurar um enxaguante bucal no armário. Tomou o café depois. Não tinha bebido café muitas vezes na vida. Comeu um sonho de creme meio duro, isso com certeza — *Consigo até ver o açúcar na toalha de plástico na mesa da cozinha* — e, a partir desse ponto, foi se sentindo melhor. Ficaram ali os dois conversando. Satti não parecia querer apenas curar a bebedeira de Vinícius; também estava empenhado em diverti-lo, falar coisas interessantes com certo ar professoral, quem sabe se pavonear um pouco. E havia o copo na beirinha do balcão para o qual ele voltava de tempos em tempos, o que fez com que os assuntos

começassem a ficar meio desconexos, saídos de um canto esquisito de sua cabeça. "Guri, vou te contar um negócio sobre um pássaro que não tinha patas. A grande ave-do-paraíso."
 Mais tarde, deixou Vinícius na esquina da praça.
 "Te cuida", disse, e pôs um cigarro apagado na boca.
 Acelerou o Escort e saiu traçando um temeroso zigue-zague enquanto meu irmão caminhava para casa.

 "Tu conseguiu dormir pelo menos?", ele pergunta.
 Vinícius é agora um homem de quarenta e seis anos, magro e atlético, bochechas vazias, barba castanha-nevada. Ainda tem o cabelo cheio, em ondas que vão até o final da nuca, mas a testa ficou mais larga com o tempo. O escuro debaixo dos olhos é do nosso pai.
 "Bem pouco. Tô com *jet lag*. É sempre pior do oeste pro leste."
 Ele ri.
 "Como se tu soubesse, né."
 Faço um gesto infantil, dou um tapinha no ombro dele. É bom estar aqui caminhando com meu irmão, depois de três anos desde a última vez que nos vimos. Por mais de dez, fui eu quem mandou as passagens. Ele andava sempre fodido, não dava conta dos empregos que arrumava pela mãe — assistente em uma firma de advocacia, CC em várias secretarias municipais —, cheirava todo o contracheque, começava a faltar, era mandado embora, entrava em uma clínica para dependentes químicos na zona rural de Taquara, dizia a todos que ia mudar, e então o ciclo recomeçava. Foi quase beirando os quarenta que conseguiu segurar as recaídas. *Eu sou uma dessas estradas sem acidentes há 489 dias*, me disse uma vez em um fim de tarde em Los Angeles, recuperando o fôlego depois de uma caminhada morro acima. Dava para ver que

estava feliz consigo mesmo. Alguns meses depois, a felicidade atraiu Bruno. Foi uma paixão tão forte que de repente Vinícius começou a falar sobre o futuro. Mudaram-se para o Rio de Janeiro e adotaram um cachorro. Vinícius foi aprovado em um concurso público.

    Estamos ainda caminhando. Saímos do meu hotel e agora acabamos de chegar a um dos vértices da praça Horizonte. Digo a Vini que, antes de entrar, quero ficar sentada por cinco minutos. Ele pergunta se estou passando bem e respondo que sim, mentindo só um pouquinho. Do banco, já consigo ver nossa casa coberta pela pátina da negligência, cercada por edifícios tinindo de novos que mal deixam o sol tocar o pátio dos fundos. As árvores da praça cresceram de um jeito selvagem. As copas sem forma não respondem a um ideal do paisagismo urbano, mas apenas à luta incessante por luz gravada em cada célula vegetal. A caixa-d'água foi encoberta pela massa verde.

    Só um tempinho aqui, digo a mim mesma.

    "Conheci um cara", escuto Vini falar.

    Olho para ele.

    "Tu nunca *conhece um cara*."

    "Pois é, conheci. Desde o Bruno."

    "Desde o Bruno o quê?"

    "Que eu não me sinto assim, bem."

    Ficaram juntos por seis anos. Bruno acabou se apaixonando por outro homem.

    "Me conta mais", digo, e estou tão feliz que quase esqueço onde estamos.

    "Ah." Ele fica tímido, coça a barba. "Espero que tu conheça ele um dia, Jefferson, carioquíssimo, desses de jogar futevôlei de sunga."

    Dou uma risada.

"A gente tem a mesma idade, quer dizer, ele é dois anos mais novo. E tá ficando bem sério o negócio."

"Que ótimo, Vini, demais. Onde é que vocês se conheceram?"

"No NA."

Dou um sorriso. Talvez pareça condescendente.

"Acho que isso é bom", digo.

"É ótimo."

Meu pai sabe que estou em Porto Alegre. Ergueu o polegar quando Marco contou que eu viria, mas não sorriu. O estímulo nervoso não chega aos músculos do rosto desde o acidente vascular cerebral.

"Sabe quem eu vi outro dia?", Vini continua. Parece agitado, em um bom sentido.

"Nem ideia, quem?"

"O Luciano."

"Uau. Gay ou hétero?"

"Eu chutaria gay, mas sei lá. Tá bonito. Acho que ele não me reconheceu, foi num restaurante. Pensei em chegar, dizer 'oi, lembra de mim?', mas eu ia ficar nervoso, visivelmente. Impressionante como a gente fica nervoso com o primeiro amor. Passam trinta anos e o coração tá lá, tum-tum-tum-tum!"

"Vini, tu acha que o pai soube que tu foi na casa do Satti?"

"Por mim nunca soube."

"Mas pelo Satti."

Ele se levanta do banco.

"A gente tem que ir." Me estende a mão. "Vem. É só um velho comendo papinha, Ciça."

O pai foi interditado e Marco é o curador e agora querem vender a casa. Eu entro pensando nisso. Vão me mostrar mais tarde a proposta da construtora, gostariam de saber se acho uma boa ideia, eu digo que sim. A casa foi primeiro de outra família, isso antes de 1973. Restaram filhos precisando de dinheiro. Minha mãe sempre dizia que soube que era essa no momento em que viu a lareira de pedra. Mas quase nunca colocavam os nós de pinho para queimar. Gostavam era da possibilidade do fogo. Vão demolir essa sala, entrar nela com uma retroescavadeira e, depois de tudo ter caído, talvez sobre por uns dias a lareira e a chaminé. Gosto da imagem. O núcleo duro da sala — sofá, poltronas, tapetes, mesa de jantar — não mudou nada desde os anos noventa, mas os objetos periféricos desapareceram ao longo do tempo. Foi meu pai. Começou a jogar fora até o que estava bom. Não era mais aquele homem que entrava no quartinho dos fundos para resgatar as coisas quebradas.

Faço menção de subir para o segundo andar, um movimento internalizado, mas Vinícius me avisa que colocaram a cama de hospital no escritório. Claro. Cruzamos então a sala, pegamos o pequeno corredor e, antes de abrir a porta, já sinto aquele cheiro de medicamento azedo.

Está reclinado na cama, com uma mulher sentada ao seu lado, que ergue os olhos do celular e se levanta sem jeito e guarda o aparelho no bolso. Diz que vai nos deixar à vontade. Sai sem nem me dizer seu nome. Vou chegando mais perto da cama, o corpo dele embaixo do lençol uma coisa pequena e ossuda. Ele tem uma expressão assustada de reencontro, paralisia, homem perto da morte. Não digo nada. Só me aproximo do meu pai e olho bem nos olhos dele.

Agradecimentos

Obrigada, Melissa Fornari, por mergulhar comigo nesse universo. Obrigada, Diego Grando, por acompanhar meus livros sempre de tão perto. Obrigada, Luara Franca, Lucia Riff, André Araújo, Rafaela Pechansky, Michelle Fornari e Cláudia Laitano. E um agradecimento especial aos jornalistas e aos porto-alegrenses de boa memória que se dispuseram a me contar histórias de uma época distante.

ESTA OBRA FOI COMPOSTA EM ELECTRA PELO ESTÚDIO O.L.M./ FLAVIO PERALTA
E IMPRESSA EM OFSETE PELA GEOGRÁFICA SOBRE PAPEL PÓLEN SOFT
DA SUZANO S.A. PARA A EDITORA SCHWARCZ EM AGOSTO DE 2022

A marca FSC® é a garantia de que a madeira utilizada na fabricação do papel deste livro provém de florestas que foram gerenciadas de maneira ambientalmente correta, socialmente justa e economicamente viável, além de outras fontes de origem controlada.